BETH KEPHART

나와
타인을
쓰다

진실, 그 첨예함을 다루는 방법

베스 케파트 지음 | 이지열 옮김

글항아리

나와 타인을 쓰다

들어가며

1990년대 내내 나는 무명이었고 여러 면에서 정식 교육을 받지 않은 작가였으며 아들을 깊이 사랑하는 엄마였다. 내게 사랑이란 아이와 함께 앉아 이야기책을 읽는 시간이었다. 자기 전 아들에게 들려주는 노래였다. 함께 걷는 걸음, 우리가 산 모자, 배운 것이든 타고난 것이든 언어에 대해 아이가 내게 가르쳐준 중요한 것들, 꼭 필요한 용기. 한 번에 한 조각씩 나는 사랑을 써내려갔다. 이 여러 에세이가 하나로 엮인 내 러티브가 될 때까지, 나는 이것들을 한데 모았고, 원고를 보냈다. 원고 더미 작가. 나의 이 작은 책—가족의 책, 내밀한 책—이 내가 개인적으로 아는 사람이 아닌 다른 독자들을 만나게 됐을 때, 나는 정말이지 아직 그런 상황을 맞을 준비가 되어 있지 않았다. 나는 외부인이었다. 나는 소외된 곳에서 썼다. 나는 여전히 배울 게 너무 많았다.

그 후로 네 편의 회고록을 더 썼고 강에 대한 책을 썼는데, 『플로Flow』라고 이름한 이 책도 회고록 형식을 띠고 있었다. 초등학교, 중학교, 고등학교, 대학교, 도서관과 지역 커뮤니티 센터에서 워크숍을 진행해달라고, 혹은 강연을 해달라고 요청해왔다. 나는 크고 작은 규모의 출간을 위해 자기 삶을 글로 쓰는 것에 대해 썼다. 나는 '내셔널 북 어워드'와 '펜 퍼스트 논픽션 어워드' 심사위원장을 맡았고, '내셔널 엔도먼트 포 아트'에 심사위원으로 참여했다. 시, 동화, 청소년 문학등 새로운 장르에 도전해보기도 했다. 또한 회고록 스타일로 매일 블로그에 글을 올리기 시작했다. 용기를 낸 실험이었다. 내가 중요하게 생각했던 건 이것이다. 나는 여전히 쓰고 있다. 나는 여전히 읽고 있다. 나는 여전히 배우고 있다.

펜실베이니아대학에서 논픽션 창작 수업 강의를 요청해왔을 때, 나는 이를 받아들이지 않을 생각이었다. 내 방식대로 회고록 세계에서 자리 잡았고, 나만의 거대하지만 특이한 회고록 도서관에 둘러싸여 있었으며, 그때까지도 여전히 책이라는 세계 속에서 외부자적인 나의 방식으로 길을 내고 있었기 때문에, 교수법을 정확히 알고 가르치는 아이비리그 대학의 교수들 사이에서 내가 과연 성공할 수 있을지 확신이 서지 않았다. 내가 워크숍 시스템에서 성장하지 않았는데,

어떻게 가르친단 말인가? 아들을 낳은 뒤 열흘 남짓 여름 프로그램에 참여한 것을 제외하면, 나는 공식적인 글쓰기 수업을 들은 적이 없었다. 나는 독학으로 회고록을 쓴 사람이었고, 그곳은 펜실베이니아대학, 내가 수년 전 학생으로서 역사와 과학사회학을 공부한 곳이었다. 영문학은 내가 피해다닌 과목이었다.

지금은 펜실베이니아대학에서 가르치는 것이 내 소명이지 싶다. 부담감을 덜어냈다. 처음에는 학생 한 명을 멘토링하는 것으로 시작했고, 그다음에는 심화 선택 과목을 가르쳤다. 그러고 나서 비로소 현재 내가 가장 좋아하는 일이 된 '논픽션 창작 135.302'를 가르치기 시작했다. 학생들에게 회고록을 가르치면서 나도 함께 배운다. 기대의 언어, 평론가의 언어, 다른 작가들의 예시 작품, 깊게 고민한 흔적이 보이는 작품을 쓰는 연습, 회고록 작가가 가져야 할 도덕성, 초자연적 경고. 회고록을 가르치는 것은 약해지는 것을 가르침이요, 목소리를 가르치는 것이자 자아를 가르치는 것이다. 나에게는 이것이 엄마가 되는 것만큼이나 위대한 특권이다.

어쩌면 필연적으로, 회고록을 가르치다보니 이 책을 쓰게 됐다. 『나와 타인을 쓰다』는 회고록을 쓰는 것에 대한 책이자, 그 결과에 관한 책이다. 왜 많은 사람이 회고록을 잘못 쓰는지, 그렇다면 옳게 쓰는 방법은 무엇인지에 관한 책이다. 이 책은 다음의 중요한 질문에 답한다. 사랑을 가르칠 수 있는가? 반쯤 기억나는 일도 쓸 수 있을까? 풍경과 날씨, 색채와 맛, 그리고 음악은 배경인가, 전경인가? 그렇다면 누구의 것인가? 회고록을 쓰는 사람이 가진 권리는 무엇이며, 보편적인 이야기가 되기 위해서는 특정한 사항들을 어떻게 넘어서야 하는가? 어떤 꼬리표가 달릴 때, 회고록 작가의 심정은 어떠한가? 진실의 언어는 무엇인가? 이 책은 우리 스스로를 아는 것에 대해 이야기한다. 단어와 단어를 이어나가며 글쓰기에 대해 이야기한다. 약간 교만해지자면, 나는 이 책이 교사와 학생, 그리고 독자들을 위해 이미 검증된 체계를 알려주는 풍성한 가르침이 되길 바란다.

1부

정의, 준비, 주의할 점

회고록을 쓰려는 당신에게

아마도 당신은 자신의 뻔뻔함에 긴장하는지도 모른다. 어쩌면 늘 이랬는지도 모른다. 당신은 당신의 진실의 정수와 함께 이상한 모양의 심장, 젖은 눈으로 애처로이 내몰려 스스로를 채찍질하고 있었는지도. 어쩌면 이것이 결국 당신에게 좋은 것일 수도 있고, 당신이 잘하는 것일지도 모른다. 허나 당신은 또다시 되풀이했다. 증거를 갈구했고, 가능성을 점쳤다. 당신은 회고록을 가르친다. 당신은 진실과 공방한다. 선함은 중요하지 않다. 진실을 말하는 것, 그것이 중요하다.

회고록은 자랑이며 고백이다. 귓가의 속삭임이자 비명이다. 회고록은 힘차게 나아가고, 그러다 포기한다. 이것은 도둑들의 작품이다. 유혹이자 야바위다. 세상은 회고록이 미치는 영향을 간과하지 못할 것이다.

혹은, 당신은 하지 않을 것이다. 아이비리그 캠퍼스 끝자락, 빅토리아풍 저택. 당신은 일찍 도착해 기도하는 자세로 앉아 있다. 육체적인 고됨뿐만 아니라 정신적인 소모도 알고 있는 당신. 공개적인 고백 이후에 줄곧 따라오는 떨쳐낼 수 없는 의심과 폐부를 찌르는 후회라는 후유증. 당신은 아이들이 일러주는 교훈을 찾으며 썼고, 우정의 복잡한 실타래 속에서 혼란스러워하며 썼다. 다른 사람을 알 수 없다는 그 놀라운 불가능성에 절망하며 썼고, 위태로운 상상을 방어하기 위해 썼고, 외로이 중년으로 저물어가는 고통 속에서 썼다. 당신은 조용히 썼고, 조용하길 기대했으나 회고록과는 상관없는, 세상만사가 명쾌한 사람이 자고 있는 이른 시각을 엉망진창으로 만드는 무례한 자기 비난, 그 끔찍한 소음이 순식간에 몰려온다. 그 모든 것을 겪으며 당신은 배웠다. 당신은 다짐했다. 회고록은 존재하며 늘 존재할 테지만, 반드시 주의 사항을 숙지해야 한다.

회고록을 가르치는 것은 끝자락에 서는 것을 가르치는 일이나 다름없다. 이것은 회고록을 가르치며 던지게 될 질문. 당신은 누구인가? 당신이 가보았던 곳에 대해 말해보라. 지금은 어디로 가고 있는가. 무엇을 믿는가. 무엇을 위해 투쟁할 것인가. 당신의 목소리는 어떤 소리를 가졌는가. 이것은 그때에 비춘 지금을 가르치는 것이자, 저것을 빼고 이것을 넣는 것이다. 그리고, 맞다. 그런 일이 있었더랬지. 그런데 그게 무슨 의미야? 모욕? 그러지 말기를. 소명? 그럴 수도 있고.

한 번도 보지 않은 학생들이 있는 교실로 들어가 그렇게 한 학기의 여정 속으로 들어선다. 학생들의 백팩 깊숙한 곳에 있는 잊힌 소품들, 손목 위 타투, 손바닥에 찍힌 참고문헌 목록의 잉크 자국. 이들은 어머니가 만들어준 런던브로일을 기억할 테지만, 레시피는 기억하지 못할 것이다. 그들은 남아도는 우산을, 맞지 않는 눈옷을, 도트 무늬 부츠를, 파키스탄 사람의 무덤 앞 붉은 장미를, 하얀 당구공을, 분홍과 오렌지 빛의 사리sari를, 비밀의 바닥이 있는 상자를, 치아오 벨라 젤라토를 건넬 것이다. 누군가는 기억하고 있는 것들의 목록에서 무언가를 만들어내겠지—똑똑똑. 누군가는 당신을 데리고 질병의 복도를 걸을 것이며, 누군가는 영화 촬영 세트장에 데려갈 것이고, 혹은 커다란 바이크를 타고 멀리 갈지도 모른다. 누군가는 이렇게 말할 것이다. 어떻게 하면 그렇게 쓸 수 있는지 알려주세요. 그리고 누군가는 무엇이 좋은 글쓰기인지 물을 것이다. 그럼 당신은 당신이 사랑하는 회고록의 일부를 큰 소리로 읽어주고, (체계적으로) 허위를 드러내고, (호들갑스럽게) 생각을 바꿔놓고, 패티 스미스, 테런스 데프레, 제프리 울프, 마크 리처드, 마리 아라나, 메리 카, 윌리엄 파인스, 마이클 온다치, C. K. 윌리엄스, 그리고 내털리 쿠시를 읽을 것이다. 「나자로 부인」을 낭독하는 실비아 플라스의 음성, 「혈통이란 발상」을 읊조리는 에서리지 나이트의 음성을 들려줄 것이다. 그러고는 벨벳과 마호가니 색으로 뒤덮인 어두운 방 안에서 당신은 말할 것이다. 좋았던 점을 말해보세요. 이유는 뭐죠. 스스로의 의견을 인식하고, 그 의견을 옹호해보세요.

회고록의 정점을 대표하는 이들 작품은 당신이 믿는 사람이고, 당신이 믿는 것이다. 화요일 동아리 리크루트 날Frat Rush Tuesday에 그가 매고 온 넥타이, 그 위에 인쇄된 스마일 표정, 그녀의 앞니 사이에 벌어진 활기찬 틈새, 그가 자신의 남색 백팩에 넣어 다니는 목재 판자―파워리프팅 운동을 위한 보조 도구. 빨간색을 좋아하고 힙합을 동경하면서 당신을 자신들의 "갤런타인galentine"이라 선언하고, 휘트먼을 흉내 내고, 어머니를 그리워하고, 죽은 이들을 그리워하는 그들은 단순하게도 혹은 복잡하게도 인간이며, 그들은 어쩌면 스스로를 진실이라 믿지 않을지 몰라도 서로는 반드시 믿어야 한다. 반드시 서로의 신뢰를 얻어야 한다고, 당신은 고집한다.

그리하여 당신은 그들의 손에 카메라를 들려 세상 속으로 들여보낼 것이다. 그리하여 당신은 그들을 앉혀두고 노래를 들려줄 것이다. 그리하여 당신은 그들에게 잃었던 것을 되찾으라 청하고, 그런 뒤 부수적인 것들일랑 제쳐놓으라 청할 것이다. 테이블 위에 쿠키, 초콜릿이 코팅된 베리, 소금으로 감싼 과자를 놓아두고, 그러고선 (마침내) 마칠 것이다. 종국에 모든 회고록은 혼자 떠오르고, 피 흘리고, 아물어야 하므로.

뻔뻔함은 잘못된 단어 선택이었음을 당신도 이제 알겠지. 옳은 단어는 특권이다. 이 모든 기간을 지나고 보니 가르치는 일이란 뼈의 골수다. 진실은 당신의 강박이고.

회고록은 다음이 아닙니다

여기, 회고록에 대한 몇 가지 오해를 적는다.

• 회고록은 주제 면에서 기억하고 있는 모든 것을 무미건
  조한 어조로 설명하는 글이다: 이런 글은 21세기를 살
  아가는 우리에겐 정치인과 유명 인사들이나 쓰게 해야
  할 전기다. 아니, 왜. 솔직해지자. 그 사람들이나 쓰게
  놔둬야 한다.

• 걸러지지도 않고, 형태도 바로잡히지 않은 휘갈겨 쓴
  일기의 조판 버전이다: 매우 훌륭한 일기들도 있다. 이
  를테면 익명의 누군가가 쓴 『베를린의 여인A Woman
  in Berlin』은 가슴 저미는 이야기로 매우 예술적이며 반

드시 읽어봐야 할 글이다. 『뉴욕 일기: 1609~2009New York Diaries. 1609 to 2009』(테리사 카펜터 편집)도 무척이나 흥미진진하다. 그러나 일기 쓰기의 방법론은 사건이나 생각을 현시점에서 벌어지는 대로 기록하는 것이다. 회고록은 되돌아보는 일이다.

• 오로지 자기 자랑을 위한 자기 자랑서다: 만일 인생에서 얻은 교훈이 아무것도 없다면, 그것을 다른 사람과 나눌 가치가 있을까? 혹은 인생에서 얻은 교훈이 아직 없다면, 이야기를 기다려봐야 하는 것이 아닐까?

• 고발, 보복, '저놈 잡아라'를 길게 쓴 이야기의 출판 버전이다: 싸움은 침실이나 법정에서 벌어지는 일이다. 회고록은 싸움이 아니다.

• 강연이자 교훈이며, 정보와 사실로 끓인 국 같은 것이다: 회고록은 정당화하거나 기록하는 글이 아니라 밝히고 드러내는 글이다. 회고록은 함축하고 제안할 뿐 결코 고집을 부리지 않는다.

• 스스로 열고 스스로 진행하는 상담 시간이다: 회고록을

쓰는 사람들은 자기 자신에게 이야기할 뿐만 아니라 다른 사람들에게도 이야기하는 것이다.

· 스스로의 영광을 위한 글쓰기. 자신의 책임을 받아들이는 능력, 혹은 그 책임을 거절하는 것. 인생은, 그것이 어떤 인생이든 완벽하게 살아질 수 있고, 혹은 한 치의 실수 없이 설명될 수 있다는 생각에 대한 거짓된 충성.

· 기억이란 기계가 아니고 다른 사람들이 충분히 반박할 수 있는 것임을 은연중에, 혹은 드러내놓고 받아들이길 거부하는 것이다: 우리의 기억, 그리고 다른 사람들의 기억은 어렵다. 언제든 틀릴 수 있다.

· 실제로는 그렇지 않으면서 이러했으면 좋겠다고 생각하는 그럴싸한 흥미로운 인생에 대한 거짓된 환상이다: 거짓말의 그물망. 더러운 자국. 현실에 대한 조롱. 이런 것들만 따로 (혹은 똑같이) 다루는 카테고리가 있다. 그것은 픽션이란 이름으로 묶이곤 한다.

회고록이란

회고록을 쓰고자 한다면 요란한 나르시시즘은 치워두라. 당신의 입장을 누그러뜨릴 필요가 있다. 분노, 자기 과시, 부당함, 불운, 절망, 화를 지나 자비로 나아가는 작업이 되어야 한다. 진정한 회고록 작가, 즉 문학적인 회고록 작가들은 행동을, 선택을, 기분을 정당화하지 않는다. 그들은 더 높이, 높이, 높이 자신을 추켜세우지 않으며, 자신을 제외한 다른 사람들을 내려다보려 하지 않는다. 진정한 회고록 작가들은 스스로를 발견하는 일에 기꺼이 마음을 열고 회고록을 쓰는 동안 세상에 대해서뿐만 아니라 자기 자신에 대해서도 스스로의 약해짐을 자처한다. 그들은 갈망하고, 그리고 갈망받는다. 그들은 알고자 하는 욕망을 선언한다. 그들은 큰 소리로 원하는 것을 찾는다. 그들은 찾는다. 그들은 거리를 좁힌다. 그들은 나아가려 한다.

예를 들어 스리랑카에서 보낸 유년 시절을 되찾기 위해, 혹은 그 시절을 이해하기 위해 떠난 마이클 온다치의 글을 살펴보자. 『가문에 흐르는Running in the Family』의 첫 페이지다.

나는 이미 돌아갈 계획을 세웠었다. 조용한 오후가 오면 나는 바닥에 지도를 펼쳐놓고 실론으로 갈 수 있는 길을 찾곤 했다. 그러나 가장 친한 친구들과 한창 파티를 즐길 무렵, 나는 그제야 깨달았다. 나는 내가 자라난 가정으로 돌아가는 여정을 떠날 것이다. 내 기억 속, 오페라의 한 장면처럼 남아 있는 부모님 세대의 관계들. 나는 그들을 언어로 자세히 기록하고 싶었다. 기이하고 고독한 욕망. 제인 오스틴의 『설득』을 읽다가 이런 구절을 발견했다. "그녀는 어릴 적부터 신중하길 강요받았다. 로맨틱한 사랑은 더 나이가 들면서 배웠다. 부자연스러운 시작의 자연스러운 과정." 30대 중반에 나는 깨달았다. 내가 모르는 척했고, 이해하지 않았던 유년, 나는 그것을 미끄러지듯 지나쳐버렸다.

다이앤 키턴. 그녀는 유명 인사였지만 전기를 쓰지 않고 『그렇다면 다시Then Again』라는 회고록을 썼다. 이 회고록은 (쓴 편지, 파헤친 기사, 폭로된 비밀들의) 콜라주로 질문을 분석하고, 숙고 과정을 거쳐 표현된 주제를 (아름답게, 침착하게, 유명 인사로서가 아니라 인간으로서) 탐구한다. 그 모든 것이 한 문장에 담겼다. 결코 쉬운 설명은 아니지만, 이 문장은 삶과 상실의 굴곡이며, 이 문장을 통해 책이 움직이기 시작한다.

> 야망이 큰 두 여성, 그것도 같은 갈등을 겪고 우연히 엄마와
> 딸로 만난 두 여성을 비교하는 것은 평범한 삶을 받아들임
> 으로써 얻는 것과, 그와 달리 일부 성공함으로써 잃는 것들
> 의 이야기다.

어쩌면 누군가에게 회고록이란 세상에서 가장 끔찍한 것들의 이야기집일 수도 있다. 메디컬 호러 이야기, 불가능한 상실의 이야기, 학대에 관한 이야기, 박탈감에 관한 이야기, '내 애인이 바람났어요' 이야기, '그게 말이 되니?' 싶은 헤드라인을 장식할 만한 이야기들. 그러나 (인생에 대해 이것저것을 이야기하는) 플롯이 의미를 담고 있지 않다면 그것은 텅 빈 것이며, 깊은 생각의 과정을 거치지 않은 비극은—고마워요, 소크라테스—굳이 종이에 잉크를 바를 가치도, 디스플레이에 손자국을 남길 가치도 없다. 최고의 회고록이라 평가받는 글들은 대개 자극적인 흥미가 아닌 특정한 관점 안에서 보편적인 질문을 깊게 성찰한 것을 바탕으로 하고 있다.

이를테면 작가의 성장기를 다룬 고전『한 미국인의 유년 시절An American Childhood』에서 애니 딜라드는 희생자가 아니다. 세상에 눈뜨는 것이 무슨 의미였는지 되돌아보는 한 여성이다.

> 다른 모든 아이처럼 나는 몇 해 동안 조금씩 야금야금 아픈 마음으로 깨어났다. 나는 나 자신을, 그리고 세상을 발견했고 그것들을 잊었으며 다시 발견했다. 그 9월, 아버지가 강을 따라간 그날까지, 나는 잠과 잠 사이에 눈이 떠졌다. 조금은 좋았던 시간들. 그리고 깨지 않는 날보다 깨는 날이 더 많았다. 이렇게 잠에서 깨는 날들을 알아챈 나는 언젠가 늘 깨어서 결코 다시 잠들지 못할 날이 머잖았음을, 결코 나로부터 자유로워지지 못할 날이 머잖았음을, 이 무시무시한 논리를 예상하고 말았다.

마찬가지로 C. K. 윌리엄스의『불안Misgivings』은 상실이라는 틀 안의 이야기이지만 그가 쫓는 것은 비극이 아니며, 이해다.

> 죽은 나의 아버지. 나는 그가 누워 있는 방으로 들어가 어쩌면 아직 내 목소리가 들릴지도 모른다는 생각에 소리쳤다.

우리가 함께했던 그 전쟁은 얼마나 참혹했던지! 아직 베개에 머리를 누이고 있는 아버지의 육체에 대고 나는 말했다. 장의사가 와서 그 진절머리 나는 초록색 지퍼백에 아버지를 넣어 데려가버리기 전에, 그가 마침내 그의 치욕스러운 고통을 끝내도 좋다는 허락을 받고 게걸스럽게 집어삼킨 약이 들었던 병, 그렇게 하는 것이 어떤 의미인지 그에게 깨달음을 준 그 빈 병이 침실 탁자 위에서 치워지기 전에. 나의 어머니가 와서 아버지 곁에 눕기 전에.

나의 어머니가 죽을 때, 나는 나조차 내가 그런 말을 할 줄은 모른 채, 뜻밖에 이렇게 말할 것이다. "사랑합니다." 그러나 내 아버지에게 지금 다시 한번 내 목소리는 마치 자진하듯 불쑥 말해버린다. 이게 대체 무슨 전쟁이란 말인가! 그리고 나는 다시금 의문스럽다. 왜 나는 그 말을 했을까. 아버지와 나의 격렬한 싸움, 마치 서로에게 원한을 품은 듯 증오하고, 경멸하고, 혐오하는 것처럼 보였던 그 폭력적인 싸움 이후로 여러 해가 지났다. 어쩌면 우린 서로에게서, 어쩌면 각자가 스스로와의 싸움에서, 그토록 오랫동안 우리 두 사람 사이에서 일상처럼 벌어졌던 그 사건들이, 꼭 그러지 않았어도 되는 갈등이었음을 배운 지 여러 해가 흘렀다.

버즈 비싱어도 선천적으로 치료 불가능한 뇌 손상을 입

고 태어난 아들, 그를 포함한 쌍둥이 아들을 기르는 것에 관한 회고록, 『아버지의 날Father's day』을 통해 마음이 평안에 이르지 못하고, 위안을 찾지 못하고, 긴장감과 뭔가를 계속 찾게 되는 것들을 괜찮다고 여기지 못함은 그의 무능력함에서 발로한 것이지만, 그럼에도 이해하기 위해 간절히 노력한다.

이렇게 오랜 시간이 지났는데도 정말이지 여전히 수수께끼 같은 누군가를 이렇게나 많이 사랑한다는 것은 참 이상한 일이다. 이상하다는 건 아무것도 뜻하지 않는 나쁜 단어다. 이것은 내 인생에서 가장 끔찍한 고통이다. 자크에게 노력을 쏟는 만큼, 씨앗이 있으니 꽃의 싹을 틔울 방법을 찾으려고 노력하는 만큼, 나는 동시에 도망갔다. 죄책감에 도망쳤다. 나는 도망쳤다. 아들이 불공평한 일을 당한 것 같아서, 그리고 나도 불공평한 일을 당하는 것 같아서. 나는 나의 수치심 때문에 도망쳤다. 나는 이런 감정을 느끼거나 말하는 것이 자랑스럽지 않다. 그러나 항상 그런 것은 아니지만, 나는 그래도 꽤 많은 순간에 이런 것들을 생각하며, 그리고 이런 것들을 생각할수록 내 수치심은 늘어갈 뿐이다. 이 아이는 내 아들이다. 내가 어떻게 이 아이를 이런 식으로 볼 수 있단 말인가?

마리 아라나가 『미국인 치카American Chica』를 쓴 것은 가족을 유용하거나 음침한 비밀을 폭로하거나 이기거나 요구하려 함이 아니고, 이례적일 정도로 서로 다른 두 사람—그녀의 부모님—이 어떻게 가정을 유지할 수 있었는지 무슨 수를 써서라도 기록하기 위함이었다.

> 손톱만큼의 가능성에도 희망을 품고, 연약한 이음새로 틈 사이를 이어보려 노력하며, 모래밭에 기둥을 꽂으려 애쓰는 남아메리카 남자와 북아메리카 여자. 두 사람이 친구들, 럼주로 인한 허기, 그리고 모르시야(일종의 피순대—옮긴이)를 들고 정원으로 재빠르게 들어갈 때, 그때 그들이 알고 있었어야 할 커다란 교훈이 하나 있었다. 북아메리카와 남아메리카 사이에는 본질적으로 균열이 있다. 지질학적으로 너무나 깊은 흠결 같은 틈. 판板이 맞지 않는다. 지구는 느슨하고, 어디서든 결함이 발생한다. 지진이 일어난다. 벽들은 무너지기 쉽다.
> 두 사람의 광채가 달아나는 것을 내려다보면서, 나는 내가 나머지 생을 두 사람을 의문스러워하며 보내게 되리라고는 생각지 못했다.

그리고 『평범할 수 있는데 왜 즐거워야 하나요?Why Be

Happy When You Could Be Normal?』의 지넷 윈터슨이 있다. 그녀는 자기 어머니에게 상처 주기 위해 쓰는 것이 아니고(그랬을 수도 있다. 증거가 있었다.) 사랑이라는 문제와 사랑의 필요성을 찾아 나섰던 자기 삶을 보고하기 위해 쓴다.

> 자, 우린 인간이다. 들어보라. 우린 사랑하는 쪽으로 마음이 기운다. 사랑은 그저 있는 것이거늘, 사랑을 어떻게 하는 것인지 배워야 하다니. 우린 똑바로 서고 싶어하고 걷고 싶어 하지만 누군가는 우리가 균형을 잡을 수 있게 손을 잡아주고 갈 길을 안내해주고, 우리가 넘어질 땐 일으켜줘야 한다. 자, 들어보자. 우린 넘어진다. 사랑은 그저 있는 것이거늘, 우리는 이것을 배워야 한다. 사랑의 형태를, 사랑의 가능성을. 나는 내 두 발로 서는 법을 스스로 배웠다. 그러나 사랑을 어떻게 하는 것인지는, 스스로 깨칠 수 없었다.

아름다움은 절박함에서 태어난다. 꽤나 확실한 이야기다. 가르쳐 억지로 주입한 얇은 거짓 앎이다—굳이 더 설명할 것도 없는 자명한 사실일 테다. 아마도? 목소리는 색조이자 분위기이며 태도다. 시제가 다른 글을 만든다. 회고록을 쓰는 사람들은 그들이 살아온 삶과 그들이 봐온 것의 모양을 만든다. 그들은 자신이 사랑하는 것을 존경하고, 그들이 믿는 것을 옹호한다. 그들은 생각 그리고 언어와 함께 살고 스스로와 함께 살면서, 복잡한 것에 명확함으로 응수하며, 시간을 (보기 위해) 조작한다. 그들의 이야기는 그들의 인생이 지닌 모순 속에 있다. 거짓된 시작, 그럴 것이라 추정하는 승리, 그리고 발화되자마자 곧 그들을 고통 속에 빠뜨리는 깨달음. 그들은 한 번 그 이야기를 쓴다. 그들은 여러 번 쓴다.

　그들은 숨을 들이쉰다.

　그들은 노래한다.

　그리고 그들의 목소리가 진실할 때, 우리는 그들이 진실하다는 것을 안다. 그들을 믿는다.

쓰기 위해 읽자

한때는 내게도 친구가 있었다. 그렇다. 한때. 그 친구는 어느 날 문득 책을 써야겠다는 생각을 했고, 특별히 회고록을 쓰고 싶어했다. 그래서 내게 전화를 걸어 도움을 청했다. 그녀는 말했다. "재미있어야 해." 친구는 그때까지 단 한 권의 회고록도 제대로 읽지 않았고 내가 생각하기에는 읽는 것이 도움이 될 듯해 곧장 친구가 읽을 만한 회고록 도서 목록을 만들기 시작했다. 나는 내가 만든 목록을 친구에게 보냈고, 그게 전부다. 회고록의 끝이자 우정의 끝.

회고록 작가는 회고록을 읽어야 한다는 사실을 내가 내비쳤을 때, 나는 그 친구를 모욕할 의도가 전혀 없었다. 하지만, 모욕이었나보다. 나의 짜증나는 방법. 이야기는 회고록의 책 페이지 안에 살고, 전략도 전술도 마찬가지다. 관점과 시제를 소재로 한 정교하고 미세한 실험. 대담한 구조적 전환. 음운 탈락과 여백. 로마자에 비해 눌린 모양을 한 이탤릭체. 미안한 마음이 들긴 하지만, 그래도 사실은 사실이다. 회고록을 쓰려면 회고록을 읽어야 한다.

나는 아주 이른 아침, 남편이 일어나기 전에, 잔디밭의 밝은 빛이 다 타버리기 전에, 어디서든 누군가가 다른 이야기를 꺼내기 전에, 읽는다. 나는 바깥에 있는 오래된 긴 벤치에 앉아서 읽고, 나무로 짠 평상에서 읽고, 산들바람과 상쾌한 분홍빛 아침 햇살에 맞춰진 침대 내 자리에서 읽는다.

읽는 것은 나가는 것, 그리고 들어가는 것에 관한 것이며, 그와 마찬가지로 떠나는 것, 그리고 그 어디에도 가지 않는 것에 관한 것이다. 이른 아침에 책을 읽는 것은 마치 한 편의 꿈을 더 꾸는 것, 이상하고도 달콤한 잠의 솜털 위에서 조금 더 길게 나른히 누워 있는 것과 같다. 아침에 책을 읽고 있는 내 모습을 그려본다면, 나는 내 머리를—모서리가 없고, 크고, 형태가 바뀌며, 어디에도 매여 있지 않고, 몸의 뼈나 근육 가까이에서 맴돌기는 해도 결코 묶이지 않는—구름으로 그릴 것이다. 나는 읽는다. 나는 말한다. 그리고 움직임 없이 깊고, 거칠고, 때로는 모순되는 곳 어디든, 대체로 뜻을 분명히 하는 언어, 그리고 회고록의 정경 속으로 들어간다. 나는 (반복해서) 어떻게 회고록이 만들어지는지 배운다. 나는 회고록 작가가 가르쳐주는 무언가를 배운다.

『로드 송Road Song』에서 내털리 쿠시는 올바른 세부 사항을 선택하는 것의 중요성, 그리고 페이지 위 세부 사항 사이에 여유 공간을 주는 것의 중요성을 가르쳐준다. 마이클 온다치는 『가문에 흐르는』에서 파편이 가진 힘, 그리고 완벽하게 확신하지 못하는 것, 혹은 완벽하게 사리 분별이 명확지 못한 것의 온전함을 권한다. 『인생의 반』에서 다린 스트라우스는 여백을 가르쳐준다. 『기도자의 집 2House of Prayer No. 2』에서 마크 리처드는 친밀한 이인칭 산문체를 가르쳐준다. 패티 스미스의 『저스트 키즈Just Kids』에서는 회고록이 타인의 진실성(과 사생활)을 지켜줄 공간을 얼마나 많이 만들어낼 수 있는지 배울 수 있다. 제프리 울프는 『기만의 공작Duke of Deception』에서 용서를 가르쳐준다. 벨 훅스의 『본 블랙Bone Black』에서는 반복되는 말의 힘을 배울 수 있다.

좋은 회고록은 좋은 이야기 그 이상이다. 좋은 회고록은 인생과 형식에 관한 지침이요, 형태에 관한 숙고이자, 벽에 드리워진 그림자다. 좋은 회고록은 예술작품이다. 반드시 그래야만 한다. 그렇다면, 기본 아닌가? 당신은 회고록을 쓰려하기 전에 회고록의 예술이 무엇인지 알아야 한다. 회고록과 관련된 용어들이 담긴 모음집이 있어야 하고, 그것의 도움을 받아 당신이 쓴 문장과 그 문장들의 배열을 평가할 수 있어야 한다.

책을 사라. (당신의 시작을 돕기 위해 책 끝에 부록을 더했다.) 책장 공간을 넓혀라. 책이 더러워지고 닳고 닳을 때까지 읽어라. 닥치는 대로 읽어라. "당신 혼자서만 당신이 흥미롭다고 생각한다면, 그것은 당신이 지루하단 뜻"이라고 그레이스 페일리는 말했고, "진정한 회고록은 다른 모든 문학작품이 그러하듯 자기 자신만이 아닌 세상을 찾고자 하는 시도에서 쓰였다"고 퍼트리샤 햄플은 말했다.

지루한 사람이 되지 마라.

세상을 찾아라.

그리고 그때가 되면 (오직 그때가 되어서야 비로소) 당신은 회고록 안에 단단히 박힐 수 있다.

위대한 유산

비록 나는 내 학생들보다 나이가 두 배쯤 많고, 결혼했고, 게다가 처음 창작 수업에 등록했을 때 이미 한 아이의 엄마였지만, 많은 학생의 얼굴에서 나는 한때의 내 모습을 본다. 우리 가족은 이탈리아 스폴레토로 여행을 갔다. 언덕을 오르고 교회에 들어가 피아노를 연주하고 있는 곳 아래에 앉았다. 언덕에는 허리에 밧줄을 두른 수녀들이 있었다. 시장에는 태양 빛을 받아 풍성하게 부풀어 오른 꽃들이 있었다. 우린 밤늦게 도착해 모르는 사람의 집(아직 주방 싱크대 옆에 세워놓은 접시의 물기가 채 마르지 않았고 자욱한 구름 사이로 비친 달이 거실 창에 드리워져 있었다)에 자리를 잡았다. 그러고는 이튿날 나는 둥근 모서리가 있는 건물의 계단을 힘겹게 올라 교실 뒤편에 앉았다.

나는 회색빛 종이의 빈 노트를 가지고 다녔다. 노트 커버에는 상형문자가 도톰하게 새겨져 있었다. 레지널드 기번스와 로젤런 브라운 같은 스승의 작품을 읽었고, 창 너머 언덕 깊은 곳에는 로마의 원형극장과 탑처럼 생긴 성, 산타 마리아 아순타 대성당, 이제 막 아장아장 걷기 시작한 아들이 곧 피아트Fiat처럼 (거의) 뭐라도 하나 부술 듯 돌진해 들어가게 될 은으로 만든 장신구와 카드를 파는 가게가 있었다. 남편에게 침을 쏘아 손이 풍선처럼 부풀어 오르게 했던 말벌도 창 너머에 있었다. 언덕 낮은 곳에는 종이꽃으로 장식된 피자 가게가 있었다. 로마 수도교의 매끄러운 가로대. 희미한 빛의 바실리카와 그 아름다움을 설명해준 남편의 두 단어. 강제적 시점. 묘비에 적힌 긁힌 이름들, (환한 대낮에) 타는 초와 하얀 손수건을 든 여자가 문지르고 또 문지른 이름들, 그 이름들의 삶을 상상하기 위해 창작반 학생들이 곧 가게 될 묘지.

하지만 지금 당장 앞에 놓인 것은 수업, 소음방지 캡이 달린 의자, 내 텅 빈 책, 다른 학생들, 로젤런 그리고 레지널드. 레지널드는 이렇게 입을 뗐다. "모든 다름이 차이를 만들어요." 나는 그가 하는 말을 하나하나 받아 적었다. "글쓰기라는 공예는 다른 사람이 볼 수 있도록 무언가를 묘사하는 일입니다." 레지널드는 이내 헨리 제임스의 말을 인용했다. "삶에서 그 무엇도 잃지 않는 사람이 돼라." 그리고 로젤런이 말했다. "나는 낭만적으로 시작해서, 스스로 그 낭만을 파괴하는 문장을 좋아해요."

스스로 자신의 낭만을 파괴하는 문장.

내 인생 대부분의 시간 동안 나는 방구석 작가였다. 상자 안에 내가 쓴 시가 한가득이었고, 내가 쓴 단편소설들은 반송 딱지가 붙은 부메랑이 되어 돌아왔다. 그곳에서 창작 기술 첫 수업을 듣고 있었던 나에게 스폴레토에서 내가 배운 것, 내가 가치 있게 여기기로 선택한 것, 나 스스로에 대하여 믿게 된 것들은 이후로 내 생의 모든 날에 쓸 이야기, 살아갈 이야기들에 관한 내 생각의 모양새를 만들어줬다. 그리고 내 앎을 전수할 방법을 찾고 싶게 만들었다.

나에게 스폴레토는 또한 나만의 문학적 기준을 검토하고 정립하며, 거기에 부합할 시도를 하는 일련의 과정의 시작점이기도 했다. 내가 작품을 읽을 때, 그 작품을 쓴 작가에게 기대하는 것은 무엇인가? 나 스스로에게 바라는 것은 무엇인가? 왜 여태까지 나는 스스로에게 이런 질문을 던지지 않았지? 왜 나는 그 많은 것을 흐리멍덩한 조건부로 남겨두었을까? 왜 여태껏 나는 스스로 지키고자 하는 기준선도 정립하지 않았던 걸까? 좋다는 것은 결국 무슨 의미일까? 그리고 내가 단순하게 난 이게 좋아라고 했을 때, 난 무슨 의미로 그 말을 한 거지?

바뀌어야 했다.

그리고 바뀌었다.

읽으면서 알게 되고, 가르치면서 알게 되고, 내 글을 검토하면서 알게 되고, 다른 이가 쓴 글을 검토하면서 알게 된 바에 따르면 내가 회고록 작가들에게 기대하는 것은 신중한 구조, 야심찬 언어, 애정이 깃든 목소리, 너른 마음, 연대기만으로도 족할 것이란 생각에 대한 거부다. 그리고 내가 워낙 이런 것을 남들에게 기대하기 때문에 이것을 나 자신에게도 요구한다는 점을 인정한다. 회고록—그들의 회고록과 내 회고록은 회고록이라는 스토리의 장르와 특징을 넘어서야 할 뿐만 아니라 반드시, 그리고 궁극적으로 작가 자신을 초월해야 한다.

이것의 나의 기대라면, 당신의 기대는 무엇일까? 내가 가르치는 학생들의 기대는 어떨까? 내가 학생들에게 750개 단어의 분량을 주고 그들의 기대를 표현해보라 했을 때, 내 모교 캠퍼스 끝자락에 위치한 그 빅토리아풍 건물에서는 놀랍고도 빼어난 작품들이 탄생했다. 순간적으로 떠올렸던 질문은 그만큼 단순해 보인다. 글을 읽을 때 그 글을 쓴 타인에게 기대하는 바는 무엇이고, 작가로서 스스로에게 기대하는 바는 무엇인가. 하지만 이 질문에 대한 답은 각 작가에 관한 비판적 어휘와 틀, 나아가 일종의 약속까지 정립하는 놀라움을 보여줬다. 이것이 내가 기대하는 것입니다. 각각의 에세이는 자신만의 스타일로 결론을 내리고 있었다. 날 보세요. 기준을 세우고 있잖아요.

기대에 관해 쓰는 학생들의 에세이를 두고 무엇을 기대해야 할지 나는 아는 바가 거의 없다. 나는 단 한 번도—이 말은 진실하다—실망한 적이 없었다. 나는 이 글을 읽는 당신에게 영감을 주기 위해 이 에세이 조각들을 이곳에 싣는다. 하, 누가 누구에게 영감을 논하나? 이 글들은 사실 나에게 큰 영감을 준다.

나는 잘 쓴 글을 보면 나도 모르는 사이에 그 속으로 빨려들어가고 싶다. 애써 내 관심을 갈구하는 듯한 단어 선택들은 싫다. 마치 작가가 자기 글이 읽히고 있다는 사실조차 모르는 듯, 독자를 의식하지 않은 즉각적인 느낌의 매력이 좋다. 아니 더 나아가 한 편의 글이 작가가 종이 위에 말로 부리기도 전에 이미 존재했던, 그저 아름답기만 하고 저자도 없는 생각의 총체이길 바란다. 작가가 글을 쓸 때 이 글을 누군가가 읽으리라는 사실을 전혀 신경 쓰지 않는 것, 이것이 내 판타지 중 하나다. 페이지 위에 존재하는 이 자주적인 것이 그저 스스로 날갯짓하는 것이기를, 스스로 햇살에 몸을 맡기기를. 그런 온전히 결백한 것. 독자의 관음증. 작가는 그러니까 자신의 안경을 칠칠치 못하게 잔디밭에 두고 간 사람이다. 독자가 그것을 볼 수 있도록.

—세라

나에게 말하라(일인칭 시점은 글을 시작하기에 좋은 방법이다.
필수인 건 아니지만). 그리고 나의 있음을 알라. 나는 당신이
글을 쓸 때 당신 자신이 아닌 다른 사람을 위해 썼는지 알고
싶다. 바로 나를 위해. 의도를 가지고 써라. 모든 문장에, 모
든 단어에 노고를 기울여라. 왜냐하면 내가 밤중에 당신이
당신의 인생을 담았다고 생각하는 그 페이지 꾸러미를 손
에 쥘 때는, 당신의 말이 내 마음에 가져다줄 충격에 관하여
당신이 긴 시간 동안 치열하게 생각했을 것임을 신뢰하며
읽고 싶기 때문이다. 당신의 말이 나를 가야 할 목적지에 데
리고 갔을 때, 내 여정이 당신의 사랑의 결과임을 알고 싶기
때문이다.

—레이철

내가 스스로에게 요구하는 기준을, 나는 내가 읽는 작품의
작가들에게도 요구한다. 나는 진실한 글을 좋아하는데, 진
실한 글은 작가를 신뢰하게 해주고 그래서 그 혹은 그녀의
작품에 더 애정을 쏟게 만들기 때문이다. 가식적이거나 잘
난 체하는 글을 보면 거기서는 아무것도 얻지 못하게 마음

의 문이 닫힌다. 작가가 상상과 묘사를 통해 그들의 이야기 속으로 나를 이끌어갈 때, 그리고 그것들이 살아 숨 쉴 때, 나는 이런 글에서 많은 것을 얻는다.

—내빌

나는 또한 작품에서 언급된 사람들을 향한 연민을 기대한다. 우리는 모두 실패할 수 있으며 결점을 갖고 있다. 인물을 묘사할 때 공정하길 기대한다. 착하기만 하거나 나쁘기만 한 납작한 인물은 아주 소수여야 한다. 제프리 울프의 『기만의 공작』은 연민에 관한 위대한 본보기였다. 아버지가 사기꾼이었음에도 그는 여전히 이렇게 말한다. "연민, 보살핌, 아량, 그리고 끈기. 이것은 변함없이 아버지에게서 물려받은 것이다." 공정함의 또 다른 측면은 다른 이의 연약함을 생각하는 것이다. 다른 사람들이 우리를 믿고 그들의 비밀을 털어놓는 일은 살면서 언제나 일어난다. 나라면 명백한 허락 없이는 그 신뢰를 저버리지 않을 것 같다. 살면서 만나는 사람들에 대해 우리가 알고 있는 것이 전부 공정하진 않을 것이다. 내 글은 타인을 존중하는 글이었으면 한다.

—에린

그렇다면 오락성은 어디에서 기인하는가? 읽기의 매력은

관음증적 시각에서 오는 것이다. 자기 자신에게 끼칠 영향은 없는 상황에서 타인을 무심한 듯하면서도 진실하게 아는 부자연스러운 친밀감이라니, 그것이야말로 고매한 인간 판타지의 완성이다. 우린 제멋대로 할 수 있는 사회적 유대감을 희구한다. 문학의 오락성에 관하여 앞서 언급한 측면은 독자의 기능적 관계를 관음증적 만족감으로 채움으로써 독자를 유혹한다. 실제로 독자와 인물 사이에는 아무것도 없이 텅 비어 있건만 그것을 착각하게 하고는 친밀감과 친숙함을 자극한다. 시브룩은 자신의 에세이에서 시나벨을 독자에게 보여줄 때 손님이 그를 보는 방식을 통해, 혹은 그들이 볼 법한 방식을 통해 한다. 독자의 묘사가 가진 타당성은 중요하지 않으며 개인적인 것이다. 그 그림을 채색한 사실들은 진실이다. 현대 상업주의와 학계에 대한 드릴로의 찬사로 인해 우리는 개념을 변화하는 분위기와 연결시키고, 내러티브가 분명해질 수 있는 만큼 암묵적으로 말하게 하며, 지성의 혼란스러운 상태에 닿게 된다. 이것이 내가 글에서 기대하는 바이며, 내가 제공하기를 바라는 것이다.

—조너선

일단 책 한 권을 읽겠다고 마음먹으면, 나는 건강하지 않은 진지한 연애를 하고 있는 사람의 감정을 느끼길 원한다. 그 중요한 사람 없이는 아무 데도 가고 싶지 않고, 머릿속엔 오직 이것 하나만 있는 그런 연애. 나는 인물들을 알고 싶고, 그들에게 공감하고 싶다. 그렇게 마치 친구에 관해 한담하듯 그 인물들에 대해 말할 수 있으면 좋겠다. 나는 아름답게 정제된 문장을 수놓는 시적인 작가들의 작품도 좋아하지만, 으스대지 않고도 좋은 이야기를 할 수 있는 사람이 쓴 날것의 정직한 글에 더 매력을 느낀다. 엔딩은 절대적으로 좋아야 한다. 모든 이야기가 동화 같은 결말을 맞아야 한다는 뜻은 아니고, 심리학에서 배운 바에 따르면 "최신 효과"라는 게 있는데 내가 가장 마지막에 읽은 부분을 기억할 가능성이 높은 현상을 가리킨다. 그러므로 작가는 부적절한 결말만큼은 독자에게 남겨주지 말아야 한다. 질질 끄는 질문들은 받아들일 만하다. 하지만 결합력이 부족하고 모자란 결론은 그저 시큼한 맛만 남길 것이다.

—케이티

나는 내 글에 기억을 이야기로 바꿔주는, 말로는 설명할 수 없는 무언가가 있어서 그것으로 독자들을 놀라게 하기를 기대한다. 나는 이것을 문장 길이의 다변화와 실험적인 구두점 사용 같은(나는 올바르게 사용한다면 슬래시도 매우 강력한 효과를 낼 수 있음을 깨달았다) 언어학적 측면에서 이뤄내고 싶다. 어쩌면 그보다 나는 스스로를 놀라게 하길 기대하는지도 모르겠다. (아니 어쩌면 그것을 기대하는 건 아닌지도 모른다. 왜냐하면 내가 기대한다는 건 곧 그것이 놀라움이 될 수는 없다는 뜻이니까.) 대신 나는 놀라움의 가능성을 아직 열어두기를 기대할 수 있고, 기대하고 있다. 또한 내 회고록을 더이상 발전할 여지가 없는 주어진 틀에 가두지 않기를 기대할 수 있으며 기대한다. 세상에 나온 내 글이, 내 목소리가 어떨지 빨리 보고 싶다.

—리아

작가들에게 내가 기대하는 것은 독자를 위한 배려, 균형 잡힌 의미 있는 세부 사항들, 그리고 자신의 글을 향한 어떤 목적의식이다. 보통 사람들에게는 기대하지 않는 우수에 찬 생각과 예민함을 작가에게는 기대한다. 나는 작가들이 늘 "왜?" 혹은 "이게 진짜 뭐지?"라고 질문하고 해답을 알아내기 위해 애쓰기를 바란다. 자신이 무엇을 찾고 있는지 아는 작가들이 그것을 찾는 여정으로 독자들을 데리고 가는 것이다. 회고록, 그리고 회고록이라는 미션의 중요성에 대해 생각해보면서 뼈대가 점점 더 명확해짐을 느낀다. 우리 모두에게는 끝없는 이야기가 있다. 우리 삶은 요약할 수 있는 것이 아니며 요약을 시도해서도 안 된다! 작가라면 모름

지기 자기 글에서 금실을 뽑아낼 줄 알아야 하며, 무엇이 알
맹이이고 무엇이 쭉정이인지 분별해 이것을 독자들과 함께
조직할 줄 알아야 하며, 마음속에 자기만의 목적지를 품고
있어야 한다. 또한 작가들도 분명히 어떻게 읽어야 하는지 그
방법을 알고 있기를 기대한다.

—앤드리아

이 글들을 읽고 난 지금 당신에게 첫 번째 과제가 주어졌
다. 당신이 읽은 회고록이 당신에게 매력적이었던 이유를 생
각해보자. 당신이 스스로에게 기대하는 것은 무엇인가. 글로
적어 늘 가까이에 두라. 당신이 세운 그 황금률에 실패하지
마라.

조심해, 지금

내가 쓴 책을 들고 세상에 나와 있는 지금, 나는 조언의 대가를 안다. 나는 다음과 같은 질문에 깃들어 있는 다급함을 안다. 나를 읽나요? 나를 가르치나요? 나를 사랑하나요? 나를 작가로 만들어주나요? 다른 사람이 쓴 작품으로 관심을 기울이면, 위태롭게도 당신의 자리에서 벗어나게 된다. 다른 사람의 꿈과 다른 사람의 작품으로 들어간다면, 당신이 있던 길에서는 내던져지는 것이다. 가르치는 일은 침입과 시작의 연속이다. 그러나 당연하게도 나 또한 기운다.

다른 이들에게 마음을 항상 열어놓으라고 이야기할 때, 그것은 나 자신에게 하는 말이기도 하다. 존중을 가르칠 때, 나는 스스로를 계속해서 점검한다. 시인이자 소설가 포러스트 갠더의 말―"어쩌면 우리가 할 수 있는 최선은 우리를 무방비 상태로 놓아두는 것인지도……"—을 낭독할 때, 나는 꼭 맞는 재킷을 조금은 풀어 흐트러뜨린 채 집으로 돌아가는 먼 길을 걷는다. 이디스 워턴의 "좋은 마음 아픔은 시인에게 수많은 노래를, 소설가에게는 많은 소설을 준다. 단, 반드시 그들에게 아플 마음이 있어야만 한다"를 낭독할 때는 스스로에게 묻는다. 이렇게 늙은 나이에도, 내 마음은 여전히 아파할 수 있을까?

학생들을 가르칠 때, 나는 분명히 내 학생들과 그곳에 함께 있다. 내가 회고록을 가르칠 때마다, 내가 이것을 깊이 생각할 때, 이것을 다시금 쓰겠다는 마음이 일 때, 나는 위험 지대에 서게 된다.

당연한 일이다. 그렇지 않을까? 회고록을 쓰는 건 위험한 일이다. 사람들이 연루돼 있다. 그들의 감정, 그들의 명성, 당신과 그들의 관계가 연루돼 있다. 당신이 쓰는 책에 누군가를 등장시킨다. 그것은 등식을 바꾸는, 그것도 영원히 바꾸는 일이다. 나는 이런 일을 학생들에게 가르친다. 나는 이런 일을 스스로에게 가르친다. 수없이 반복해서.

말하노니 조심하라. 지금. 학생들에게, 또 나 자신에게. 왜냐하면 당신이 그린 초상이 그들을 돋보이게 하는 것이든 그렇지 않든 상관없으니까. 그 농담이 당신을 향한 것이라고 당신이 생각하든 말든 아무 상관 없으니까. 다른 사람에게 영웅의 이름표를 달아주고 찬사를 하든 말든 상관없으니까. 그 무엇도 상관없다. 회고록 작가는 각 인물을 연기하는 배우가, 그러니까 작가의 어머니, 아버지, 형제, 사촌, 어린 시절 친구 혹은 고인이 된 친구, 오래전에 만났던 연인, 지금의 배우자, 이웃, 팀원, 동료, 교수, 학생, 자녀가 그들이 당신의 책 페이지에서 한자리 차지한 것을 두고 어떻게 느낄지에 관해 통제할 권한이 없다. 회고록에서 누군가를 착하다고 이야기해보라. 어쩌면 그녀는 당신이 자신을 따분한 인간이라며 꾸짖었다고 생각할지도 모른다. 누군가의 친절을 폭로해보라. 그는 아마 더 중요한 게 있는데 당신이 거기에는 존경을 표하지 않았다고 생각할 가능성이 크다. 공공연한 고발 혹은 공공연한 누설. 아마—아니, 확실히—피투성이가 될 것이다. 그 전쟁은 여러 해 동안 지속될 수 있다. 그 전쟁은 끝나지 않을 수도 있다.

그리고 이것을 잊지 마라. 내 경험담이니 알아두어라. 사람은 성장한다. 자녀들도 마찬가지다. 회고록은 그때 그 시간에 사람을 영원히 박제한다. 때로 그렇게 하는 것이 그리 사랑스러운 일은 아니다. 어쩌면 다른 사람들은 당신을 용서할지도 모르겠다. 하지만 당신은 당신 자신을 용서할 텐가?

이렇게들 말한다. 회고록을 쓰는 것은 책 속에 쌓아두는 다정함이자, 종이 위에 옮겨놓은 지성, 그리고 장면에 바친

너그러움이라고. 그러나 회고록을 쓰는 것은 또한 거대한 절도, 표절의 한 형식, 스토킹의 한 종류다. 내가 생각하기에 회고록을 가르치는 사람에게는 학생들이 안정적이도록 균형을 잡아줄 도덕적 책임감, 벌어질 수도 있을 어떤 결과에 대해 주의를 줄 도덕적 책임감, 글의 구조가 견고하고 올바르게 될 때까지, 회고록이 반대편 벽에 있는 키 큰 풀숲에 숨겨진 탄약에 맞설 수 있을 때까지, 그때까지 다시 쓰라고, 더 잘 쓰라고 쓴소리할 도덕적 의무가 있다. 교실에서 회고록을 쓰는 것은 허영심 가득한 활동이 아니다. 이것은 인생의 엉망진창인 측면을 이야기함과 동시에 실제로 중요한 것—그렇다—실제로 중요한 무언가 속에 눈目과 나나를 섞어 넣는 활동이다. 작가가 스스로에 대해 알 여지를 주는 활동이자 우리가 사랑했던 사람들, 한바탕 전쟁을 치렀던 사람들, 혹은 잊지 못하는 사람들이 어쩌면 눈을 부릅뜬 대중과는 상관없이 살 때(대단히 감사합니다) 행복할지도 모른다는 것을 확실히 (매우 확실히) 하는 활동이다.

내가 지난 몇 년 동안 누누이 말했듯이, 실제 작가들이 회고록을 쓰는 것은 승리하기 위해서도 아니고 끝장을 내기 위해서도 아니다. 그보다는 오히려 웅성거림, 울부짖음에 가깝다. 언어가 곧 구원이기 때문에, 그들이 여태껏 살아 있었기 때문에, 혹은 그들이 살아남았기 때문에, 혹은 내일까지, 혹은 그다음 날까지 살아남으려고 결심했기 때문에 그들은 쓴다. 올바른 이유로 쓰시라고 나는 간청한다. 진짜를 써라. 타인을 이해하고 써라. 어린 학생이 작가에게 무엇을 기대하는지를 적은 에세이에서 썼듯이 누군가의 삶이나 비밀은 우리소유가 아니다. 어쩔 수 없이 당신을 떠날 사람이 있을 것이며, 나아가 형식을 조롱하고, 의심스러운 마음을 감추지 않으며, 누군가는 (프랑스 언어가 그 기원으로 '기억reminisce'이란뜻을 떠올리게 하는) 회고록이란 용어를 가장 못돼먹은 비난 목록에 올릴 것임을 알고 써라.

당신도 읽으면 알 것이다. 회고록은 그렇게까지 대단하지 않다. 회고록은 수상쩍을 정도로 쉽다. 『뉴요커』에 실렸던대니얼 멘델존의 글을 생각해보라. 그는 이 글에서 회고록이라는 장르에 붙인 "이렇게 들리는 것 같고/ 저렇게 보이는 것같은" 꼬리표 목록을 다음과 같이 제안했다. "꼴사나운 자기노출, 불쾌한 배신, 피할 수 없는 허위, 저속함의 흔적." 벤 야고다가 쓴 『회고록: 역사Memoir. A History』를 생각해보자. 우리는 이 책에서 "회고록과 소설의 관계는 사진과 그림의 관계와 같으며, 꽤 괜찮은 작품을 쓰기가 더 쉽다는 점에서도그러함"을 배운다. 그는 이렇게 적었다. "오직 대가만이 신빙성 있고 매혹적인 허구의 세계를 창조할 수 있는 법이다. 평범한 수준의 훈련, 통찰, 지성, 그리고 편집력에 더해 평범한 것보다는 조금 더 흥미로운 인생을 산 사람이라면 누구든지 꽤 훌륭한 회고록을 쓸 수 있다."

다시 말해서 회고록을 쓴 다음에는 기분이 한결 좋을 수 있다는 뜻이다. 그러나 그 글이 읽히고 난 후에는, 비평가들이 한마디씩 하고, 동네 모임에서 이웃이 귀엣말을 하는 것을 뜻하지 않게 듣고, 당신의 자매가 당신이 기억하는 방식을 놓고 힐난하는 것을 듣고 나면 당신의 기분은 어떨까?

대비하라. 인지하라. 앞으로 나아가되 조심히 나아가라.

2부

소재

스스로와 씨름하라

시인 메리 올리버는 딕션diction이란 작가가 선택한 단어들—단어들의 소리, 단어들의 상대적인 정확성, 단어들의 함축된 의미가 가진 다양성과 그 변이들—이 모여 만드는 분위기라고 말했다.

단어들이 모여 만드는 분위기. 그렇다. 회고록을 쓴다는 것은 분위기를 쓰는 것과 같다.

하지만 정확히 어떤 분위기? 당신은 알고 있나? 당신은 당신이 누구인지, 당신이 무엇을 할 수 있는지 알고 있나? 당신이 그러하다고 선택한 것들이 당신이 누구인지에 관해 어떻게 말해준다는 건지, 당신은 알고 있나? 당신이 풍기는 분위기를 당신은 알고 있나? 알 수 있나? 당신이 떠난 자리에 어떤 떨림이 남는지 당신은 알고 있나? 무엇이 당신에게서 등을 돌릴지 당신은 알고 있나? 글에 적힌 당신은 게으른가, 가벼운가, 섬세한가, 매력적인가, 이미지즘을 추구하나, 포스트모던한가, 잔혹한가, 친근한가, 복잡한가, 친밀한가? 당신이 말할 때의 목소리는 회고록 속 당신의 목소리와 비슷한가? 당신은 몇 개의 페르소나를 가지고 있나? 페르소나 그 자체가 거짓말이 아니라고 할 수 있나? 왜 이 모든 것을 생각하는 것이—일찍이 생각하는 것이—그리도 꼭 필요한 일일까?

이 과정이 꼭 필요한 이유는 고민 없이 무분별한 나는 마구잡이인 터라 다른 이들에게 제대로 알려줄 수 없기 때문이다. 대개 따분해서 사람들의 선택을 받지 못한다. 앤더 몬슨이 『예비 심문Voir Dire』에서 말하듯 이것은 예술로 평가받을 수 없다. 몬슨은 이렇게 적었다. "내가 생각하기에 나는 인식을 원하는 것 같다. 작가가 자아를, 소재를, 그리고 그것을 드러낸다는 것이 무엇을 의미하는지, 어떻게 비밀이 드러나는지, 어떻게 이야기가 펼쳐지는지에 관해 숙고했다는 감각. 그것은 단순하게 말로 설명되지 않는다. 간단히 말해, 이것은 이것으로부터 무언가를 만들어내야만 한다."

그럼, 당연하지. 그런데 어떻게?

나는 작은 것에서부터 시작하라고 권한다. 방대한 회고록을 지금 당장 시작하려 하지 말고, 감정으로만 들이밀지 말고 생각을 해야 한다. 그 방대함 속에서, 그 촘촘한 지형 속에서, 끝없는 모순과 크고 작은 괴로움 속에서 당신은 길을 잃을 것이다. 길을 잃거나 혹은 기회를 잃을 것이다. 메모를 남기는 작은 글쓰기부터 시작하라. 나가서 일기를 쓸 노트를 사라. 당신의 하루를 산문시로 적어보라. 블로그를 시작하라. 지금 일어나고 있는 일에 관하여 써라. 그러다보면 어제 일어났던 일에 관해 잘 쓰는 법을 배울 것이다.

이어지는 세 문단은 모두 『뉴욕 일기: 1609년부터 2009년까지』에서 발췌한 것이다. 이 발췌본에서 작가들은 회고록의 격식에 얽매이지 않고 주변에 있는 세계를 관찰하며 실험적인 화법으로 서술한다. "길과 똑같이 평행하게 난" 구름. 사람들은 "일찍이 못생겨졌다". 남자는 "화산처럼" 담배를 피운다. 이 일기를 적은 이들 중 누구 하나 있는 그대로의 사실을 기록한 사람은 없다. 사실들은 소유되고, 변모된다. 몬슨의 말을 빌려 표현하자면 이들 문장은 그 문장들로부터 무언가를 만들어내고 있다.

오늘 저녁 2(외곽 지역). 고요한 파란 하늘에 새털구름이 기다랗게 늘어서서 전기난로의 오렌지 빛처럼 반짝이고 있다. 동일하게 고요한 응시. 길과 똑같이 평행하게 난 구름. 나는 안도감에 미소 짓고 눈물 짓는다. 도시는 다시금 하늘에 있다. 눈부시다. 일주일 만에 처음으로 자연의 아름다움에 도취되어본다. 곧 다시 움직일 나의 도시, 또 다른 자연의 아름다움.

—채드 더 밍스, 2001년 9월 17일

워윅 호텔, 영화를 위해 모인 늙고 추한 여자들이 가득한 방. 늙음과 실패의 컬렉션. 일찍이 못생겨진 그들 중에서도 나는 이름도 모르는 영화의 엑스트라로 캐스팅되었다.

—주디스 멀리나, 1956년 7월 17일

오늘 아침 나는 결코 지치지 않는 사람이었고, 오늘 밤 나는 조용히 집에 머물러 있다. 화산처럼 담배를 피우고, 내가 지금보다 더 잘 알아야 할 번스의 글을 읽는다.

—조지 템플턴 스트롱, 1842년 1월 6일

일기를 쓰고, 스케줄을 작성하고, 블로그를 하는 일. 이것은 모두 호기심 어린 일이지 (다시 이야기하건대) 회고록은 아니다. 그러나 이것은 길에 들어선 시작이자 몸짓이다. 이것은 우리 스스로에 대한 무언가를 말해주며, 삶의 세부 사항을 기록하고, 나중에 다시 찾아볼 수 있게 어딘가 안전한 곳에 대화를 보관하며, 우리 스스로에 대하여 우리에게 되물어온다. 학생들에게 매일 일기 쓰기를 권할 때, 내용을 판단하지 말며 거르지 말라고 한다. 뭐든 생각하는 것을, 뭐든 원하는 것을 그냥 쓰라고 이야기한다. 몇 주가 지나면 고전인 존 디디온의 짧은 에세이 「노트를 적는 일에 관하여On Keeping a Notebook」의 사본을 보낸다. 그리고 지금까지 쭉 쓰고 있는 노트에 대해서 세 문단의 글을 써보라고 한다. 지금까지 쓴 노트가 가진 가치를 설명해보라. 그 노트는 당신에 대해 어떤 것을 알려주는가? 페이지마다 얼마나 정직하며, 10년 혹은 20년 후에 이 글들이 당신에게 무슨 의미이기를 바라는가? 당신이 남긴 목소리와 문장에 관하여 노트는 당신에게 뭐라고 소리치나?

공학 분야에서 빼어난 재능을 이어가던 조는 다음을 발견했다.

나는 상당히 논리적인 사람이고 나의 뇌는 내가 통제할 수 없을 정도로 빠르게 일련의 결말까지 도달하는 경향이 있다. 이 "빠른 생각"은 대개 큰 이점이라 여겨진다. 하지만 빠르게 도로를 내달리다보면 옆길로 빠지거나 창밖의 풍경을 보기 어려운 법이다. 내 생각을 글로 적다보니 정신의 타이어는 헛돌았고, 내 몸이 글을 쓸 수 있는 속도에는 한계가 있어 교착 상태에 빠졌다. 그러나 시간을 갖고 단계별로 여러 다른 선택지를 탐구하면서 나는 훨씬 더 중요한 결론에 다다랐다. 한 가지 사례가 있는데, 아마 금요일이었을 것이다. 나는 한동안 풀지 못해 절망하던 문제를 생각하던 중이었다. 해결할 수 없는 딜레마 같았다. 도덕적으로 매우 강직한 친구가 있다. 어떻게 하면 그가 자신의 온전함을 양보하지 않고도 대학의 사교생활을 즐길 수 있을까? 수백 번도 더 고민한 나는 이것이 이 사회의 문제라고 확신했다. 이런 사례가 이번이 처음은 아닐 테니까. 그러나 그때, 과제로 받은 노트를 적기 시작하면서 나는 몇 가지 다양한 방식으로 이 문제를 표현해봤다. 이전과는 다른 각도로 문제를 보면서 나는 이것이 꼭 그의 도덕적 온전함을 양보하는 것이라기보다는 오히려 성장과 변화의 단계라는 점을 깨달았다. 그의 발목을 잡고 있는 것이 있다면, 그것은 "온전함"만큼이나 자부심이었던 것이다. 내 생각이 완전히 바뀌었다고 한다면 아마 과장일 테다. 그러나 이 문제에 관해 새로운 감정으로 보게 됐다는 것은 확실하다. 노트 덕분에 나는 이 문제를 볼 만큼 충분히 느리게 운전할 수 있었다.

노트에 일기를 쓰는 과제가 몇몇 학생에게는 어색한 훈련처럼 여겨지지만, 대부분은 무언가를 배운다. 자신이 무엇을 하고 있었는지 학생들은 나에게 묻고, 스스로에게 묻는다. 너무 음식에 집착하고 있었나? 진실을 말하는 것이 왜 그리도 어려웠나? 왜 그들은 완결되지 않은 문장을 쓰고, 왜 글머리 기호를 달며, 왜 스스로를 수정하면서 노트의 끝자락에 쓰나? 정확히 누구를 위해 그렇게 하나? 그들은 보이는 것만큼 불안한가? 그들은 정말이지 그 여자친구를 영영 기억할 것인가? 왜 그들은 매일 저녁 늘 같은 의자에 앉는가?

그리고 그들이 정말 그렇게 들리는가?

무엇처럼 들린다는 거지? 나는 교실에서 묻고, 학생들은 시작한다. 스스로를 진단하고 놀라움을 표현한다.

나는 내가 생각했던 것보다 더 사실에 천착한다.

나는 더 비밀스럽다.

나는 내 머릿속 생각에 너무 갇혀 있다.

나는 내가 왜 불안한지는 말하지 않으면서 불안해하는 것에 대해 쓴다.

나는 좀더 가벼워질 필요가 있다.

나는 내가 시인이라 생각했는데, 어쩌면 아닌지도 모르겠다.

확실히 말하는데 나는 음식 생각을 그만해야 해.

그녀처럼 말하지 말아야지.

내 문장은 어디에도 가닿지 못한다.

20페이지 내내 독창적인 은유는 하나도 없다.

스스로 생각했던 자신과 그들이 써내려간 자기 자신이 있다. 무언가를 잃고, 무언가를 얻는다. 그들이 자기 머릿속에서 들었던 목소리와 종이 위에서 발견한 목소리, 이제 쉽게 알아챌 수 있는 그 사이의 간극. "우리 노트는 진정한 우리를 보여준다"고 존 디디온은 말했다. 맞는 말이다. 뿐만 아니라 노트는 계속해서 일기를 써내려가는 회고록 작가들에게 책장이자 기초가 되어준다.

우리는 과거의 나와 어떻게든 나쁘지 않은 관계를 유지하며 살라는 권고를 받는다. 그와 함께하는 것이 즐거운지 그렇지 않은지는 상관없다. 그렇게 하지 않으면 그들이 잠들지 못하고 뒤척이는 어느 날 새벽 4시에 예고도 없이 찾아와 우리를 놀래키고는 생각의 문을 마구 두드리며 자신들을 버린 사람이 누구인지, 자신들을 배신한 사람이 누구인지, 그리고 그 유기와 배신을 회복시킬 사람이 누구인지 알아야 한다고 따질 것이다. 우린 우리가 결코 잊지 못하리라고 생각했던 것들을 너무 빨리 잊는다. 우리는 사랑을 잊고, 배신도 그와 비슷하게 잊고, 우리가 속삭였던 것도 잊고, 우리가 소리쳤던 것도 잊는다. 우린 우리가 누구였는지 잊는다.

그러므로 계속해서 써라. 기록하라. 집착과 불안을 장점으로 활용하라. 은유를 위해 세부 사항을 파고들라. 당신이 해야 하는 이야기와 그 이야기를 전달하는 당신의 목소리 사이의 거리를 조절하라. 그리고 무엇보다 스스로를 알라. 당신의 목소리에 맞게 당신의 생각을 조정하는 과정이 필요할 수도 있다. 하루 종일 트위터에 글을 올리던 것이 더 확장 가능한 당신의 능력을 제한했을 수도 있다. 당신의 코믹한 자아를 좀더 드러내도 좋을지 모르겠다. 다만 코믹함엔 한계가 있어서 그 이상의 의미 없이 코믹함만 있다거나 농담 뒤에 눈에 보이는 영혼이 없다면, 어느 순간 그것은 공허해질 수 있다. 어쩌면 당신은 앨리슨 벡델이 그녀의 그래픽 회고록 『펀 홈: 가족 희비극Fun Home』에서 그러했듯 지금 당장 당신이 쓰는, 당신의 그 사적인 단어들이 진실한지 그렇지 않은지를 판별하느라 시간을 들일 수도 있다. 이어지는 장면에서 벡델은 청소년기에 자신이 쓴 일기를 고민하는 스스로의 모습을 묘사한다. 그녀의 고민은 회고록 작가들이 고민하는 바와 같다.

거의 인식론적 위기라고 할 수 있었다. 내가 쓰는 것들이 완전히, 객관적으로 진실이라고 나는 어떻게 확신했을까? 내가 쓴 단순하고 선언적인 단어들은 좋게 말하면 오만했고, 나쁘게 말하면 완벽한 거짓이었다는 것에 나는 충격을 받

기 시작했다. 내가 할 수 있는 말의 전부는 나만의 인식이었
고, 어쩌면 그것조차 아니었는지도 모른다.

분석할 수 있는 자료를 남기게끔 일기를 써라. 성장 중인
작가는 일기를 통해서 자신과 씨름하기 시작하고, 일기를 통
해서 스스로의 권위와 진실성을 이해하거나 혹은 그와 싸우
기 시작한다. 당신은 어떻게 진실에 다가가는 글을 쓸 것인
가? 어떻게 치열하게, 또 깊이 연루될 것인가? 무엇이 불필
요하고 무엇이 중요한지 어떻게 분별할 것인가? 당신의 예
술가적 면모는 무엇인가? 당신은 어떤 문장을 쓸 수 있는가?
  지금을 기록하라.
  당신만의 다채로운 목소리를 훈련하라.

시제는 감각이다

지붕 위 다람쥐 체조 선수, 화기애애한 저녁 식사, 잉크가 남은 자국과 그 냄새. 회고록을 쓰는 사람은 무릎 위에 사진을 올려두고 글을 쓴다. 글을 써내려가다가 문득 펜을 멈춘다.

유년 시절이나 청소년기, 인생의 전환점이 되는 사진을 가져오세요. 이것이 과제다. 현재시제로 이야기를 써라. 무엇을 보고, 무슨 냄새를 맡고, 어떤 소리를 듣는가. 동생과 나란히 앉은 여덟 살의 당신은, 요리하는 할머니와 함께 있는 열여섯 살의 당신은, 그리고 아버지와 결코 화해할 수 없을 만큼 멀찍이 떨어져 앉은 열세 살의 당신은? 현재시제는 직감이고, 즉흥이며, 잔뜩 머금은 삶이자 근본이다. 감각은 무르익는데, 이 떨리는 순간까지는 아직, 무엇을 가르쳐줄 것인지 혹은 무엇이 오래 머무를 것인지 확실히 아는 바가 없다.

동생과 저예요. 태양은 뜨겁게 빛나고 우린 밖에서 걷고 있어요.
요리를 가르쳐주시고 있어요. 칼을 갈고, 잎이 큰 파슬리의 줄기
를 잘라내는 거예요. 저는 보고 있어요.
드넓은 협곡의 가파른 가장자리까지 왔어요. 벌레가 많아요. 저
는 화가 나요.

현재시제의 조각들은 제쳐둔 채 회고록을 쓰는 사람들은
똑같은 사람이 등장하고, 똑같은 행동을 하며, 불꽃과 초의
심지가 똑같이 결합되는, 그 똑같은 사진들을 무릎 위에 올
려놓고 다시금 시작한다. 단, 이번에는 과거시제다. 이제 지
혜는 특권이다. 이제 중요한 것은 단순한 세부 사항이 아니
고, 간극을 잇는 과정이다.

저는 바람직한 형은 아니었어요.
할머니가 내게 가르쳐주려던 것의 의미를 이해하기 전에 그분
은 돌아가셨어요.
왜 그곳에 나를 데려갔는지, 내가 무엇을 보리라 생각했던 건지,
저는 한 번도 아버지에게 묻지 않았어요.

과거 혹은 현재? 현재 혹은 과거? 시제에 따라 글은 달라

진다. 시제는 선호이고, 직감이다. 한편으로는 이렇다. 당신에게 직접적으로 보여주는 감각과 세부 사항, 일화. 지금 일어나고 있는 일을 당신이 나와 함께 보고 있다. 다른 한편으로는 이렇다. 사고, 명상, 추측, 숙고, 측정된 것의 감각. 마음과 정신. 눈과 나. 어떤 면에서 이것은 여전히 살아 있으며, 혹은 살아 있었다. 둘 중 하나가 항소할 것이며, 둘 중 하나가 옳을 것이다.

다린 스트라우스는 그의 회고록 『인생의 반』을 "지금 내 인생의 절반에 이르렀을 때, 나는 소녀를 죽였다"라는 문장으로 시작한다. 이 문장에 과거시제 외에는 아무것도 없다. 그렇지 않나? 근거가 필요하다면, 이 문장을 현재시제로 써보자. 얼마나 쉽게 이 문장이 무너져 내리는지 보라. 시제가 분위기에, 구실에, 작가의 도덕적 권위에 어떤 영향을 끼치는지 보라. 다린 스트라우스는 현재시제로는 글을 쓸 수 없었을 것이다. 그가 독자의 존경을 바랐다면, 그렇게 하지 않았을 테다.

게일 콜드웰 또한 그녀의 회고록 『먼길로 돌아갈까?Let's Take the Long Way Home』를 쓸 때 현재의 관점에서 그녀의 이야기를 쓰는 것 외에 달리 선택지가 없었다. 그녀는 여태 숙고하고 있었다. 그녀는 여태 생각하고 있었다. 그녀가 이 글의 타이틀로 내걸고 싶어하는 것은 가장 친한 친구의 죽음이

아니다. 그 후에 받아들인 고통이다.

이것은 오래되고도 오래된 이야기. 나에게 한 친구가 있었고 우리는 모든 것을 함께했다. 그러다 친구가 죽었고, 그래서 우린 그 또한 함께했다.

그녀가 가고 나서 1년이 지난 후, 애도 초기의 지독했던 비통함을 지나왔다고 생각했던 그때, 나는 캐럴라인과 함께 여러 해 동안 개를 산책시켰던 케임브리지 저수지 근처 길에 서 있었다. 겨울 오후였고, 주변은 텅 비어 있었다. 길은 굽어 있었고, 내 앞으로나 뒤로나 아무도 보이지 않았다. 그 순간 내가 느낀 적막이 너무 거대해 한동안 나는 한 발짝도 뗄 수 없었다. "나더러 대체 여기서 뭘 어떻게 하라는 거야?" 죽은 나의 절친한 친구와 대화하는 데 익숙해진 내가 그녀에게 큰소리로 물었다. "그냥 계속 가면 되는 거야?" 내 인생은 그녀의 인생과 함께일 때 많은 부분이 이해되었다. 오랜 세월 우리는 매일같이 게임을 함께 했고, 그 게임은 우리가 나눈 친밀한 유대감을 의미했다. 하나의 공, 두 개의 글러브, 공을 던지고 받으며 느꼈던 균등한 즐거움. 그러나 그때의 나는 그녀 없이 혼자 필드에 서 있었다. 하나의 글러브, 게임은 없다. 누군가의 죽음으로 인한 고통은 당신이 혼자일 때 어떤 사람인지 말해준다.

로렌 아이슬리가 말년에 삶을 되돌아보면서 쓴 『그 모든 낯선 시간All the Strange Hours』이 만일 현재시제로 쓰였다면, 그것이 어떤 진정한 의미를 지닐 수 있었을까? 그가 쓴 것은—그리고 우리가 읽는 것은—나이 들어감이 궁극적으로 무엇을 가르쳐주는지 알기 위함이 아닌가?

> 폭력의 시대, 혐오의 시대, 나눔의 시대, 갈망의 시대였다. 모든 인간 세대가 이런 일은 유사 이래 처음 겪는다고 믿었다. 삶은 여정이고 궁극적으로는 죽음이다. 나의 삶 또한 여느 사람의 삶과 다르지 않다. 그러나 이것은 이제 와 돌이켜 봤을 때다. 그 시절의 나는 겨우 살았고, 날마다, 밤마다 달랐다.

이제 『기도자의 집 2』에서 작가 마크 리처드가 무엇을 하는지 보자. 그는 자신이 "특별한 아이", 그리고 그 말이 함의하는 모든 것으로 여겨지던 그의 유년 시절, 그리고 그의 둔부에 있는 문제를 해결하기 위해 보내졌던(굉장히 충격적이다) 그 시절 속으로, 그 무한대의 낯섦 속으로 우리를 곧장 데리고 간다. 인용하는 장면은 무척 고통스럽고, 이런 일이 있을 수 있다니 믿기 어려운 장면이지만 이 책에는 이런 장면이 무수하다.

그들이 휠체어를 밀어 당신을 병동으로 데리고 간다. 직전까지 구개 파열 어린이들의 시간이었다. 수많은 어린이가 까만 실로 얽히고설키게 꿰맨 윗입술을 하고선 뛰어다니고 있다. 어떤 아이들은 꼬마 히틀러처럼 보이고, 어떤 아이들은 코 주변에 까만 수염이 난 고양이처럼 보인다. 그들이 나이가 많아 보이는 흑인 소년들과 함께 당신을 커다란 일광욕실에 데려다놓는다. 그리고 당신은 마이클 크리스천을 만나 기쁘다. 윌롱 간호사가 당신을 보러 와 당신이 얼마나 많이 자랐는지 말하고서는 다 엄마의 요리 덕분이었을 것이라고 한다. 당신은 작은 일광욕실 쪽을 바라보며 제리는 어디에 있는지 묻는다. 그녀는 당신에게로 몸을 숙여 두 손으로 당신의 얼굴을 감싸고는 말한다. 제리는 죽었단다.

이 글을 세부 사항 하나 바꾸지 않고, 죽음에 관한 말도 바꾸지 말고, 시제만 과거로 바꿔보라. 다른 이야기가 된다. 설명하고 싶었던 것보다 더 많은 것을 설명해야 한다. 감정보다 앎이 우선시된다.

살펴봐야 할 글이 두 편 더 있다. 두 글 모두 각 회고록의 첫 문단이다. 두 글 모두 어린 시절 살던 집에서의 기억을 토대로 썼다. 두 글 모두 "다른" 종류의 세상에서 성장하는 것의 움직임을 탐구하면서 시작된다. 두 글 모두 글 밖에 있는 사람을 안으로 들여오기 위해 쓴 것이다. 그러나 이 글에서 시제가 어떤 역할을 하는지 보라. 어떤 문이 열리고, 어떤 문은 닫히는지 보자.

> 웃음소리. 쾅 닫히는 문의 날카로운 소리, 안쪽 정원의 세라믹 타일을 가로지르는 하이힐의 또각또각 소리가 들린다. 집사들의 숙소를 향해 크게 내는 기상나팔 소리, 가축 우리로 향하는 샌들이 땅에 부딪히며 내는 찰싹 소리, 닭들이 한 마리 한 마리씩 닭장에서 끌려나와 밤의 먹물 속으로 들어가며 내는 꼬끼오 소리. 지금 이 시각, 날이 밝아오기 전 새벽 3시.
>
> ─마리 아라나, 『미국인 치카』

우리 집이 청각장애인의 학교였다는 사실은 레바, 앤디, 그리고 내게는 그리 특별할 것 없는 일이었다. 렉싱턴 청각장애인 학교는 그저 우리의 출생지였다. 우리 가족이 사는 아파트는 건물의 남쪽 동 3층에 있었고, 바로 옆이 남학생 기숙사였으며 아래층에는 유치원이 있었다. 벽, 문, 가족의 생활 공간과 건물의 나머지 영역 사이의 분리. 이런 것은 일상적으로 무시되었다. 아버지는 식사를 하다가도 중간에 불려 나가기 일쑤였고, 우리 남매들은 기숙사에 사는 아이들과 함께 복도를 가로지르며 놀곤 했다. 심지어 언니 레바가 여섯 살 때 밤중에 잠옷 바람으로 엘리베이터를 타면서 몽유병이 밝혀지기 전까지는, 우리 부모님은 정문에 제대로 된 잠금쇠를 달 생각도 하지 않으셨다.

—리아 헤이거 코언, 『돌이킬 수 없는Train Go Sorry』

마리 아라나는 생생하고 감수성 짙은 현재시제로 이야기를 서술한다. 쾅 닫히는 문. 하이힐의 또각또각 소리. 소리치는 기상나팔. 닭의 꼬끼오 소리. 이와 달리 리아 헤이거 코언은 조용하고 더 이성적이며, 이지적인 과거시제로 서술한다. 인용한 문단에 소리는 없다. 꼬끼오도 없고, 나팔소리도 없다. 어쨌든 헤이거는 청각장애인들과 함께 살고 있었으니까. 독자들에게 언제고 시끄럽고 북적거리는 유년을 소개할 의무도 이유도 없는 것이다.

그렇다면 현재시제는 슬며시 배어나오는 것이고, 과거시제는 막 안에 있다는 것일까? 그럴 때도 있지만, 늘 그런 것은 아니다. 왜냐하면 과거시제로 쓴 회고록이나 회고적인 장면도 곧잘 지금 시제로 쓰인 글만큼이나 생동감 넘치고, 강렬하며, 긴장감 넘친다는 것이 명백하기 때문이다. 예를 들어보자. 그 누구도 지넷 월스가 쓴 『더 글라스 캐슬The Glass Castle』이 지극히 육감六感적인 충격으로 시작한다는 것을 부정하지 않는다. 그녀가 쓴 과거시제는 극적이고, 흡입력 있으며, 공포스럽고, 또한 이 작품에서 결정적이다. 그녀의 과거시제는 이 들짐승 같은 유년의 이야기들이 시간이 지나면서 정제되고 해결되었다는 모종의 신뢰감과 안심을 준다.

나는 불타고 있었다.
이것이 내 첫 기억이다. 나는 세 살이었고 우리는 애리조나 남부 지역, 어느 이름 모를 동네의 트레일러 주차장에 살고 있었다. 나는 할머니가 사주신 분홍 원피스를 입고 난로 앞 의자 위에 서 있었다. 분홍은 내가 가장 좋아하는 색이었다. 원피스 치마는 발레리나의 튀튀처럼 화려했고, 나는 내가 발레리나처럼 보일 것이라 생각하며 거울 앞에서 뱅글뱅글 돌기를 좋아했다. 그러나 그날은 원피스를 입고 핫도그를 만들었다. 정오가 가까워올 무렵의 태양이 트레일러의 작은 주방 창문으로 들어올 때 끓는 물 속에서 부풀어 오르며 떠올랐다 가라앉았다 하는 핫도그를 보고 있었다.

대체로 과거시제도 현재시제도 맞거나 틀리지 않는다. 마찬가지로 그 외의 다른 시제들도 효과적으로 사용할 수 있으며 사용된다. 이를테면 미래완료에는 가능성이 풍부하다. (나는 배웠을 것이다. 나는 잃었을 것이다. 그가 나를 떠났을 것이다. 그러나 나는 그것을 아직까진 모른다.) 그리고 때로—실은 곧잘—작가가 몇 년을 사이에 두고 시간을 오가기 때문에 한 편의 회고록에서는 여러 시제가 쓰인다. 회고록 작가에게 시간이란 구원이자 죄다. 시간은 심술궂은 장난이자 수수께끼다. 시간은 사기꾼, 괴롭히는 사람, 성가시게 하는 사람이다. 시간을 풀어 해결한 회고록은 거의 완벽에 가깝다.

메리 카는 그녀의 고전적인 회고록 『거짓말쟁이 클럽The Liars' Club』에서 이중 시제를 효과적으로 활용한다. 심지어 그녀는 자신의 전략을 숨기지도 않는다. "거짓말쟁이 클럽 오후, 나는 아버지를 더 선명하게 이해한다. 그는 술병에 짓눌려 기우뚱거리는 카드 테이블에 앉아 있다. 내겐 이 장면이 오늘날까지도 너무 생생해서 현재시제로밖엔 쓸 수 없다."

엘리자베스 길버트도 『먹고 기도하고 사랑하라』에서 '그러자 그 일이 일어났고, 지금 이 일이 일어나고 있다'를 유연하게 활용한다. 여백을 활용해 여러 부분으로 나눈 한 페이지 안에서, 그녀는 독자들에게 이런 문장으로 이야기한다. "살면서 처음으로 갓 태어난 양의 창자를 먹어보던 그때 나는 루카와 함께였고", 그리고 "때때로 나는 내가 지금 여기서 뭘 하고 있는지 의아해한다는 것을 인정한다". 그녀는 그랬다가, 그녀는 이러하다. 괜찮다. 우린 헷갈리지 않으니까.

그러나 우리는, 당신의 열정적인 독자들은 당신이 똑똑

하고 신중하게 썼을 때에만 이해할 수 있을 것이다. 구절마다, 장마다, 시제를 어떤 식으로 활용해야 이점을 얻을지 반드시 결정해야 한다. 제한하기 위해, 혹은 자유로이 풀어내기 위해. 특정한 유형의 작가로 서기 위해. 당신이 말하고픈 스토리의 모양새를 빚기 위해. 당신 이야기의 여러 측면을 위태롭게 하기 위해.

당신의 형식을 찾아라

아까 뭔가 눈치채지 않았나? 눈에 들어왔을 것이다. 마크 리처드의 글. 그 글은 나 대신 당신을 썼다. 그런데 말이다, 우리가 회고록에 관해 말할 때는 한 글자짜리 대명사에 대해 이야기하는 것 아니었나? 우리 스스로에 관한 이야기가 아니었나? 왜 리처드는 당신을 이용해 자기 이야기를 써내려갔을까? 오 부디, 우리 솔직해지자. 스페이드를 스페이드라고 못할 이유는 없다. 그렇게 쓰는 것이 과연 용납되는 일인가?

마크 리처드는 당신으로 글을 쓴다. 왜냐하면 여기서는 '나'를 쓸 때보다 '당신'을 쓸 때 더 친밀하고, 너그러우며, 더 감동적이기 때문이다. '당신'이라고 씀으로써 리처드는 자기 자신에 관해서, 그리고 그가 처한 냉혹한 상황에 대해서 이야기할 수 있게 된다. '당신'이라고 쓰지 않는다면 생각도 못할 일이다. 이제 우리도 알듯 리처드는 '특별한 아이'다. 그에 겐 거의 흉포하다고 할 만한, 길들여지지 않은 짐승 같은 면 이 있으며 게다가 그는 다리를 쓸 수 없다. 고관절에서는 "딸 깍, 펑" 소리가 난다. 그는 가난한 남부 출신이며 그의 아버지 는 자신의 잔인한 성향 때문에 스스로 파괴되었다. 독자들 은 무슨 일이 일어날지 안다. 독자들이 (조금이라도) 눈을 다 른 데로 돌릴 수 있다면 도움이 될 것이다. 우리가 눈을 돌리 도록 해주는 것이 바로 리처드가 쓴 이인칭이다. 이 이인칭 이 그의 이야기를 순화하고, 풍성하고 더 상냥하게, 덜 거칠 게 해주며, (수많은 조각이 누락되었음에도) 어떻게든 완전하게 만들어준다. 리처드는 먼저 작가로서 자기 이야기를 쓸 만한 것으로 만들기 위해 그가 해야 할 일을 한 것이고, 둘째, 독자 들이 더 가까이 다가오도록 해야 할 일을 한 것이다.

당신은 여전히 이것이 다른 게 아니라 문체상의 버릇이 나 속임수라고 생각하나? 내가 당신을 충분히 설득하지 못 했나? 그럼 좋다. 스스로를 설득해봐라. 이전 장에서 인용했 던 부분을 일인칭 시점으로 다시 써봐라. 최선을 다해 잘 써 봐라. 어느 학기엔가 이 과제를 학생들에게 내줬다. 여기 (이 과제를 아주 훌륭하게 해낸) 베릴이란 학생의 글을 읽어보라.

나는 익히 아는 병동으로 향했다. 그곳엔 얼굴이 온통 까만

색 바늘땀인 어린이들, 구개 파열 환자들이 가득했다. 그런 얼굴들을 보며 움찔했던 때가 있었는데, 그때쯤엔 나도 키득거리기만 했다. 마치 히틀러의 콧수염처럼 까만색 바늘땀이 윗입술 중앙에 집중된 아이들도 있었고, 검은색의 얇은 선들이 가장자리를 덮고 있어 코 주변에 까만 수염이 난 고양이처럼 보이는 아이들도 있었다. 그 바늘땀들을 보며 마치 집에 온 것 같아 마음이 편해지기도 했다. 커다란 일광욕실로 나간 나는 주변을 둘러보며 익숙한 얼굴들을 찾아보았다. 마이클을 알아봤을 때는 모르는 사람이 아주 없는 건 아니라는 생각에 안도감이 들었다. 월퐁 간호사와 눈이 마주쳤고, 그녀의 얼굴에 미소가 번졌다. "어쩜 이렇게 많이 컸니!" 그녀는 그게 다 엄마의 요리 덕분일 거라고 말하면서 내가 얼마나 컸는지, 그리고 그녀가 나를 얼마나 보고 싶어했는지 야단법석을 떨며 이야기했다. 나도 월퐁 간호사가 보고 싶었다. 아는 얼굴을 찾기 위해 계속 주변을 둘러보던 나는 한 사람이 없다는 것을 발견했다. "제리는 어디에 있어요?" 월퐁 간호사의 얼굴에 먹구름이 끼었다. 그녀가 입을 떼기도 전에 나는 그녀가 무슨 말을 할지 알고 있었다. 수만 가지 생각이 머릿속을 스쳐 지나갔다. 체스, 파란색 플라스틱 접시, 그의 다리. 예상했던 그 단어를 그녀가 내뱉었을 때, 나는 흐느끼기 시작했다.

선택해보라. 어느 버전의 이야기가 더 몰입도 높은가? 어느 이야기가 당신을 열기 가득한 병동으로, 보이지 않는 친구에게로, 절망으로 데리고 가는가? 베릴이 예시로 쓴 대안적인 선택지는 말하지 않는 편이 때로 더 많은 것을 말함을 보여주면서 동시에 간접적인 표현에는 감정을 자극하는 호소력이 있고, 과도하게 자기주장이 강한 나는 갑작스러운 공격처럼 느껴질 수 있다는 점을 상기시킨다. 『기도자의 집 2』에서 이인칭은 감정이입을 구걸하지 않는다. 획득한다.

벨 훅스는 『본 블랙』에서 갖가지 문법적 스펙트럼을 다채롭게 누빈다. 열정적이고, 여느 사람들과는 다른 남부 지역의 흑인으로 성장한 자신의 이야기를 마치 책을 읽듯 엮어내기 위해 일인칭 단수(나), 일인칭 복수(우리), 삼인칭 복수(그들), 그리고 삼인칭 여성 단수(그녀)를 효율적으로 썼다. 예순하나의 짤막한 장에서—정말이지, 산문시들이다—벨 훅스가 쓴 대명사들은 끝없는 서스펜스, 천천히 해소되어가는 긴장감의 원천이다. 책은 "엄마는 자신의 혼수품 궤에서 누비이불을 꺼내 나에게 건넸다"라는 문장, 친숙한 사람의 거짓 약속으로부터 시작된다.

그러나 마크 리처드가 그러했듯 벨 훅스도 이내 현재 시점의 그녀와 과거의 자신 사이에 모종의 거리를 두어야 한다고 느낀다. 그리하여 새로운 대명사로 바꾸자 그녀에게 자유가 생긴다. "사람들은 그녀를 문제라고 생각한다. 자기가 원하는 대로만 하려는 아이." 책을 읽어가다보면, 벨 훅스는 우리의 합창에서 외로운 나로 바뀔 것이다. 종종 다음과 같이 한 문단 안에서 변화가 나타나기도 한다.

> 우리는 크레파스로 색깔을 배운다. 하얀색과 분홍색, 그리고 그들이 살색이라고 부르는 색깔 사이의 차이점을 말하는 법을 배운다. 살색이라는 크레파스 때문에 우린 웃는다. 하얀색처럼 이것도 그들이 우리에게 그림을 그리라고 준 마닐라지 위에서 색이 드러나지 않는다. 우리가 집에서 그림 그릴 때 쓰는 갈색 종이봉투에도. 우리가 아는 살색은 우리 피부와는 아무런 관련이 없다. 우린 갈색이고, 갈색이며, 다른 모든 좋은 것처럼 갈색이니까. 그리고 우리는 안다. 이 살색 사람들이 그렇듯 돼지도 분홍색이나 흰색이 아니라는 것을. 우리는 비밀스레 돼지를 사랑한다. 특히 내가 그렇다. 나는 돼지들이 진흙에 누워 있는 것을 보는 게 좋다. 찰흙 같은, 뜨겁게 불타오르는 붉은 흙 같은 빨간 진흙을 시원하게 잔뜩 묻히고 있는 모습을 보는 게 좋다.

1996년에 처음 출간된 벨 훅스의 회고록은 사건의 윤곽을 말하기보다는 이야기의 조각이나 느꼈던 감정을 서술하는 경향이 훨씬 더 큰 작품이다. 이미지즘적이고, 어떤 정서를 환기하는 글이다. 혹스에게는 계획이 있다. 그녀에게는 방법론이 있다. 서문에서 그녀가 직접 이것을 설명한다.

기억은 때때로 마치 제3자의 일처럼 간접적으로 떠오른다. 어떤 일에 대해서 우리가 그런 식으로 이야기할 때가 있는 것처럼 말이다. 마치 멀찌감치 떨어져 있는 것처럼 옛일을 돌아본다. 인생을 하나하나 뜯어보듯 되돌아보면서, 우린 그곳에 있지만 그곳에 있지 않고, 보고 있지만 보여지고 있다. 순간의 분위기와 감각을 환기하는 것, 이것이 인식과 발상의 전기다. 묘사된 사건보다는 그것이 우리 생각과 마음에 남긴 인상이 언제고 늘 더 의미 있는 법이다.

이 예시를 전하는 내 마음은(그리고 당연한 말이지만 다른 예시들도 있다. 특히 네드 지먼의 수려한 작품 『터널의 규칙The Rules of the Tunnel』은 중요하다) 노트를 적어 내려가고 있는 당신이 자유로워지길 바라는 마음이다. '나'의 장르인 회고록을 쓴다고 해서 당신이 어떤 틀에 갇힐 이유는 없다. 회고록에는 실험이, 믿고 도전하는 용기가, 그리고 오래된 진실의 혈청에 새롭게 맞서는 일이 필요하다. 회고록 작가들은 으레 '나'라는 것 하나만으로 자기 이야기가 충분히 대담하고 빛날 것이라 생각해서는 안 된다.

또한 회고록 작가들은—그리고 당신은—언어만으로 충분할 것이라 생각해서도 안 된다. 오르한 파묵의 『이스탄불: 도시 그리고 추억』을 보자. 그가 이 책에서 사진—역사적인 사진, 가족 사진, 예술 사진 및 다큐멘터리 사진—을 사용한 것은 그저 회고록의 삽화로 쓰기 위함이 아니라, 어떤 멜랑콜리한 상태, 특정한 어떤 분위기를 만들어내기 위함이다. 혹은 도러시 앨리슨이 『내가 확실히 아는 두세 가지Two or Three Things I know for sure』에서 가족 스냅숏을 어떻게 활용했는지 생각해보라. 그녀는 자기 역사와 자기 사람들을 본인이 미화하고 있는지도 모른다며 우리에게 경고한다. 심지어 그녀가 알게 된 두세 가지는 서로 겹치고, 증식하고, 솟구친다. 그럼에도 불구하고 앨리슨은 이 불변의 진짜 사진들—진짜 사람, 진짜 자세, 진짜 포즈, 진짜 상실—로 우리를 굳건히 붙잡는다. 앨리슨의 사진은 뼛속 깊이 불변하는 사실이다. 그녀가 스스로 부정함에도 불구하고 우리가 그녀를 신뢰하는 이유 중 하나는 바로 이 사진이다.

결국 언어와 사진, 뒤섞인 시제와 생각지 못한 대명사는 충분하지 않을 수 있으며, 진실을 말할 방법을 찾느라 여전히 허둥대고 있을 수도 있다. 어쩌면 당신이 말해야 하는 모든 것—드러내놓고 보여주는 스토리, 감춘 스토리, 과한 세부 정보, 말할 수 없는 고통―의 복잡성은 오직 만화책의 방식처럼 직접 설명하는 수밖에는 없는지도 모른다. 어쩌면 당신에게는 재능이 있어서 아트 슈피겔만, 하비 피카, 앨리슨 벡델, 마르잔 사트라피 등의 만화가처럼 그저 알파벳 선을 그리는 것을 넘어 연필로 할 수 있는 일이 더 많을지도 모른다.

만일 그렇다면, 책장에서 앨리슨 벡델의 그래픽 회고록 『펀 홈: 가족 희비극』을 꺼내 시간을 두고 찬찬히 연구해보라. 그리고 스스로에게 물어보라. 스토리를 더 심도 있게 하고, 독자들을 끌어들이고, 그녀의 복잡다단한 아버지를 비난하지 않으면서 재창조하는 데 그녀의 일러스트가 어떤 역할을 하는지. 일러스트는 사진과 어떤 면에서 다른지. 생각을 담은 말풍선, 일러스트 칸과 칸 사이의 여백, 캡션, 음향 효과 신호들이 어느 정도의 복잡함을 표현 가능하게 해주는지. 이것으로 그래픽 회고록은, 또 당신은 무엇을 할 수 있는지.

당신의 형식을 찾길 바란다. 틀 너머에서 써라. 당신이 사용할 수 있는 틀을 정해라.

사진 가게

글쓰기는 연속성이라는 신화와 관련 있다. 사진은 찰나의 순간에 담긴 의미를 암시한다. 4학년 때 선생님의 도움을 받아 눅눅한 냄새가 나는 퀘이커 오트밀 상자로 핀홀 카메라를 만든 이후로 나는 언제나 사진을 좋아했다. 내가 말의 매력(말의 소리와 그것의 형태)에 빠진 것도 그때쯤이라 나는 이후로 영원토록 사진과 언어의 매혹적인 덫에 사로잡히고 말았다.

좋은 일이었다.

만일 내게 사진이 없었다면—좀더 중요하게는 사진을 찍지 않았다면—과연 오늘의 내가 여전히 글을 쓰고 있을지 사실 의문이다. 내가 소니 DSLR-A700을 어찌나 내 몸의 일부처럼 가지고 다니는지(카메라 목걸이를 길게 늘여서 어깨에 달랑달랑 매달거나, 한 손에 조심스럽게 들고 다닌다. 바람 부는 겨울

날에는 목걸이처럼 걸고 다닌다) 몇몇 사람은 나를 '정신 나
간 여자Crazy Lady'로 알고 있다. 셔터를 딸깍이는 저 사진 애
호가.

하지만 들어보라. 카메라의 무게는 내가 봐야 함을 다시
상기시킨다. 내 세상은 이미 너무 잘 알아서 질릴 만큼 친숙
하다고 단정 짓지 못하게 한다. 나는 틈을 찾고 균열을 찾는
다. 새로운 것을 찾고 새롭게 알려진 것을 찾는다. 냇가에서
다른 색으로 흐르는 물을 찾고, 혹은 스스로도 어찌지 못하
는 힘으로 겨울의 연못을 내리치는 태양을 찾는다. 볼 수 없
다면, 나는 모르는 것이다. 내가 모른다면, 나는 그것을 쓰지
않는다. 누군가는 언어의 가치, 혹은 콕 집어 회고록의 가치
에 대해 의문을 제기할 수도 있겠지만, 나는 다시 한번 이 주
장을 반복하겠다. 진실하게 적힌 언어는 우리를 겁먹게 하
고, 우리를 자극한다. 그것들은 우리가 그러하기를 기대한다.
그런 우리를 위해 기대한다. 사진도 마찬가지다. 폴 스트랜드
는 이렇게 말했다. "당신의 사진은 그 사진을 진실로 볼 사람
들을 위한 당신 삶의 기록입니다."

사진을 조금만 오른쪽으로 옮겨도, 조금만 왼쪽으로 옮
겨도 모든 것은 달라진다. 피사체를 클로즈업하느냐, 혹은
멀리 두느냐에 따라 새로운 이야기가 쓰인다. 당신이 광각렌
즈를 빼고 접사렌즈로 갈아 끼웠을 때 어떤 일이 벌어지는지

생각해보라. 당신은 별안간 굽이치는 긴 지평선의 달콤한 푸른빛과 바닥이 오목한 구름에서 현미경으로 보는 듯 기이한 광경 속으로 들어가게 된다. 짧은 소나기가 세차게 내릴 때면, 정원에 쪼그려 앉아 접사렌즈를 장착한 카메라를 들고, 찰나에 포커스를 맞추기 위해 조리개를 풀었다가 조였다 하면서, 물웅덩이가 진 꽃의 수술에서 반사된 빛을 포착하고, 조리개의 얼룩말 줄무늬를 발견하는 나를 보게 될 것이다. 나는 이런 생각을 하고 있을 것이다. 사진을 위에서 찍는다면 백합 꽃잎의 테두리는 얼마나 날카로울까. 수국은 얼마나 둥그스름하고 흐릿해 보일까. 나는 접사렌즈에 나를 맞춘다. 숨을 최대한 참고, 찰칵. 사진을 찍는다.

"나는 하루 종일 거리를 배회했습니다. 몹시 상기된 채, 곧장 낚아챌 준비를 단단히 하고서, 살아 있음의 행위 속에서 삶을 보존하기 위해 기꺼이 생生을 '가두려는' 의지로. 무엇보다 나는 어떤 상황의 과정이 내 눈앞에서 펼쳐지고 있을 때 그것의 핵심을 단 한 장의 사진이라는 제약 안에 움켜쥐기를 간절히 바랐습니다." 앙리 카르티에 브레송의 말이다.

"문맥에서 일정 부분을 발췌하는 것. 그것이 사진작가가 지닌 기교의 핵심입니다. 그가 가장 중요하게 생각하는 문제는 딱 한 가지예요. 간단합니다. 무엇을 포함하고, 무엇을 배제할 것인가? 넣는 것과 빼는 것 사이의 결단의 선이 바로 사진의 테두리입니다. 소묘 화가가 종이의 한가운데서 출발한다면, 사진작가는 프레임에서 출발하는 것입니다." 존 사코스키의 말이다.

학생들에게 수업 때 카메라를 가져오라고 한다. 밖으로 나가서 적극적으로, 빠르게 사진 열 장을 찍어오라고 한다. 덧붙인다. 관심이 가는 걸 찍어보세요. 30분 동안 찍고 교실로 돌아오세요. 그러고는 기다린다. 맞다. 사실 교실에 우두커니 앉아 기다리지는 않는다. 나도 내 카메라를 들고 나가서 사진을 찍는 학생들을 카메라에 담는다. '정신 나간 여자'와 아이들.

가쁜 숨으로 웃는 소리들을 따라다니며, 받게 될 과제(그들은 과제가 뒤따르리라는 것을 당연히 알고 있다)에 쓸 이야기를 벌써부터 마음속으로 셈하며 돌아온다. 식은 죽 먹기다. 그렇지 않나? '정신 나간 여자'는 학생들에게 촬영한 것 중에서 최고로/가장 마음에 드는/가장 대표적인/죽여주게 흥미로운 사진(들)을 기술할 단어를 찾으라고 할까? 전혀. 그건 너무 뻔하다. 너무 피상적이다. 내가 학생들에게 내는 과제는 이런 것이다. 아무 사진이나 좋으니 그 사진의 배경을 연구하라. 전경前景에 있는 것 말고 배경. 카메라 셔터를 누를 때 당신이 보지 않았던 것이 사진 속에 있지 않은가? 당신이 선택한 주제 너머에—바로 오른쪽, 혹은 바로 왼쪽에—무엇이 놓여 있나? 사진의 프레임이 어떻게 사진 속 주제의 그림자와 형태를 결정하는가? 처음에는 눈치채지 못했던 디테일의 놀라움이 당신에게 무엇을 가르쳐주는가? 이 작은 것이—그러니까 눈에 잘 띄지도 않고, 중요한 것도 아니고, 쉽게 붙잡거나 낚아챌 수 있는 이것이—당신이 쓰는 이야기의 시작이라면 무슨 일이 일어날까?

더 깊게 보라.

더 명민하게 보라.

숙고하라.

그러고 나면 내가 수업에 가져온 쿠키를 놓아둔 접시, 한 학생의 열 번째 피사체가 된 그것은 별안간 접시 아래, 상처 나고 비밀스러운 목재 테이블로 인식된다. 자전거를 타는 남자의 사진은 이제 자전거를 타는 남자의 사진이 아니라 남자 뒤로 보이는 유리판 이미지, 조그맣게 보이는 트레이닝 센터와 영영 어디에도 가지 않는 트레드밀 위의 선수다. 자전거는 움직이고 트레드밀 위의 선수는 그렇지 않다. 이야기를 말해보라. 급하게 찍어 피사체가 날아간 길거리의 정경은 사실 교통 신호의 초상인지도 모른다. 얼어붙은 빨간색. 멈춰. 당장. 어쩌면 캠퍼스 내 로커스트 워크Locust Walk에 타일로 새겨진 나침반을 찍은 사진은 나침반 사진이 아니라 저 멀리 떨어진 곳에 있는 닭의 사진인지도 모른다. 혹은, 리즈가 썼듯 "닭 코스튬을 입고 있는 남자. 작은 차이. 커다란 오렌지색

발에서 시작해 끔찍한 노란색 깃털을 지나 뒤통수에 야구 모자를 눌러 쓴 흑갈색 머리 남자의 얼굴까지, 내 두 눈으로 그의 몸을 따라가본다. 나는 홀로 미소 짓고, 생각한다. 그래, 이곳은 펜실베이니아대학이지. 정말이지 우스꽝스럽고 동시에 완벽하게 아름다운 곳."

너무나 많은 사람이 회고록에 관해 (이론적으로) 생각할 때 본인이 알고 있는 이야기를 써야 한다는 생각에 매인다. "나의 회고록은 나에게 벌어진 일에 대한 것입니다." 그들은 이렇게 말할 테다. 그러고 나서 한두 문장으로 회고록의 헤드라인을 쓸 것이다. 아이를 잃었다. 질병을 극복했다. 사악한 엄마. 회복된 농장. 아프리카에서의 한 달. 거짓말쟁이! 불륜! 살아남은 스캔들!

하지만 아무리 요란해봐야 헤드라인은 헤드라인일 뿐이다. 혹은 비비언 고닉이 『상황과 이야기: 에세이와 회고록, 자전적 글쓰기에 관하여』에서 말하듯 그것들은 그저 상황에 지나지 않는다. 독자들이 원하는 것은 의미다. 풍성하고, 복잡하고, 생각하게 되고, 무언가 배울 수 있는 것을 원한다. 그리고 이것은 사실상 헤드라인 하나둘로는 결코 얻을 수 없다. 만족스럽게 요약될 수 없다. 독자들은 참여할 수 있기를 바란다. 사진 프레임 끝자락에 놓인 이미지들, 혹은 사진 바깥, 혹은 알고 보니 할 말이 아주 많은 것이었던 흐릿하게 찍힌 작은 무언가를 작가와 함께 발견하고 싶어한다. 강렬하면 서도 보편적인 무언가. 로렌 아이슬리가 『그 모든 낯선 시간』 에서 이야기하듯 "한 사람의 삶이 지닌 독특한 소유물"로서 발췌해 액자 속에 넣어둔 무언가.

> 삐딱하게 걸린 사진들, 윤곽선이 흐릿하게 그려진 사진들, 찢어진 사진들, 작가가 지우려 애썼지만 실패로 돌아간 사진들, 오로지 어떤 불빛에서만 빛나고 드러나는 사진들. 이 모든 사진은 순간 이동한 것이다. 그때의 시간으로부터 훔친 것이다. 이 사진들은 더 이상 평범한 기억의 순차적인 흐름을 나타내지 않는다. 이젤 위에 두고 거칠게 다룰 수 있고, 머릿속에서만 세세히 들여다볼 수도 있다. 그런 행위는 전문적인 기억술사들이 하는 완전한 기억이 아니다. 오히려 그것들이 한 사람의 삶이 지닌 독특한 소유물이 되는 방식으로, 그들의 맥락으로부터 추출한 것들을 사용하는 것이다.

당신의 삶이 한 사람의 삶이다. 당신이 쓰는 회고록의 바로 그 한 사람의 삶이다.

종이 위에 남는 것은 사랑

열아홉 살인 프란츠 자베르 카푸스에게 보내는 편지에서 라이너 마리아 릴케는 사랑에 대해 이렇게 적었다.

사랑하는 것은 또한 좋은 일입니다. 왜냐하면 사랑은 어렵기 때문이에요. 한 인간에게 다른 한 인간을 사랑하는 일이란. 그것은 아마 우리에게 맡겨진 일 중에서 가장 어려운 일, 궁극의 과제, 마지막 시험이자 증거일 거예요. 다른 모든 일이란 그저 이 사랑을 위한 준비일 뿐인지도 모릅니다. 그래서 젊은이들은, 모든 일에 처음인 이 젊은이들은 아직 사랑에 서툰 거예요. 사랑이란 그들이 반드시 배워야 할 일인 거죠. 그들의 전 존재로, 그들의 온 힘 다해, 연대와 불안, 솟구쳐 오르는 심장을 그러모아 그들은 반드시 사랑하는 법을 배워야 해요.

얼마 전 8학년 여학생들 수업에서 이 글을 읽었다. 맞나요, 틀리나요? 내가 물었다. 몇몇은 고개를 젓고, 몇몇은 끄덕이고. 이내 내가 과제를 냈다. 요즘 사랑하는 법을 배우고 있는 한 가지에 대해서 5분 동안 써보세요.

아무거나요? 학생들은 전부 벌써 무언가를 끄적이기 시작하는데, 얼굴에 주근깨가 핀 한 명이 물었다.
뭐든 좋아요. 내가 대답했다.
그 학생은 코를 씰룩댔다. 머리를 긁적였다. 첫발을 못 떼고 있었다. 나는 그 학생에게 나에 대한 짧은 이야기를, 내가 원하고, 닿고, 바라는 걸 표현하고, 실패하고, 다시 도달하고, 다시 더 많이 원하며 살아왔던 이야기를 해주었다. 피겨 스케이팅을 하던 젊은 때를 설명하면서 나는 다듬어지지 않은 빙판의 무모한 자유를 사랑했다고 이야기했다. 나는 두 가지 물감이 만나 새로운 색이 되는 광경의 목격을 사랑했다. 내가 무덤가에서 구조한 내 고양이 칼리코를 사랑했다. F. 스콧 피츠제럴드라는 이름의 남자가 단어들을 가지고 하는 정교한 것들을 사랑했다.
다른 학생들의 연필은 종이 위에 선을 내는데 그럼에도

이 학생은 생각에 잠겨 있었다. 그래서 나는 그 학생에게 테드 쿠서가 사과 소스에 대해 쓴 시를 읽어주었다. 정확히 말하자면 이것은 사랑에 대한 시가 아니다. 난로 위에서 끓는 사과가 어떤 일을 하는지, 따뜻한 사과의 냄새가 퍼질 때 부엌이 어떻게 바뀌는지에 대한 것처럼, 사랑의 사촌쯤에 관한 시는 된다.

오, 그 학생이 말했다. 전 사과 소스 안 좋아하는데요. 그녀가 계속해서 이야기했다. 하지만 전 숙제 없는 화창한 오후가 좋아요. 제 핑크색 아이폰으로 친구와 이야기하는 게 좋아요. 제 새끼손가락에 낀 반지를 좋아하고요. (아마도) 이 반지를 준 사람을 좋아해요. 그녀가 웃었다. 한발 뗀다. 문학상을 수상한 시인이 쓴 시의 한 조각이 여전히 배우고 있는 이 십대 소녀에게 출발점이 되었다. 그녀가 사랑의 방향으로 움직이게 기틀을 잡아주었다.

당신은 사랑하는가. 당신은 여전히 사랑하는 법을 배우고 있는가. 이 사랑이란 게 당신에겐 얼마나 어렵게 느껴지는지. 이것은 젊은이들만을 위한 질문이 아니다. 이것은 우리 모두를 위한 질문이며, 우리 스스로에게 반복해서 던져야 하는 질문이다. 우리가 회고록을 쓸 때라면 더 그렇다. 아직 무엇을 사랑하는지 우리가 스스로 모른다면, 우리에게 그것을 사랑할 능력이 아직 없다면, 우리가 속 좁고 적대적인 곳에 간혀 있다면, 태양의 색채를 이름하기엔 우리가 여전히 과하게 분노해 있다면, 그렇다면 회고록이란 것을 분류하고, 쌓고, 형태를 잡기에는 아직 너무 이른 것인지도 모르겠다. 어쩌면 우리 배움이 아직 모자란 것인지도 모른다. 어쩌면 은혜로움으로 채 다 희석하지 못한 우리의 실망감이 남아 있는지도 모른다. 어쩌면 우린 우리와 함께 상처 입은 다른 사람들, 우리 공동체에 있는 (그저 우리 눈에 보이지 않는 것일 뿐인) 사람들을 찾아볼 만큼 긴 시간 충분히 상처 주기를 멈추지 않았는지도 모른다. 어쩌면 우리가 지금 당장 가진 언어라곤 우리의 전지전능한 상처, 점점 더 퍼져나가는 상흔을 위한 것밖에 없는지도 모른다. 그리고 만일 이것이 맞는다면, 이런 말들은 공히 장황한 중언부언, 재미없이 길기만 한 글, 비판, 열변이니, 잠시 한발 뒤로 물러서자. 이것이 길고 외로운 글쓰기가 갖는 특징이다. 당신은 당신을 보고, 당신을 통해 말하고, 당신에 대해 말하고, 나에게 말할 것이다. 그리고 이것은 전부 다 부비부비 정도밖에 되지 않는다.

　나에게 감상적이라고 해도 좋다. 다른 사람들도 그렇게 말하니까. 세상은 어둡고 추하며, 사람들은 간악하고, 정의롭지 못한 것이 세상을 지배하고, 아이들은 고통받으며, 옳지 못한 이들이 이기고, 옳지 못한 사람들이 승전보를 울린다는 것을 나에게 다시금 일깨워달라. 나는 안다. 나도 거기에 있었으니까. 내가 봤으니까. 나 스스로도 무신론에 한두 번쯤 백기를 든 적이 있다. 그리고 그 여자. 적갈색의 짧은 머리를 하고선 밝은 레드 컬러를 입술에 발랐던, 내가 춤추고, 움직이고, 말하는 것을 비웃었던 그 여자, 나를 늙었다고 한 여자. 그 여자에겐 날 그런 기분으로 만들 권리가, 그렇게 의심하게 만들 권리가, 내 잠을 빼앗을 권리가, 없었다. 정말이지 없었는데. 하지만 아름다움과 사랑의 생기가 더해지지 않은 회고록은 읽을 가치가 없다. 그리고 그 어떤 회고록 작가도 자신이 사랑하는 것에 관해 자신 있게 쓸 수 있기 전까지는 회고록 집필을 시작하지 말아야 한다.

그러니 생각해보라. 꿈과 이야기 사이 그 반반이 섞인 공간에 서서, 서성여보라. 세계가 어떻게 가능성을 향해 틈을 보이고 치열하게 나아가는지 생각해보라. 분열 사이, 돌 아래, 아이의 눈 속, 푸른빛으로 반사되는 강물에 비친 첫 태양의 불꽃 속에서, 어떻게 열정이 그 달음박질을 시작하는지— 혹은 시작해야 할지 생각해보라. 당신을 행복하게 해주는 세상에서 가장 작은 것들을 생각해보자. 쿠서의 사과, 어쩌면, 뒷마당의 오크나무, 혹은 높은 파도 위로 떠오르는 보름달, 혹은 당신의 어머니, 돌고 돌아 결국, 정말이지 결혼해서 다행이다 싶은 그 남자, 혹은 결코 가질 수 없을 것 같았던 아이, 그 집 배나무가 환상적인 하얀 꽃으로 뒤덮이기 전까지 당신이 철저히 무시했던 그 이웃. 의자에 앉아 아름다움과 선함, 그 사랑의 디딤돌을 마법처럼 떠올려보라. 목록을 작성하라. 은유로 헝클어보라. 감사를 훈련하라. 모든 이야기를 할 기회가 곧 올 것임을 믿고 쉬어라. 그러나 지금은 시작하라. 사랑으로.

그런데 만일 당신이 가만히 앉아 사랑을 언어에 담는 동안 누군가 당신을 감상적이라고 말한다면 그에게 일러주라. 사랑은 우리가 하는 가장 힘든 일이다. 가장 복잡한 일이며, 가장 수수께끼 같은 일이다. 죄책감과 용서, 걱정과 불안, 구원을 향한 인간의 지극한 필요 때문에 그러하다. 증오, 분노, 응징, 그리고 앙다문 입은 그 어디에도 닿지 못하는 스토리, 일방적인 외침일 뿐이라고 그에게 말해주라. 무엇에 관하여 쓰든, 인생의 이야기들이 출발하는 곳은 사랑임을 그에게 알려주라.

아마 그 또한 그가 사랑하는 것들을 기억하리라.

어쩌면 그가 기억하도록 돕는 것이 당신이 당신의 회고록을 쓸 때, 궁극적으로 그 회고록이 할 수 있는 많은 일 가운데, 그리고 그 회고록이 반드시 해야 하는 많은 일 가운데 하나일지 모른다. 애덤 고프닉은 말했다. "빛처럼 사랑도 정의 내리기보다는 실천하는 것이 더 좋습니다. 우리는 나중에 사랑이 종이 위에 남겨놓은 자취를 보고 그를 알게 됩니다."

날씨가 어떠하든

나는 예일대학 기숙사에 있던 내 남편의 방에 들어가던 때, 그래, 좋아 결혼하자고 말하던 그때의 날씨를 알고 있다. 2월의 겨울이었고, 밖에서는 외로운 새들이 시끄러이 짹짹거리고 있었다. 늦은 오후였지만 공기는 아침 안개의 색을 띠고 있었다. 나는 기차를 타고, 그의 방을 찾아갔다. 가는 동안 내 내 나는 이 엘살바도르에서 온 예술가, 내가 그의 야망보다는 그림을 더 잘 알았던 이 예술가, 내가 한 번도 만나본 적 없는 가족을 둔 예술가, 나만의 복숭아 빛 새벽보다 밤의 칠흑과 푸름을 더 좋아하는 이 예술가가 사람들이 말하는 바로 그 사람이 맞을지 마음을 정하고 있었다. 나는 스물세 살이었다. 그때는 내 나이가 많다고 생각했다. 나는 암트랙 기차의 긁힌 창 너머의 날씨를 보았다. 허공에 뜬 신호를 읽어보려고 노력했다. 고개가 꼿꼿한 성직자 같은 새들이 보내오는 정신없는 경고들을 해석해보려고 애썼다.

나는 내 어머니가 돌아가셨을 때의 날씨를 기억하고 있다. 가장 힘겨웠던 마지막 몇 달 동안 나는 어머니 곁을 지켰다. 어머니에게 노래를 불러주었고, 그녀의 마지막 방이 될 곳에 신선한 꽃과 사진, 화분에 담긴 레몬 나무와 성경을 두었다. 나는 어머니가 내게 들려주고 싶어했던 것을 들었다 (영영 잊지 못할 것이다). 어머니의 때가 왔음을 알았기에 나는 작별을 고했고, 어쩐지 그녀가 자신의 죽음을 홀로 맞이하고 싶어한다는 것을 알 듯해서 밖으로 나가 드문드문 밝은 별이 떠 있는 하늘 아래 어둠 속을 걸었다. 그리고 그때 내 한쪽 어깨에 와닿는 바람을 느꼈다. 똑똑. 그러고는 후. "엄마." 그것은 나의 어머니였으므로 내가 말했다. 나는 알았다. 지상에서 보내는 그녀의 마지막 손길.

나는 아들을 다시 학교로 데려다주던 날, 그 전날 밤의 날씨가 어땠는지 안다. 대학교 신입생 2학기 때였다. 우리는 하루 종일 눈을 기다렸고, 눈이 내리자 눈송이들이 컵받침이었다. 거대한 것들이 한데 뭉쳐 비스듬히 내리고 있었다. 우리 세 식구는 우리만의 시간을 보냈지만, 이튿날이면 아들은 언덕으로, 문학과 광고로, 확률과 세계 문화로, 사운드 엔지니어링 부스와 기숙사로 돌아가야 할 터였다. 그래서 우리는 차를 타고 밤중에 산간 도로를 달렸다. 눈이 내리고, 달이 떠오르고, 환히 밝고 그 어느 때보다 더 씁쓸한 세상. 우리처럼 나이대에 맞게 성장하고 또 나아가는 자녀를 향한 깊고 마음 깊이 패인, 이 불가능한 사랑을 대체 어찌한단 말인가. 도로를 달리며 마음속에 꾹꾹 눌러 담은 침묵의 껍데기 안에서 내일을 가늠해볼 뿐, 대체 어찌한단 말인가. 그래서 그 밤의 날씨는 이러했다—마음속에 꾹꾹 눌러 담은 침묵.

나는 날씨를 기억한다. 당신은 그러한가? 나는 날씨에 설득당한다. 그래서 눈송이가 속삭이며 쏟아져내리는 아침에 눈을 뜰 때면, 지붕이 무겁게 내려앉고, 전날 밤보다 침묵이 더 깊어지는 날이면 내 문장들은 길고, 깊고, 부드러워진다. 하지만 푸른 하늘에 따뜻함을 낚는 날이면 내 문장들에는 자이브가 스며들기 시작한다. 빠른 스텝과 짜릿한 슬라이딩. 날씨는 거스를 수 없고, 거스르지 말아야 한다. 날씨, 그리고 우리가 어떻게 살고 또 쓰는지는 우리가 만들고 부활시키는 기억 속에 반드시 들어갈 것이며, 또 그래야만 한다.

밖을 보라. 밖으로 나가라. 그리고 이것에 관하여 지금 당장 써라. 바람의 결. 이슬의 흔적. 지평선에 켜켜이 쌓인 구름들. 단어를 찾아라. 당신이 얼마나 지치든 상관없다. 새로울 게 없다고 생각하더라도, 이전에 이미 날씨에 대해 써봤더라도, 날씨는 (적어도 당신이 생각하기에는) 스토리가 될 수 없더라도 상관없다. 살아 있는 하늘은 하나의 거대한 영혼이다. 당신은 반드시 날씨가 당신이라는 여과 장치를 통과하게 해야 한다. 수박. 라일락. 포금. 파랑. 자욱해지는 안개. 빗소리. 경고의 징후인 태양. 낚시하러 간 달. 크랜베리 색 풍경. 8월의 추위. 활주로를 이제 막 이륙하는 제트기 같은 천둥. 암염 크기의 우박. 곧게 쏟아져내리는 빗줄기의 하얀 못들. 폭풍이 오기 전 회색빛 옅은 분홍. 혹은 다시 한번 안개가 마음대로 그려내는 곡선.

이런 날씨들을 글로 써라. 단어를 찾아라. 날씨의 구역에 들어가 그곳에서 당신의 마음이 찬찬히 돌아다니게 해보라. 결혼식 날의 날씨에 대해 써라. 지금. 혹은 학교에 입학한 첫날의 날씨, 혹은 장례식 날의 날씨, 혹은 근심 걱정 없는 날의 날씨. 당신의 종이 위에는 무엇이 적혔는가? 웅장하고 화려한가? 황량한가? 독창적인가? 진실한가? 날씨에 관한 기억과 날씨에 관한 단어들이 당신을 어디로 이끄는가?

회고록을 쓸 때, 너무 많은 사람이 맥락이 갖는 힘을 간과한다. 더 넓은 태피스트리에서 발휘되는 정서를 환기하는 팽팽한 힘. 그들은 어떤 행위를 기술하는 데 초점을 맞출 것이다. 그가 말했다/그녀가 말했다/그들이 했다. 그들은 당신에게 범행을 보여주거나 다섯 페이지 길이의 독백을 빚을 것이다. 혹은 잔뜩 억누른 분노로 가득한 한담으로 당신을 후려

칠 테지―나는 어렸고, 나는 방황했고. 그리고 이 모든 사실의 제
공, 기억나는 사실이라면 그게 무엇이든 최선을 다해 제공하
다보면 더 넓은 세계, 상황을 참작할 만한 여지, 그리고 늘 당
신과 나보다 더 큰 현실을 잃게 된다.

더 넓은 세계를 잃지 마라. 사건 그 자체보다 더 많은 것
을 실어야 한다. 이미지를, 감각적인 충격을, 막간에 구름이
뛰놀고, 태양이 비명 지르고, 비에서 나는 냄새와 오래된 자
작나무 가지의 진동, 조각난 하늘 등의 소소함을 심어라.

이 모든 것에 교훈이 있다는 것, 배경은 다시금 전경이 된
다는 것, 그때는 하찮아 보였던 것이 사실은 조짐이거나 심
판이었다는 것은 가능한 일일 뿐 아니라 어쩌면 사실일 것이
다. 날씨를 유심히 봐라. 이것을 구부러뜨려 단어로 만들어
라. 당신이 쓸 회고록 안에 날씨를 위한 옳은 자리가 있는지
스스로에게 물어봐라. 리언 위절티어는 『사울 벨로: 편지들
Saul Bellow. Letters』을 읽고 리뷰에 이렇게 썼다. "작가가 쓰는
은유의 폭은 그가 가진 인지의 폭을 나타내는 척도다." 이 말
을 빌려 몇 단어만 바꿔보겠다. 작가가 쓰는 날씨에 관한 어
휘력의 폭은 작가가 가진 인식의 폭의 척도다.

마지막으로 하나만 더 이야기하고 이 날씨 훈계(잔소리?)
를 마치겠다. 내게는 앨리슨 해기라는 친구가 있다. 몇 년 전
우리가 함께 받은 상금을 계기로 만난 친구인데 그녀는 그

후로도 빛나는 재능을 지닌 작가로서, 또한 와이오밍대학의 뛰어난 교수로서 계속해서 중요한 일을 많이 해오고 있다. 교수에 관하여, 글쓰기에 관하여, 그리고 겸손함의 힘에 관하여 나는 앨리슨에게서 중요한 것을 많이 배운다. 그리고 내가 사는 곳에서 수 마일에 수 마일 더 떨어진 곳에 그녀가 살고 있기 때문에 우리 대화는 거의 이메일로만 이루어진다고 해도 과언이 아니다. 지금까지 천 통에 가까운 이메일을 앨리슨이 보내왔고, 거의 모든 메일은 그녀가 사는 지역의 날씨에 관한 무언가와 관련 있다. 이르게 내린 눈. 늦게 풀린 추위. 백발의 시내에서 혼란스러워하는 물고기. 새의 생활을 방해하는 바람.

"가을의 징후는 미묘했어." 앨리슨은 적었다. "아침에 구름이 지어지는 방식이 적란운의 산이 아니라 층층이 쌓인 적운과 권운이야. 이웃집 둥지를 틀고 태어나 이제 막 독립한 빨간 꼬리의 어린 매가 일찍 우는 울음은 너무나 조심스럽고, 그러면서 너무나 위험해. (그 매들이 우니까 동네에 사는 까마귀들은 조용해졌어.) 바람에 실린 먼지의 냄새는 뜨겁지 않고 차가워. 보통은 아침에 13도였는데 이젠 10도야. 날은 여전히 아름답고 화창하지만, 개똥지빠귀들이 떠나기 전에 분주하게 몸을 부풀리는 걸 볼 수 있어."

여기에는 이야기가 있다. 감질나는 회고록의 숨결이 있

다. 앨리슨이 일구는 드넓고 자유로운 날씨의 세계가 있고, 그와 동시에 그녀가 보는 방식, 그녀가 지닌 지각의 패턴이 있다. 날씨를 보는 당신의 방식을 나에게 말해준다면, 당신은 당신 자신에 관한 무언가를 말한 것과 같다. 당신이 회고록이라 부르는 글의 모든 문장에서, 나는 당신이 무엇을 보는지 알고 싶을 뿐만 아니라 어떻게 보는지 알고 싶다.

풍경을 써라

마흔한 살이 되던 날, 나는 집에서 10분 거리에 있는 공원에 있었다. 혼자였다. 그저 그곳에 있었다. 그때까지 나는 네 권의 책, 그러니까 네 권의 회고록을 썼고, 글이라면 다시는 보지 않으리라 생각했다. 내 이야기가 지겨웠다. 내 책무들이 지겨웠다. 지겨웠고 지쳤던 내게는 내가 생각하는 자신보다 훨씬 더 흥미로운 것, 복잡한 것, 수수께끼 같은 것, 너그러운 것이 필요했다. 작가로서 불안감에 시달릴 수 있다. 점점 더 공허해지고, 스스로가 쓸모없는 존재인 것 같고, 영혼이 메마를 수 있다. 나는 불안감에 시달리다 못해 껍데기만 남은 사람이었다.

그 후로 2년 동안 공원을 개방하는 기간에는 매주 그곳에 갔다. 내가 몰랐던 모든 것을 즐기며, 지식을 향해 작은 한 걸음을 내디뎠다. 정원사들에게 배웠다. 날씨에 마모되었다. 풍경은 내가 걷고, 내가 보는 방법을 변화시켰다. 노년의 여성이 물었다. 당신 눈에는 이 모든 게 어떤가요? 이후로 며칠 동안 나는 답을 향한 나의 길을 궁금해했다. 마치 누군가가 내 흉부에 톱질해서 늑골을 가르고, 마음에 더 큰 공간을 만들어 준 것 같았다.

인생을 살아가는 내내 우리는 풍경을 가로지르고 풍경에 반反하며 풍경을 향해 간다. 풍경에 옷을 입힌다. 땀으로 언덕을 적신다. 우리는 자녀들을 데리고 대양의 끝자락에 간다. 어느 특정한 바위 표면에 비친 달빛이 어떤지 보려고 새벽 3시에 일어난다. 거친 폭포의 물줄기 가까이에 몸을 기댄다. 우린 숲을 곧장 지나 언덕을 굴러 내려간다. 울퉁불퉁한 돌길을 집에 가지고 갈 수는 없으니 야생화를 모은다. 우린 친구들을 재촉하거나 혹은 혼자 몰래 자리를 뜬다. 풍경이 우리의 모양을 만든다. 우리만의 생각을 풍경에 억지로 입혀 그것을 잡아당기고, 그것에 몸을 내던져 부딪히고, 파괴한다.

나는 정원을 시의 연으로 생각했다. 시의 각 연이 그만의 생명력을 지니듯, 그러나 동시에 나아가는 전체의 일부이듯, 테라스들이 정원에 끼치는 바가 그와 같다.

형식은 모종의 쉼을 제공한다. 우리 마음이 비교적 감당할 수 있을 만한 단위인 연, 혹은 테라스에서 쉴 수 있게 해준다.
그러나 나아갈 필요도 있다. 연 너머, 시 전체를 봐야 한다.

—스탠리 쿠니츠,
『와일드 브레이드: 시인이 생각하는 정원에서의 한 세기
Wild Braid. A Poet Reflects on a Century in the Garden』

망가진 분수, 오래되어 곧 쓰러질 듯한 저택, 이제는 파괴된
100년 된 가스 공장, 오래된 모스크의 허물어진 벽, 오래된
목조주택의 겁게 변한 벽에 그림자를 드리우는 얽히고설킨
덩굴과 플라타너스. 이들의 아름다움. 이들은 우연의 산물
이다. 그러나 어린 내가 도시의 뒷골목에 가보았을 때는 이
그림 같은 광경이 너무나 많아서 어떤 지점을 넘어서자 이
것이 의도치 않은 우연일 것이라고 보기는 어려워졌다. 이
스탄불에게 도시의 영혼을 건네는 이 슬픈 (이제는 사라진)
폐허들. 그러나 이 도시의 폐허에서 이스탄불의 영혼을 "발
견"하기 위해, 도시의 정수를 표현하는 이 폐허들을 보기 위
해, 우리는 반드시 역사적 우연이 곳곳에 흩어져 있는 긴 미
로의 길을 따라 걸어야 한다.

—오르한 파묵, 『이스탄불: 도시 그리고 추억』

홍미로운 점은 떠오르는 것과 파괴된 것 모두가 지닌 이

강렬한 힘에도 불구하고 회고록 작가가 되려는 이들의 작품에 풍경은 매우 드물게만 설득력 있게 스며 있다는 것이다. 시골이나 산봉우리, 혹은 꽃의 이름은 적혀 있을지 모르겠다. 그러나 전체적으로 이제 막 첫 획을 그은 회고록 작가들은 지표면의 화도火道, 용암의 흐름, 칼데라와 간헐천, 화석 안에 얼어붙은 생명, 협곡과 종유석 동굴, 빙하의 가장자리와 삼각주, 마천루와 도심 속 공원의 힘을 포착하는 것을 무시하거나 잊는 경향이 있다. 이들은 풍경을 배경으로 삼거나 그저 어떤 장식 정도로 기술한다. 나는 여기, 여기, 여기, 그리고 여기에 가봤다고 말하지만 그 여기의 깊이를 파헤치지는 않는다.

만일 우리가 수업 때 쓰는 글에 단어 수의 제약이 없었다면 분명 학생 중 일부는 그렇게 했을 것이다. 그들 중 몇몇은 끝끝내 풍경을 다뤘을 것이다. 그러나 풍경을 다룬다는 것이 곧 은유와 지혜, 윤곽과 감성을 위해 풍경을 신중하게 파헤친다는 것은 아니다. 풍경을 다루는 것만으로는 풍경을 존중할 수 없다. 기실 풍경이 품고 있는 다양한 가능성을 조금이나마 건드렸다고 보기도 어렵다.

풍경을 쓰는 일에 지질학자의 단어장은 필요 없다. 케틀호, 우각호, 단층샘, 그라벤 호수 등 교과서를 정독할 필요도 없다. 올바른 상황에서는 그런 이야기를 통해 당신과 독자들이 어딘가에 이를 수도 있겠으나, 단순하게 묘사된 풍경 역시 이야기를 전달한다.

데브라 마쿼트의 『지평선 세계The Horizontal World』의 한 문단을 생각해보자. 작가는 아버지의 장례를 치르러 고향에 돌아가고 있다. 그 지평선의 조각, 매혹적인 신화 속에서 그녀는 지금 익숙한 유년 시절의 지형과 풍경을 다시 찾아가고 있다.

우리는 이튿날 해 뜰 무렵까지 이동했기 때문에 아버지의 장례식 날 아침 이제 도착까지 3마일이 남은 것을 보았다. 이곳은 로건 카운티. 누군가에게는 운전하며 지나가다 보는 평평한 지평선의 또 다른 한 조각일 뿐일지 모르겠으나, 우리 가족에게 이곳은 지구의 배꼽, 만물이 흘러나가고 만물이 제시간에 돌아오는 곳이다.

수전 브린드 모로는 『네임스 오브 싱스The Names of Things』에서 조용한 화해와 깊은 통찰에 이르게 해주는 자연 세계를 관찰하며 시간을 보낸다. 아래에 발췌하는 책의 첫 번째 문단은 다른 것 없이 순전히 묘사뿐이다. 그러나 읽다 보면 이내 이 게들이, 이 백사장이, 저 맹그로브들이 언어 그 자체의 이해를 촉발하고 있음을 알게 된다.

동틀 무렵 홍해의 해안을 따라 걷는데 100여 마리의 옅은 분홍빛 게가 조심스러운 종종걸음으로 바삐 백사장을 향해 가로질러 간다. 산호의 날카로운 껍질 뒤에서는 가장자리가 붉은 해초 빛 초록 바위 게가 모래 게의 등껍질을 떼어내 먹는다. 쉽게 겁먹지 않으며 그저 나를 쳐다볼 뿐이다. 남쪽으로 몇 마일 떨어진 곳에 있는 맹그로브 숲에는 자그마한 도자기 빛 파란 게들이 마치 살아 있는 보석처럼 빽빽한 진흙 늪에서 튀어나온다.

이 거친 환경에서 생명이란, 그 자체로 척박한 사막에서, 쓰디쓴 바다에서—그 목구멍, 소금의 바다에서 솟아오른 화려한 기적이다.

단어는 묘사로 시작된다. 이들은 프리즘을 통과한 빛, 더 깊은 음영의 숨겨진 생각의 견인차다. 빛이 예상하지 못한 색채로 터져나올 때까지 당신은 다양한 각도로 단어들을 붙든다. 단어는 살아 있는 것, 수천 년을 가로질러 숨어 있던 그것을 실어 나른다.

테리 템페스트 윌리엄스는 그녀의 고전적인 회고록 『피난처Refuge』에서 가늠할 수 없는 아름다움과 불안을 불러일으키는 잔해의 세계 속으로 독자들을 이끈다. 윌리엄스의 어머니는 난소암으로 죽어가고 있다. 조류 보호구역은 위협받고 있다. 윌리엄스는 그녀가 가장 가치 있게 여겼던 것들을 잃고 있으며, 다가오는 어머니의 죽음으로 인한 비통함을 어떻게 해야 할지 몰라 힘들어한다. 이 글에서 자연세계는 은연중에 은유를 드러내거나, 탈출구를 제공하거나, 이전까지 흐릿했던 진실을 알려주는 그런 단순한 역할을 맡지 않는다. 이 글에서 윌리엄스는 풍경이 된다. 풍경이 그녀를 굳건히 붙잡는다.

> 나는 엄마가 이야기하는 고독을 안다. 이것이 나를 존재하게 하며 내 생각으로부터 나를 지킨다. 이로 인해 나는 전적으로 지금 이곳에 있다. 나는 사막이다. 나는 산이다. 나는 그레이트 솔트 레이크다. 바람이, 물이, 그리고 날개가 발화하는 다른 언어들이 존재한다. 되부리장다리물떼새, 죽마, 돌처럼 생각해봐야 할 다른 삶들이 있다. 평화는 패턴 속에서 찾아지는 균형감이다. 썩어가는 잉어의 살을 부리로 쪼는 북미갈매기를 볼 때, 나는 죽음이 덜 두렵다. 우린 우리를 둘러싸고 있는 삶, 그 이상도 이하도 아니다. 내 두려움은 내 고독 속에서 수면 위로 올라온다. 내 평화로움은 내 고독 속에서 수면 위로 올라온다.

『이미 다 끝난 일All Over but the Shoutin』의 첫 장면에서 보듯 릭 브래그처럼 독자에게 풍경을 먼저 보여주는 작가도 있다.

나의 어머니와 아버지는 앨라배마와 조지아의 경계를 짓는 애팔래치아산맥의 작은 산, 지구상의 가장 아름다운 곳에서 태어났다. 그곳은 회색 안개가 짙은 녹색의 낮은 산을 가리는 곳, 해진 멜빵 바지를 입은 할아버지들의 자루 속으로 주머니쥐를 쫓아 들어가는 레드본 하운드와 블루틱 쿤하운드가 소나무들 사이로 번쩍이며 보이는 곳, 보닛을 쓴 할머니들이 보라색 껍질을 벗기고, 복숭아 통조림을 만들고, 이 세상에게는 과분한 비스킷을 만드는 동안 브루턴 코담배를 만들고 '사라져간 사랑과 겨울의 장미'를 흥얼거리는 곳이었다.

이사벨 아옌데가 쓴 『나의 발명된 나라My Invented Country』에서 그러하듯 어떤 작가들은 우리를 남쪽으로, 태양 속으로 데리고 간다.

기억한다. 보따리를 잔뜩 이고 진 나와 우리 가족은 날씨가 궂은 아타카마 사막에서 볼리비아를 향해 거북이 속도로 달리는 기차에 올라탔다. 태양, 뜨거운 열에 변해버린 암석들, 수십 킬로미터를 달리고 또 달려도 이어지던 유령 같은 고독, 이따금 보이는 버려진 묘지, 점토와 목재로 지었던 건물의 폐허들. 파리조차 살아남을 수 없는 건조한 뜨거움이었다. 채울 수 없는 갈증이었다. 물을 한 갤런 마시고, 오렌지를 마지막 한 방울까지 빨아먹었다. 구멍이라면 어디로든 기어들어오는 먼지에서 우릴 지켜내느라 애를 먹었다. 입술은 갈라지다 못해 피가 났고, 귀가 아팠다. 탈수였다.

메리 모리스의 『신고 품목 없음Nothing to Declare』처럼 굉장히 설득력 있게 독자들을 산미겔로 이끄는 작가들도 있다. 나도 이후에 그녀의 발자취를 따라가보았다.

구멕시코에 와보라. 무법지대. 이곳은 노상강도들이 판칠 것 같은 풍경, 혹은 고전 서부 영화의 배경으로 쓰일 법한 풍경. 멕시코인들이 하리라 예상되는 말은 오로지 "옴브레" "아미고" "시, 세뇨르"뿐인 곳. 색이 있는 땅이다. 사막 색. 모래와 시에나 점토, 적색 찰흙과 선인장의 초록, 여기저기 흩어져 있는 노란색 꽃. 하늘은 보라와 다홍과 오렌지의 다채로움 사이를 내달린다. 모래 폭풍과 당신을 향해 다가오는 비를 볼 수 있다. 무지개가 잦다. 고독은 극적이다.

메리 카가 쓴 『거짓말쟁이 클럽』을 읽어보라. 정유 공장의 독과 번지르르함을 어딘가 저세상 것 같은 풍경으로 바꿔놓는 작가들도 있다.

악어 풀숲에서는 느릿느릿 흔들리는 굴착 장치의 유령 같은 실루엣이 보인다. 그것을 보고 있노라면 나는 언제나 로데오 카우보이나 높이 솟아올랐다가 고개 숙여 절하지만 사실 그 무엇에도 절하는 것이 아닌 거대한 집사 같은 생명체를 떠올린다. 이렇게 멀리 떨어져 있으면 정유 공장마다 거인 같은 타워가 솟아오르고, 그 화염이 모든 밤의 하늘을 이상한 애시드 그린 색으로 바꿔놓는다. 어둠 속에서 빛을 내는 묵주를 처음 보던 날, 나는 밤이면 마을을 둘러싸던 5층짜리 횃불들을 떠올렸다. 그곳에는 수 마일씩 이어지는 하얀색 오일 저장 탱크들도 있었는데 꼭 선사시대 곤충이 낳고 버린 끔찍한 알 같았다.

그렇다고 풍경에 관해 할 말을 찾으러 남부로, 아무것도 없는 사막으로, 모래사장으로, 산미겔의 시에나 속으로 들어갈 필요는 없다. 2년 동안 공원을 걸을 필요조차 없으며, 정원을 만들어보려는 시도를 하지 않아도 되고, 유독 가스 속에서 유령 같은 아름다움을 찾으려 하지 않아도 된다. 왜냐하면 이웃집 뒤편에 흐르는 올챙이 시내도 풍경이 될 수 있기 때문이다. 당신이 반짝이는 운모 조각을 처음 발견한 들판이 될 수도 있다. 선생님이 당신만 따로 불러내 한 말, '어머니가 큰 사고를 당하셨다는구나'를 듣고 (다시금) 혼자, (두려워서)

겁에 질려, 나무 사이로 난 구불구불한 길을 달려가던 그날이 될 수도 있다.

풍경은 당신의 뒷마당이 될 수도 있고, 가로등 불빛 하나 없는데 기울어진 집 창문에서 새어나오는 한 줄기 빛만 밝은 도로가 될 수도 있다. 키 큰 나무가 될 수도 있고, 키가 몽땅한 나무가 될 수도 있으며, 살쾡이가 배회하는 암석이 될 수도 있고, 까마귀가 자기네 집으로 삼은 오래된 곡물 탱크의 역사가 쓰인 황금빛 밀밭이 될 수도 있다. 마술馬術쇼장에 있는 우윳빛 푸른 장애물이 될 수도 있으며, 낯선 스카이라인을 채운 둥글게 배 나온 타워들이 될 수도 있고, 동심원을 그리는 트레일러 파크에 모인 움직이는 집들의 땅에 붙박인 직사각형이 될 수도 있다. 폐허도 풍경이 될 수 있다. 회고록에 관해 이제 침잠하고 있는 당신은 폐허를 생각해본 적이 있는가? 당신이 무엇을 놓치고 있는지 아는가? 크리스토퍼 우드워드가 당신에게 말한다. "우리가 폐허를 생각할 때, 우리는 우리 자신의 미래를 생각한다."

책을 덮어라. 내려놓아라. 펜을 들고 지금 가장 가까운 창밖으로 보이는 것—당신의 세계의 이 고정된 형태들에 관해 써봐라. 날씨는 쓰지 마라. 그것은 변하니까. 날씨는 오고, 갈 것이다. 방어벽을, 텅 빈 곳을, 균열을, 둥근 덩이들을, 끌로 깎은 것들을, 기둥이 받치고 있는 것, 상승하는 것, 가라앉는 것, 잃어버린 것들을 찾아봐라. 기하학도 포함될 수 있다. 색깔과 색상. 음영과 얼룩. 거칢과 부드러움. 고의적인 것과 우연한 것. 사라짐에 가까워지는 것. 이 모든 것을 써라. 그리하여 당신이 이것을 내게 보내거나 이웃에게 보여주거나 세상이 볼 수 있게 블로그에 올렸을 때 우리가 볼 수 있도록.

이제 두 눈을 감고 당신 내면에서 오래전 풍경을 발견해보라. 이 또한 최대한 적어보라. 보지 못하는 것을 보는 척하지는 마라. 거짓된 완전성을 위해 이 훈련을 꾸며내지 마라. 그저 당신의 기억이 당신에게 건네주는 것을 허술하면 허술한 대로, 얄팍하면 얄팍한 대로, 보이는 대로 적어라. 그러고 나서 다음과 같은 질문을 스스로에게 던져보자. 왜 이 풍경일까? 왜 이 불완전함일까? 왜 당신은 수평을 실수하는 것들이 아니라 곧추선 수직에 초점을 맞춰왔을까? 왜 색채는 돌아오지 않을까? 행여 돌아온다고 해도 왜 그것들은 그렇게나 시끄러우며 왜 그토록 고집을 피우는 것일까? 이 풍경은 당신의 어떤 부분으로, 혹은 당신이 하는 이야기의 어떤 부분으로 당신을 이끄는가?

그렇다면, 당신이 몰랐을 수도 있었던 것들에 대해 이제 무엇을 아는가?

풍경은 당신을 이끌어 어디로 가는가?

노래를 생각하라

내가 이 글을 쓰는 노트는 언뜻 좋아 보이고, 슬로건이 적혀 있다. 망토와 예쁜 왕관으로 보건대 내가 세상을 구할 사람임이 꽤나 확실한 것 같다. 이것이 노트 표지다. 내지에는 두 개의 단어와 마침표가 있다(나는 이 마침표를 특별히 중요하게 생각한다). 사랑을 써라.

내 학생들에 관해 쓸 때라면 사랑을 쓰지 않기란 불가능할 것이다. 느끼지 않는 것이 불가능할 것이다. 왜냐하면, 이들을 보라. 아스토르 피아졸라의 음악이 불러일으키는 기억의 기도를 향해 고개 숙인 머리들을. 그들은 탱고에게, 오래된 컴퓨터 받침대를 휘도는, 먼지 낀 스피커에서 걸러져 나오는 느린 안단테에게 쓴다. 던져놓은 코트와 축 처진 가방, 먹다 남은 프렌치프라이의 스티로폼 무덤, 부츠 밑창 모양대로 쌓인 눈들이 가득한 방에서 그들은 스스로에게서 한발 뒤로 물러선다. 눈을 반쯤 감는다.

하얀 하늘과 얼어붙은 매끄러움의 겨울이었지만 이곳에서 이들은 안단테의 방에서 어깨와 어깨를 맞대고 지금과는 다른 온도, 태양의 다른 얼굴을 기억하고 있다. 왜냐하면 그게 내가 이곳에서 요청한 것이니까. 피아졸라의 노래를 듣고 떠오르는 순간, 유년 시절에 조우한 날씨를 10분 동안 기억해보시오.

그들이 기억을 떠올리는 것을 보며 나 또한 기억한다. 샌프란시스코의 곱슬곱슬한 안개와 침식된 절벽. 동틀 무렵 분홍빛에 흠뻑 젖은 호수. 해류의 속치마 속 냉기. 오후에 비가 쏟아진 뒤에 나는 스패니시모스 냄새. 번개에 두 동강 난 하늘. 찢어진 페이지와 노트북 화면을 보니, 보는 동안 폭풍이 몰아치고 구름이 모여들고 다른 곳에서는 해가 떴다.

한 문장 혹은 두 문장. 대담한 것. 예상치 못한 것. 진실한 것. 방금 쓴 것을 큰 소리로 읽어보라고 내가 말하고 학생들은 읽는다. 그리고 이들의 문장에서 나는 노래의 도움에 힘입어 시작되는 새로운 목소리, 새로운 소리, 새로운 대사를 듣는다. 가장 먼저 대서가 썼다. "우리는 바람이 우리를 데리고 가는 곳으로 갈 것이다." 본인이 쓴 문장에 놀라는 학생들이 종종 있다. 이러한 충돌, 이러한 리듬, 이렇게 고립되거나 맞물리거나 혹은 딱 맞는 디테일을 지닌 문장을 쓸 능력이 자신에게 있는 줄 몰랐다고 그들은 내게 이야기한다. 무슨 일인가 일어나고 있다. 무언가 새롭다. 잠깐, 거기서 더 나아가 당신이 무엇을 할 수 있는지 보자.

작은 순간. 침묵의 리듬. 그리고 나는 이제 피아졸라의 노래를 산토 도밍고 데 실로스의 베네딕토 수도승으로 바꾼다. 다시금 학생들에게 앉아서 듣고, 지난날을 떠올리고, 재창조해보기를 청한다. 다른 날의 날씨. 다른 달. 다른 해. 이 음악이 그들을 어디로 데려가나? 가장 완전하게 그것을 감싸안는 언어는 무엇인가? 전념과 북돋는 기운. 편안함과 내면의 고요. 그리고 기대도. 무엇이 들리는가. 내가 묻는다. 당신은 어디에 있는가. 써라. 당신의 언어가 당신을 발견해낼 수 있게. 당신의 언어가 당신을 증명할 수 있게.

캠퍼스 이곳저곳 어두운 강당에서 교수는 젠체하며 말하고 학생들은 필기하면서 배움의 일은 실제로 계속된다. 그러나 여기 우리가 있는 방에서는 수도승들이 송가를 부르고 내 학생들은 한숨 쉬고, 머뭇거리고, 의아해한다. 그들은 똑같이 진실한 것을 찾아 익숙한 것의 틀을 부수며 과거를 이야기하고 있다.

학생들에게 유년 시절의 얼룩을 존중하라거나 기억나는 날씨의 리듬에 주의를 기울여보라고 청하는 것이 아이비리

그 혹은 이력서를 위한 스펙 쌓기와는 전혀 상관없는 이야기처럼 들릴지도 모르겠다. 어쩌면 골동품 같은 기기에 디스크를 돌리는 글쓰기 선생은 나뿐인지도 모르지. 그리고 어쩌면 편히 기대어 앉은 아이들—몽상가와 창밖 구경에 여념 없는 아이들, 낙서하는 아이들과 쉴 새 없이 굴러가는 펜, 클립을 해체하고 있는 아이들로 가득한 교실을 통솔하기에는 엄격함이 다소 부족한 건지도 모르겠다.

어쩌면, 그럴 수도 있겠지.

그러나 나는 그렇게 생각하지 않는다.

이국의 음악을 틀 때마다 어떤 일이고 늘 벌어지니까. 어깨가 내려앉는다. 자세가 안정된다. 새로운 단어들이 나타난다. 이런 음악이 함께하는 날것의 비명 속에서 우리는 다 같이 회고록을 만들려는 사람들이 그들의 내면에서 해야 할 것, 존재해야 할 것이 무엇인지 발견한다. 그들은 아직 진정한 회고록을 시작하지 않았다. 아직 주제를 정하지 않았고, 제안서를 제출하지도 않았으며, 형식과 의미에 대한 분명한 약속도 하지 않았다. 이 모든 것은 곧 이루어질 것이다.

지금은 더 드넓은 범위의 언어적 가능성과 친해지고 있을 뿐이다. 그리고 나는 내 학생들이 이 단계에 좀더 오래 머무르게 할 것이다. 회고록을 쓰기 전에 할 일이 아직 남아 있다.

삶의 색

제49회 전미도서상 시상식이 시작되기 몇 시간 전 산더미 같
은 원고에서 내 첫 회고록을 발견하고 내 생일날 내게 전화
해 계약하자고 말해준 편집자 알레인 샐리어노 메이슨은 내
가 꼭 봐야 하는 방을 기억해냈다. 우리는 같이 갔다. 사자,
커다란 건물, 가파르게 내달리는 계단, 그리고 그곳에 있었
다. 도시의 한 구획만큼 크고 저 높이 영구한 날씨가 걸려 있
는 곳. 600파운드 무게의 책상들과 윤이 나는 독서등이 그리
는 별자리, 뉴욕 공립 도서관이었지만 지하철역에서나 볼 법
한 많은 사람, 새로 화사하게 단장한 로즈 대열람실. 거룩한
'쉿' 소리를 들은 것만 같았다. 책을 들고 쪼그려 앉은 수백
명의 사람을 보며 나는 거기에 맞지 않아 내쳐진 듯한, 어울
리지도 않게 너무 오래 머무른 듯한 느낌을 받았다.

잠시 후 존 업다이크가 1998년 전미도서상 공로상을 수상하기 위해 메리엇 마르퀴스 호텔 내 무대에 올랐다. 그의 목소리에는 조용하면서도 편안한 울림이 있었다. 그 어두운 장내에서 그는 청중과 함께 자신의 청춘의 도서관으로 되돌아갔다. 활자의 화려함, "인간의 손만 한" 책의 아름다움. 그곳에 있는 모든 테이블 위에 책이 한 더미씩 쌓여 있었고, 벽에는 펜던트처럼 책 이미지들이 걸려 있었다. 장내에는 작가, 편집자, 출판 관계자들이, 출판 에이전트와 비평가들이 있었다. 그곳에는 독자들이 있었다. 우리는 왜 우리가 그곳에 왔는지 알고 있었다.

이튿날, 그리고 그 후로 며칠 동안 미디어에서는 다크호스, 전쟁터, 예상치 못한 후보의 수상, 중세 기사들의 결투 같은 방식에 관하여 기사를 올렸다. 마치 책 만드는 일이 도박이나 스포츠 경기인 양 그들은 승자와 패자에 주목했다. 본인이 생각했던 영웅이 왕관을 쓰지 못했다거나 어쩐 일인지 최종 수상자를 예측하지 못했다면서 이 행사에 관해 열변을 토했다. 그러나 수많은 사람이 헤드라인을 향해 내달리는 동안 잃어버린 것이 있었으니 바로 전미도서상의 진정한 의미였다. 책에 대한 예찬. 이야기를 통한 성찬식. 언어의 인간성에 바치는 찬사.

전미도서상 최종 후보에 내 이름이 오른다는, 결코 생각지도 못했던 그 영예를 돌이켜 떠올릴 때, 나는 사랑과 용기 그리고 가족 및 친구와 보낸 시간의 정제된 빛이 주목받았다는 것에 어리둥절해하던 마음을 기억한다. 그리고 희미한 안개 속에서 제럴드 스턴의 잊을 수 없는 목소리가 떠오른다. 그는 같은 해 시집 『이번에는: 제럴드 스턴 시선집, 새로운 시 수록This Time. New and Selected Poems』으로 후보에 오른 시인이다. 이틀 동안 열린 행사에서 제럴드 스턴이 큰 소리로 자기 시를 낭송할 때, 내 머릿속에서 무슨 일인가 일어났다. 그리고 오랜 시간이 지난 지금도 시집 속 그의 작품을 다시 읽을 때면 똑같은 일이 일어난다. 그의 시는 내 혈압을 정상으로 되돌려주고, 깨끗함과 청결함만 남긴 채 나를 털어낸다. 어떤 겉치장이든, 그 겉치장이 늘 익숙해지는 이유가 무엇이든, 어쨌든 익숙해진 겉치장에 그의 시는 틈을 낸다.

내가 학생들에게 바라는 것이, 모든 회고록 작가에게 바라는 것이 바로 이것이다. 어떤 자세를 취하지 마라. 태도를 취하지 마라. 과거를 청산하지 마라. 쉽게 쓰지 마라. 간단한 두 번째 장을 경계하라. 당신이 지금까지 얼마나 많은 수필을 썼든, 혹은 얼마나 많은 책을 썼든 그것은 중요하지 않다. 다른 사람들이 지금껏 무슨 말을 했든, 심사위원이 어떤 결정을 내렸든 그건 중요하지 않다. 지금 아이비리그 대학의 강의실에 앉아 있든 집에 혼자 있든 그 또한 중요하지 않다. 만일 당신이 이 세계를 향해 눈 뜨고 있지 않다면, 마치 이 작품이 당신이 태어나 처음 쓰는 것 혹은 당신이 쓸 마지막 말인 것처럼 다가가지 않는다면, 당신은 글 쓸 자격이 없다. 글쓰기는 과제가 아니다. 이것은 일이 아니다. 글쓰기는 특권이다.

뻔한 반응, 그저 적당한 수준의 언어, 이도 저도 아닌 B+를 근절하기 위해 나는 제럴드 스턴의 「달걀 껍질」을 낭독함으로써 학생들을 돕는다. 시의 첫 부분을 읽는다.

> 삶의 색色은 연한 흰색 울새의 녹색에 가깝다. 한때 둥지에 있을 적, 어치가 지푸라기를 흐트러뜨리기 전 따뜻한 살이 껍질 안에 있을 때는 좀더 파랬던……

이게 내가 읽은 것이다. 완벽한 시의 첫 문장. 이내 멈춘다. 잠시 침묵한다. 다시 읽는다. "삶의 색이 무엇이지요?" 내가 묻는다. 그러고는 누군가가 대답할 기회를 잡기 전에 대답 대신 글로 적어보라고 한다. 그들 삶의 색을. 그들의 빛깔을. 사물과 그들의 관계, 그것의 경제학을.

당신 삶의 색은 무엇인지 말해보라. 그러면 나는 당신이 누구인지 말해주겠다. 하지만 정말 중요한 것은 그게 아니다. 중요한 건 당신이 스스로가 누구인지 아는 것이다. 다시 한번 말하는데 중요한 것은 언어를 드넓게 펼치는 일이다.

여기 내빌이란 학생이 얼굴에 비친 빨강과 파랑, 그리고 색채에 대해 이야기한다. 그가 우리에게 그의 색깔을 말해준다. 그는 우리에게 그의 영혼을 준다.

머리 위 나무의 가지들은 팔과 손가락을 밖으로 뻗어 내가 보는 태양 빛을 흐리게 하지만 대신 그 너머 멋진 파란 하늘을 볼 수 있는 일등급 전망을 선사한다. 새빨간 색의 홍관조가 바람결에 날개를 파닥였고 눈앞의 광경을 가로지르며 날아갔다. 새의 움직임과 결정은 아무렇게나 정해지는 것이 아니다. 그것은 계산된 것, 계획적인 것, 목적이 뚜렷한 것이다. 내가 본 새는 어디로부턴가 왔고, 그가 가고 싶다고 결정한 곳으로 자기 길을 가고 있었던 것이다. 나무의 이파리 하나하나 또한 그 무엇도 보지 못한 것들을 보고, 비밀을 품고, 경험하고, 그 누구와도 다른 방식으로 살았다. 새와 나무에는 우리가 알 가치가 있는 이야기들이 있다. 그들을 정의하는 이야기들, 누구도 자신의 것이라 주장할 수 없는 이야기들. 삶은 내가 걷다 마주치는 사람들의 얼굴에 비친 색이다. 그들 안에서 우러나오는 색이다. 그들의 과거와 미래가 형성한 색이다. 만일 우리가 우리 상황과 우리 이야기를 이

해하지 않고 그것을 사랑스러이 여기지 않는다면, 그렇다면
대체 이해해야 할 것이 무엇이란 말인가?

목소리를 듣다

회고록 작가이자 비평가인 내 동료는 이렇게 썼다. "나는 지금 작가가 네 살일 때 일어났던 사건 속에서 오간 대화를 네 장 내내 서술하는 회고록을 읽고 있다. 책의 절반을 넘기는 분량이 열 살이 되기 전 그녀에게 일어난 일들이다. 그리고 모두 사람이 어떻게 말했고 느꼈는지에 관한 내용이다. 이 중 어디까지를 진실이라 믿어도 좋을지 모르겠다."

독자들이 회고록을 읽을 때 따옴표로 묶어 따로 표시해 놓은 것보다 더 짜증을 유발하는 것은 없다는 면에서 내 친구의 말은 일리가 있다. 당신이 (세 살 때) 어머니의 힐을 신고 립스틱을 바르는 걸 본 어머니가 당신에게 말한 페미니즘적 독백을 처음부터 끝까지 다 기억한다고? 20년 전 당신의 남편이 댄스 교실에서 만난 사이클리스트 때문에 당신과의 이혼을 결심했을 때 오갔던 말을 기록하며 대화를 나눴나? 다섯 살 때 테스토스테론이란 단어를 알았다고? 펑크가 무슨 뜻인지 알았다고? 반어를 구사할 수 있었다고? 당신의 (매우 어린) 유년 시절 키우던 반려 동물이 죽었을 때 당신 어머니가 했던 말을 길디긴 문단 분량으로 기억한단 말인가.

조이스 캐럴 오츠는 자신의 회고록 『미망인 이야기A Widow's Story』에서 이렇게 썼다. "왜 이리 많은 것을 잃었나? 소리에 대한 우리 기억은 연약하고, 신뢰하기 어렵다. 예전에 나눴던 대화의 파편을 다시 이야기하는데 부정확하게, 그러나 너무나 확신에 차서 말하는 친구들을 우리 모두는 본 적이 있다. 언어만 잃는 것이 아니다. 분위기, 강조를 잃는다. 의미를 잃는다."

평생 주머니에 테이프 녹음기를 들고 다닌 것이 아니라면, 대화문은 당신이 회고록을 쓸 때 마주할 도덕적 그리고 스토리 측면에서 가장 중대한 난제가 될 것이다. 캐릭터를 완성하고, 속도를 조절하고, 내가 기억하는 것과 실제로 발화된 것 사이의 문제를 분석하려면 대화문이 필요하다고, 최소한 단편적으로라도 필요하다고 느낄 수 있고, 우리 일상에서 사람들이 서로에게 말을 걸고 독자들도 그들이 무슨 말을 했는지 알고 싶어하기 때문에―독자들이 관계의 소리를 알고 싶어하기 때문에 대화문이 필요하다고 느낄 수 있다.

엄격히 말해서 회고록에 대화문이 반드시 필요한 것은 아니다. 이를테면 벨 훅스의 회고록『본 블랙』에서 처음부터 끝까지 단 하나도 연속되는 일련의 것은 없다. 일화를 전달하는 게 그녀의 의도는 아니기 때문에, 그녀가 쓰는 장들은 길이가 짧기 때문에, 그 모든 새로움과 복잡다단함을 담지한 그녀의 회고록은 그런 잠시 동안의 쉼을 필요로 하지 않기 때문에 그녀에겐 대화문이 필요 없었던 것이다. 루시 그릴리와 엘리자베스 매크래큰도 각각『얼굴의 자서전Autobiography of a Face』과『상상이 낳은 허구의 정확한 모형An Exact Replica of a Figment of my Imagination』에서 대화문에 의존하지 않는다. 대화문이 등장하긴 해도 드물게만 나온다. 다른 회고록 작가들은—실은 대부분의 회고록 작가가—'그녀는 이렇게 말했다' 없이는 멀리 가지 못한다.

잘 쓴 대화문이라면 독자들을 스토리의 심장에 더 가까이 데려가주는 까닭에 대화문은 반드시 필요했던 것처럼 느껴진다. 마크 도티의『천국의 해변Heaven's Coast』에서 결말로 향하는 길목에 놓인 대화를 생각해보라. 도티의 연인 월리는 에이즈라는 여정의 깊숙한 곳으로 나아가고 있다. 갈등의 마무리가 반드시 이뤄져야 하는 지점이지만 월리는 주저한다. 이것이 이 이야기를 전달하는 사람인 도티뿐만 아니라 이야기의 주제인 월리에게도 얼마나 큰 상처일지 많은 대화가 없

어도 우리는 알 수 있다. 따옴표조차 필요 없다. 그러나 당시
어떤 대화가 오갔는지는 우리도 조금 알 필요가 있다.

> 이튿날 아침, 그의 분노는 완강하다. 지난 몇 달간 내가 본
> 어느 때보다 더 열과 성을 다해 거절한다. 소용없을 거야.
> 내가 말한다. 한번 해보자.
> 그가 말한다. 싫어. 안 할 거야, 싫어.
> 그냥 일주일도 싫어?
> 침묵.
> 더 안 좋아지는지 한번 보자. 일주일 동안 해보고 그래도 싫
> 으면 원상 복귀하는 거야.

비슷한 말의 오고 감이 테리 템페스트 윌리엄스의 『피난
처』에도 등장한다. 내가 생각하기에 죽음을 앞둔 엄마와 슬
퍼하는 딸이 각자 크게 다른 방식으로 상황을 받아들이고 있
는 것을 독자들이 이해하려면 아래의 인용 부분은 반드시 필
요했다.

> 엄마가 이야기한다. "이걸 다 겪으면서 내가 배운 건 그냥
> 다시 일어서서 계속 나아가라는 거야." 엄마가 말하는 동안
> 나는 엄마의 등을 쓸어내린다.

"나는 너무 오래 싸웠고 이번 여름을, 가을을, 그리고 크리스마스를 살아서 보내려고 무진 애를 썼어. 그 모든 순간이 값졌지. 그리고 이젠 여한이 없어. 갈 준비가 됐어."

"테리, 너도 받아들였지?"

"영혼은 받아들였는데, 마음은 아니야."

그럼에도 회고록에 대화문을 쓰는 것은 한때 힘차게 날았던 잠자리를 과학실 뒤편에 있는 검정 벨벳에 핀으로 고정하는 것과 꽤나 닮아 있다. 적확해야 한다. 날개를 딱 맞게 펼쳐야 한다. 조금 땀이 난 손에 서툰 손길이더라도 연약하고 커다란 두 눈을 보호해야 한다. 꾸며내고 싶지도 않지만, 들어내고 싶지도 않을 것이다. 누군가 우릴 도와줘야 한다.

일기가 도움이 될 수 있다. 기록은 축복이다. 회고록을 쓸 의도로 일부러 어떤 경험을 하는 사람들은(여러 이름 중 몰입 회고록Immersion Memoir이라는 이름으로 알려진 과정인데) 디지털화된 기억을 남길 수 있고, 때로 남기기도 한다. 버즈 비싱어가 『아버지의 날』을 쓸 때 사용한 방법이 바로 이것이다. 여행을 떠났다. 아들을 데리고 갔다. 아들과 나눈 대화를 녹음했다. 그리고 그런 방법을 썼는데도 비싱어는 대화 속 발화문들을 인용 부호 안에 넣지 않았다.

—사랑에 빠져본 적 있어?

—아니.

—진짜 여자친구를 사귀어본 적 없어?

—섀나를 좋아하는 것 같긴 해.

—섹스가 뭔지 아니?

—들어본 적은 있어.

—뭔데?

—같이 자는 거.

—누구하고든 같이 자본 적 있어?

—아니.

—그러고 싶어?

—아니.

—키스해본 적 있어?

—아니.

누군가 "생일 축하합니다"라고 크게 외친다. 텔레비전에서
는 미니애폴리스에서 일어난 처참한 다리 붕괴 사고를 보
여주고 있다. 대화를 멈추고 화면을 보는 사람은 없다.

—내가 이런 질문 하는 게 싫어?

—조금 싫어.

—왜?

—그냥 싫으니까.

대다수의 사람은 한 손에 흥미진진한 녹음기를 들고 여행을 떠나진 않을 테니 우린 다른 해결책을 반드시 고려하고 평가해봐야겠다. 회고록은 무엇보다 명상이자 탐구임을 늘 염두에 두는 것이 도움을 줄 수 있다. 대화로 전달하는 힌트는 매우 성공적이다. 그러니 암시하라. 독자들은 "실제 삶"을 구현한다는 이유로 그 모든 "흐음"과 그 모든 멈춤과 그 모든 반복을 천천히 인내하며 읽고 싶어하지 않는다.

그리고 (대부분의) 독자는 유년 시절의 모든 재치 있는 대화가 이렇게 소환되기 위해, 기록되기 위해 그 긴 세월 어딘가에서 그저 기다려왔다는 것을 믿어달라는 요청을 받고 싶어하지도 않는다. 과거 3학년이었던 저자와 그녀의 어머니 사이에 오가는 대화가 몇 페이지씩 계속되는 글을 읽는 것은 불편한 일이다. 우리 독자들은 이렇게 말한다. 진짜? 우리더러 이걸 믿으라고 쓴 거야? 회고록이 좋지 않은 평가를 받는 이유 중 하나는 바로 이런 것이다. 독자들은 정말이지 손톱만큼이라도 좋으니 진실에 가까운 것을 원한다. 기억 속에 남아 있는 대화는 가장 믿지 못할 기억임을 인정하기를, 대개는 암묵적으로 그러하기를 기대하고 있다. 대화문을 신중하게 넣는 것은 더 정직한 회고록을 쓰는 방법일 뿐만 아니라 더 좋은 회고록을 쓰는 방법이기도 하다.

『영웅은 없다No Heroes』에서 크리스 오퍼트는 간략하고 정교하게 포착된 이미지로 설득하는 법을 보여준다. 아래의 인용은 이 책의 적나라한 켄터키식 대화의 대부분을 보여주고 있다고 해도 과언이 아니다. 숨 가쁘게 날 선 공격도 독백도 없다. 그저 평범한 켄터키 사람들이 주고받는 속사포 같은 대화만 있을 뿐이다.

"어머니랑 아버지는 좀 어떠셔?" 그가 말했다.
"다 좋으셔. 네 부모님은?"
"똑같지. 네 어머니는 시내에서 곧잘 뵙는데 아버지는 집에서 잘 안 나오시나봐. 좀 나오셔?"
"별로." 내가 말했다.
"요즘 뭐하고 지내시는데?"
"네가 직접 물어봐."

『불안』에서 C. K. 윌리엄스는 강조체를 사용해 해당 구절은 자신이 기억하고 있는 부분임을 환기시켰다. 그가 쓴 이탤릭체는 하나의 약속과 같은 것으로 진실과 맺은 평화 협약이다. 그러나 이것이 발화된 것의 전부라고, 심지어 당시의 정확한 발화일지도 모른다고 우리가 반드시 믿을 필요는 없다. 이 글에서 대화는 이것이 필수적이며 진실한 것이라고 넌지시 암시되고 있다.

내 어머니와 나, 내 어머니와 아버지와 나, 수많은 복잡함, 행복이었던 것이 다른 무언가가 되기 전에 괴로움이 되어버리는 수많은 것. 한번은 아버지가 내게 이렇게 말했다. 조용히, 기분 나쁠 것 없는 소리로, 실은 꽤나 친근하게, 객관적인 것처럼, 마치 나에게 칭찬한다는 듯이. 넌 악당이야. 네 엄마를 똑 닮았어.

누알라 오페일런은 『당신은 특별한가요?: 더블린 여성의 의도치 않은 회고록Are you Somebody?. The Accidental Memoir of a Dublin Woman』을 쓰면서 편지를 통해 지난날들 속에서 자신이 누구였는지, 그리고 그녀가—그 외 다른 사람들 또한—그들의 생각을 어떻게 언어로 표현했는지 발견한다. 일기가 그러하듯 편지도 다른 종류의 기록으로 활용할 수 있다. 또 다른 종류의 증거, 즉 진실히 말하는 자다. 적절히 선별하여 사용된 이 편지들은 회고록의 범주를 넓혀준다.

　문장 부호들 또한 작가의 의도를 암시하는 신호다. 인용 부호(" ")를 모두 떼어내보라. 그러면 주장하는 느낌이 눈에 띄게 줄어든다. 일반적인 인용 부호와는 다른 방식으로 인용문을 표시해보라. 그러면 당신은 발화된 말, 그 곁에서 벌어진 모든 사건으로 독자들의 시각을 돌리게 될 것이다.

　기존과 다른 방식으로 서술할 수 있는 방법, 그러므로

더 진실할 수 있는 방법들은 더 있다.『처음 만나는 자유Girl, Interrupted. A Memoir』에서 수재나 케이슨은 작가 자신이 청소년기에 2년쯤 머물렀던 매클레인 병원의 병동, 그곳 의사들이 나눴던 대화의 특성을 묘사하기 위해 그녀 스스로 "전형적인representative" 대화라 명명한 것을 전략적으로 사용한다. 케이슨이 쓴 이 책은 빠른 전개를 보이며, 사건은 부분적이다. 장면들은 설명이 매우 분명하다. 오가는 짧은 대화들은 전형적이다. 시간을 셈하지 않는다. 대부분 계절을 밝히지도 않는다. 이것이 열여덟 살의 나이에 거의 인지하지도 못한 채 병동에 입원했을 때의 느낌이었을 것이다. 대부분의 것이 그녀 귀에는 이런 식으로 들렸을 것이다. 케이슨의 "전형적인" 대화는 인공적으로 재건축한 대화가 담지할 수 있는 것보다 훨씬 더 큰 진실함을 내포하고 있다.

실제로 내가 책을 쓸 때는 그 책이 서술하는 시절, 그리고 내가 쓰고 있는 주제에 가장 적격한 전략을 활용한다. 유년 시절에 오간 대화를 재창조하는 일은 드물다. 솔직히 내가 그것을 기억한다고 말하기는 어렵다. 뿐만 아니라 나는 어떤 순간적인 깨달음을 추구하는 성향도 아니다. 밖에 나가서 적극적으로 다음 책의 주제를 물색한다거나, 회고록에 넣을 만한 장면을 목격하려고 하지도 않는다. 그렇게 하는 것이 효과적일지 의문이다. 다만 나는 내 삶을 주의 깊게 들여다보며 산다. 내게는 그것이 내 삶을 기록하는 것 또한 수반하는데, 이전에 언급했던 카메라뿐만 아니라 일기로 남긴 기록이나 수필, 블로그에 올린 짧고 긴 글들, 수업계획서 뒷면이나 연극 프로그램지 여백에 휘갈긴 낙서 등이 그것이다. 따라서 나는 늘 책을 쓰려고 자리에 앉기 전에 그동안 적어놓은 일반적인 관찰이나 짤막한 대화의 기록 같은 것을 손 닿을 거리에 준비해둔다. 대개는 내가 이걸 왜 써놨는지 이유도 모른다. 대부분은 글 쓸 때 활용하지 않는다. 그러나 이것은 존재한다. 그러므로 필요해진다면, 나는 이것을 활용할 것이다.

이렇게 쌓아놓은 것들이 언제고 내게 필요한 것을 잘 제공해주느냐고 묻는다면, 그렇다고 대답할 수 없다는 게 애석하다. 굉장히 중요한 부분에 필요한 대화인데 내 손은 텅 비어 있을 때가, 집에 어떤 역사의 기록도 남아 있지 않을 때가 종종 있냐고? 그럼, 물론이다. 이렇게 어찌할 바 모를 때 도움 되는 세 가지가 있다. 평소에 사람들이 어떻게 말하는지 주의를 기울인다. (그녀라면 이 단어를 쓸까? 그는 말을 유창하게 하는 편인가, 아니면 때로 감정을 주체 못 하나? 만일 적절한 단어를 찾지 못한다면 그녀의 손은 무엇에 의지하여 단어를 찾을 것인가? '음'을 추가해야 할까?) 그리고 대부분의 오가는 대화문을 늘 긴밀하게 쓰는 것. 마지막으로 내가 말을 인용하고 있는 당사자에게 해당 부분을 보여주면서 읽어보고 그들의 기억과 내 기억이 서로 크게 다르지 않은지 말해달라고 청하는 노력.

이것이 완전한 완벽을 가져다주느냐고 묻는다면, 그렇다고 주장하지는 않겠다. 그러나 만일 우리 의도가 진실하다면, 만일 우리가 진실에 가까이 가기 위해 할 수 있는 바를 행한다면, 만일 우리가 가장 큰 영향을 줄 수 있는 결정적인 곳에서만 대화문을 활용한다면, 스스로가 선택한 인용 부호를 통해 우리와 대화문의 관계(우리가 쓰고 있는 대화문에 대한 우리 믿음)가 어떤지 알려준다면 그렇다면 그때 우리는 대화문으로 우리가 할 수 있는 최선을 다하는 것이라고 나는 믿어 의심치 않는다. 그리고 맞다, 때로 우리 회고록 작가들은 "우리가 할 수 있는 최선"을 다한다는 이유로 조롱당하기도 한다. 만일 더 나은 선택지가 있다면 내게 알려달라.

그러므로 우리는 할 수 있는 최선을 다할 것이다. 우리는 듣는 훈련을 할 것이다. 우리는 대화를 기록하는 훈련을 할 것이다. 남편, 자녀, 이웃, 친구 등 인터뷰할 사람을 찾아라. 그리고서 그때 받아적은 말들을 바탕으로 글을 써라. 옳게 쓴 것인지, 그들이 한 말을 옳게 들었는지뿐만 아니라 그들이 그 말을 한 방식 또한 옳게 들었는지, 그들에게 물어보라. 혼자 있을 때 모르는 사람들이 하는 말을 들어보라. 운동장에서 아이들이 하는 말을 들어보라. 전화 통화 중인 사람의 말을 들어보라. 그 이야기를 되풀이하는 아버지의 말을 들어보라. 이야기의 패턴에 귀를 기울여보라. 당신이 회고록을 쓰기 위해 자리에 앉았을 때 이 일련의 것을 했음이 기쁘게 여겨질 것이다.

맛이 꼭……

내 어머니의 요리는 독보적이었다. 어머니에게 요리란 쉬운 일처럼 보였다―너무 쉬운 일. 전하는 이야기에 따르면 어머니의 어머니가 가이어 애비뉴의 부엌 벽에 대고 그녀가 만든 말라빠진 파이를 던졌는데 그것이 마치 유리 조각의 파편처럼 장엄하게 산산조각 났다고 한다. 우리 어머니에게는 결코 그런 일이 일어나지 않았을 것이다. 어머니가 해주신 시나몬 애플은 부드러웠다. 어머니의 요리에서는 따뜻한 김이 솟았다. 톱니 모양 패턴이 새겨진 어머니의 파이 껍질은 보기 좋은 갈색이었고 바삭거렸다. 가장 맛있는 부분을 먹어본다. 달콤하게 녹아내렸다.

부엌과 관련된 모든 것을 어머니는 독학으로 깨우쳤다. 솥 다루기 통달, 온도의 마법, 빵이 부풀어오를 숨겨진 곳들,

양념을 바르는 붓질에 담긴 적재적소의 전문 기술. 어머니는 전날 밤 본인이 직접 바느질한 직물 인형으로 디저트를 장식하셨고, 당신의 자녀를 위해, 아니 당신의 자녀가 아닌 아이를 위해서도 매년 생일 케이크를 세 개나 구워주시곤 했으며, 당신이 끓인 수프로 치료해주곤 하셨다. 어머니는 요리가 어머니들이 하는 일이라 믿었으므로 내 어머니가 한 일은 요리였다. 그녀에게 이것은 자연스러웠다. 그리고 그랬기 때문에 어머니는 자기 재능이 얼마나 뛰어난 것인지 결코 모르셨다.

내 어머니는 우리 세 자녀를 다 기르고 난 후 대학에 가셨다. 신문에 자기 글을 발표하셨고, 책을 쓰셨고, 강의를 하셨다. 젊은 예술가들에게 투자하셨고 두꺼운 책을 읽었고 끊임없이 친구들을 사귀셨다. 모두 사실이다. 그러나 내 어머니가 돌아가셨을 때 내가 생각한 건 이런 게 아니었다. 내 머릿속에서는 이 구절만 끊임없이 반복되었다.

나는 그녀의 눈을 다신 볼 수 없겠구나.

그녀에게 줄 선물을 고르는 기쁨을 다신 느껴보지 못하겠구나

다신 그녀와 함께 마주 앉을 수 없겠구나.

먹는 방식도 당신의 어머니와 함께 하늘나라로 떠난다.

혀 위에서 설탕을 녹이던 방법. 기름진 수프에 바스라뜨린 치즈를 넣어 휘휘 젓는 방식. 그레이비 소스에 달콤한 밀가루를 넣어 풍미를 살리던 방식. 소고기의 두툼한 분홍빛, 넛메그nutmeg를 위에 올린 익힌 배, 과자처럼 바삭한 껍질이 생긴 브라우니들. 아버지의 집 냉동실을 파헤치다 마지막으로 남은 것이 체커보드쿠키 냉동 반죽, 딱딱하게 굳은 빨간 소스가 담긴 터퍼웨어, 하얗게 변해버린 가지 파르마산 치즈구이뿐이라는 것에 화가 치밀어오를지도 모른다. 그 추위에 손가락이 타는 듯한 동상을 입을 것이다. 당신 어머니의 요리는 이제 영영 가버렸다.

아니 어쩌면 일요일 아침마다 따뜻한 밀죽을 만들어준 당신의 아버지일 수도 있겠다. 어쩌면 당신의 누이가 달걀로 마법 같은 요리를 해줬을 수도 있고. 어쩌면 아파트 1층에 사는 노인이 당신에게 그의 유명한 수프 한 그릇을 보내줬을지도 모른다. 겉으로 드러난 것, 그 이상을 당신은 쓸 수 있나? 질감과 맛을 만들어낼 수 있나? 무엇으로 부수고, 무엇으로 으깨고, 무엇을 소금에 절인 것인지, 커스터드가 걸쭉해지는 비법과 덩굴에서 딴 토마토가 가장 달았던 이유를 당신은 아는가? 어쩌면 당신에겐 이탈리안 파슬리가 의미 있을지 모른다. 할라피뇨 고추 끝자락에 얽힌 이야기가 있을지도 모른다. 어쩌면 당신이 과즙 많은 분홍빛 돼지로 조각한 수박이 당신과 당신의 삼촌이 만났던 마지막 순간에 대한 어떤 이야기를 담고 있을지도 모르겠다. 어쩌면 이웃의 햄버거, 바스라질 듯 타버린 그것을 당신이 소생시켰을 때, 마침내 그것이 당신이 그리워하던 것의 모양을 설명해줄지도 모를 일이다.

우리는 먹지 않고서는 살 수 없다. (혹자는) 우리가 먹는 것이 우리를 만든다고 한다. 해진 천, 구멍 난 빵 바구니, 딱딱해진 치즈, 건네주는 사람의 손을 따뜻하게 하는 걸쭉하게 끓인 캐서롤, 케이크에 당을 입히던 방법, 모인 사람들, 사람들 사이의 애정과 적대감을 우리는 기억한다. 맛은 우리를 우리 자신의 원초적인 어딘가로 데려다준다. 맛은 다리가 되어 움직임 속에서 이해를 낳는다. 프루스트가 우리에게 가르쳐준 바 있다. 이 이야기는 친숙하다. 『회고록 속 시간의 기술The art of Time in Memoir』을 쓴 스벤 버커츠만큼 이것을 경제적으로 서술한 이도 없다.

다른 것은 차치하고라도 문학계 전설에만 따르자면, 무슨 일이 벌어졌는고 하니 성인으로서 자신의 유년 시절 곳곳을 재방문해보던 이 작가가 차를 한잔 마실 요량으로 잠시 멈추었다. 그가 아무 생각 없이 딱딱해진 작은 케이크, 그러니까 그 유명한 작은 마들렌을 자신의 차에 퐁당 집어넣어 적셨을 때, 그의 전혀 생각지 않고 한 이 행동이 압도적인 힘으로 켜켜이 쌓여 있던 연상을 발산해버렸음을 그는 발견했다. 그 한 가지 맛이 별안간 모든 사실관계를 압도하는 응축된 유년 시절의 감각으로 그를 뒤덮었고, 이 본능적인 반응의 빛 속에서 그가 기억하고 있는 경험을 다루던 이전까지의 접근법은 상관없는 것처럼 여겨졌다. 그는 깨달았다. 이 생명력 넘치는 과거, 이 살아 숨 쉬는 과거는 체계적이고 질서정연한 방법으로 출토해낼 수 있는 것이 아니구나. 이것은 모양새를 다듬어 스토리 속으로 들여넣지 않은 아주 사소한 무언가, 우연히 발견되지 않고서는 결코 알 수 없는 사소함 속에 증류되어 있는 것이구나. 이 마들렌 경험은 작가가 연상하는 사슬의 시작이 되었고, 이로부터 그는 완전히 폐허가 된 세계를 끝내 복구하는 과업을 달성했다.

그렇다면 맛이란 길일 테다. 맛은 우리를 스토리로 이끈다. 허나 식사는—혹은 부엌은—그보다 더한 것을 우리에게 해줄 수 있다. 지넷 윈터슨의 어머니는 매우 까다로운 사람이었다. 그녀의 유년 시절은 부족함, 혹독한 추위, 중세 시대에 가까운 암흑으로 가득했다. 그러나 해마다 한 번은 윈터슨의 어머니가 신비한 기념 예인선에 굴복하는 날이 있었다. 『평범할 수 있는데 왜 즐거워야 하나요?』에서는 이 기쁨에 가까운 뜻밖의 감정이 미식적으로 표현되었다. 음식, 그 선택과 준비가 성격을 드러낸다.

우리는 우리 물건을 주고 마치 으깬 유리처럼 바삭바삭한 훈제 장어를 받아왔다. 천으로 만든 푸딩도 받아왔다. 푸딩은 제대로 만든 것이었다. 포탄처럼 딱딱했고, 커다란 새의 알 같은 과일들로 알알이 박혀 있었다. 칼로 썰어도 썰린 채 온전히 서 있었다. 우리는 푸딩 위에 체리 브랜디를 붓고 불을 붙였다. 아버지가 불을 껐고 어머니는 그것을 응접실로 가지고 가셨다.

앤서니 샤디드는 『돌로 지은 집House of Stone』에서 카이랄라 박사의 집 부엌에서 아와르마awarma라는 이름의 음식을 만드는 것을 배경으로 레바논 전쟁을 빗대어 표현한다. 우리는 "3킬로그램의 고깃덩이, 반짝이는 붉은색", 즉 "익힌 비트의 색채"를 이해한다. 우리는 술에 절인 지방 냄새가 "자극적인 고기 냄새이며, 그러나 좀더 퀴퀴하고 다소 역겹다"는 것을 읽는다. 이 죽음은 마음씨 좋은 카이랄라 박사네 주방에서 회자되고 있는 죽음이다. 학살이다. 핏물이 떨어지는 고기와 지독한 냄새는 전쟁의 개인적 성격의 기표—토대, 근본—다.

우리는 먹고, 우리는 우리 과거를 떠올린다. 우리가 타인과 함께 요리하고 썰고 젓는 사이사이로 다른 이야기들이 스며든다. 우리는 우리가 사랑하는 누군가가 음식을 만드는 모습을 본다. 우리는 우리가 잊지 않기를 바란다. 그리고 우리 사이에 무슨 일이 일어난다. 유대감이 만들어진다.

이창래는 자신의 에세이 『커밍 홈 어게인』에서 어머니가 주방에서 하셨던 손짓과 그것이 작가 본인에게 끼친 영향에 대해 기록하고 있는데 내가 본 기록 중 단연 최고다. 길게 인용할 만한 가치가 있는 장면으로 나는 이 장면의 특별함과 다정함에 천착한다. 특히 이창래 작가의 동사에 주의를 기울인다. 음식의 재료와 요리법 그 이상으로 이 장면을 고양시키는 작가의 모든 방법을 나는 기록한다. 대화문 하나하나, 그리고 그 문장이 왜 중요한지에 주의를 기울인다.

나는 조용히 주방에 들어가 엄마 곁에 서서 턱을 엄마의 허리춤에 대고 서 있곤 했다. 엄마의 팔꿈치 안쪽을 뚫어져라 보는 나는 엄마 손의 움직임을 바라본다. 갈비를 만들어 줄 때 엄마는 정육된 짧은 갈비뼈, 비행기 날개의 일부분처럼 생기고 살점이 잘 벗겨지는 뼈를 자신의 작은 손에 잡고서 연골과 살점 깊숙이 칼을 찔러넣었다. 칼이 어느 지점에 다다르면 뼈가 떨어져 나왔다. 하지만 완벽하게 떼어내는 것은 아니었다. 힘줄에서 가장 적당히 불투명한 선을 찾아 그 선으로 고기와 뼈가 이어져 있게 놔두었다. 그러고는 그녀의 방법에 따라 살점을 저몄는데 자르고 펼치고, 고기가 도마 위에 펼쳐질 때까지, 고기가 반짝거리는 것이 양념을 바를 준비가 될 때까지 같은 과정을 반복했다. 엄마는 대각선 방향으로 고기에 칼집을 냈고 그 틈에 설탕을 한 꼬집씩 뿌렸다. 설탕 결정을 부드럽게 문질렀다. 설탕은 고기를 달큰하게 만들어주기도 했지만 부드럽게 만들어주기도 했다. 갈비 하나하나에 똑같은 과정을 되풀이했다. 그러고 나서 넓적하고 깊지 않은 그릇에 모든 갈비를 넣었다. 마늘 여섯 쪽, 생강 하나, 썬 대파를 갈아서 고기 위에 충분히 펴 발랐다. 엄마는 손을 닦고서 참기름병을 꺼내들었다. 잠시 멈추더니 그 어두운 빛의 기름으로 그릇 위에 빠르게 두 바퀴 원을 그렸다. 간장을 몇 번 뿌리고는 그릇에 손을 넣어 뼈가 떨어져 나가지 않게 조심하면서 고기를 주물렀다. 왜 뼈가 꼭 연결되어 있어야 하냐고 나는 물었다. 엄마가 대답했다. "살점은 뼈랑 붙어 있어야 해. 그래야 영양분을 받지." 엄마는 손에 묻은 양념장을 깨끗하게 닦았지만 새끼손가락은 그렇지 못했는데, 그것은 음식의 좋은 맛이 단번에 만들어지는 게 아니라 시간 속에서 숙성되는 것임을 알았기에 때로 양념을 새끼손가락에 찍어 혀에 살짝 대 그 맛을 봤기 때문이다.

버지니아 울프는 『자기만의 방』에서 소설가란 "오고 간 대화들이 매우 재치 있어서, 혹은 그때 했던 행동이 매우 현명해서 이 오찬은 결코 잊히지 않을 것이라고 독자한테 믿게 만드는 법을 아는 사람들이다. 그러나 무엇을 먹었는지에 대해서는 좀처럼 말해주지 않는다"고 쓴 적이 있다. 회고록도 마찬가지인 것 같다. 이 회고록들은 구체적으로 부엌이나 음식에 관해 쓴 것이 아니며, 요리법에 관해 자세히 기술한 것도 아니다. 다시 말해 M. F. M. 피셔, 앤서니 보데인, 루스 라이셜, 개브리엘 해밀턴 같은 사람들과는 다르다는 말이다. 나는 지금 그것을 제외한 모든 것에 대해 이야기하고 있다. 유년 시절, 사랑, 혹은 비통함에 대한 회고록. 떠남과 돌아옴에 관한 회고록. 상실과 질병에 관한 회고록. 부엌의 냄새, 요리를 어디에서 찾을 수 있나? 오븐에서 솟구치는 열기나 흘러넘친 밀가루 자국, 프라이팬 끄트머리에 붙은 영영 지워지지 않을 숯검정, 창틀 위에 놓인 화분에서 싹둑 자른 바질은 어디에 있나?

우리는 이런 세부 사항을 기억할 때 좀더 여유를 둬야 한다. 과거 자정의 다이닝룸, 땅거미질 무렵의 캠프파이어, 혹은 담장 너머의 숯불 그릴에 대해 우리가 쓸 때 이것이 우리를 어딘가 새로운 곳으로 데려다주리란 것을, 예상하지 못했던 눈부신 유대감을 형성해주리란 것을, 그리하여 마침내 우리가 쫓고 있는 더 거대한 패턴의 핵심이 되어주리란 것을 신뢰해야 한다.

어머니가 돌아가셨을 때 아버지는 두 가지 선물을 받았다. 하나는 어머니가 아버지께 이른 크리스마스 선물로 드린 사진첩이었고(사진첩 표지는 목재이고, 속지는 검은색이었으며, 흑백 정사각형 사진들 밑에 흰 연필로 사진에 대한 설명이 기록되어 있었다) 다른 하나는 어머니가 직접 쓴 요리법 책이었다. 나는 어머니를 떠올릴 수 있는 다른 무엇보다 이 두 가지를 가장 소중히 여긴다. 어머니를 잃었지만 이 두 가지는 잃지 않았다.

이 장을 쓰는 동안 어머니의 요리법 책은 내 얼룩진 유리 책상 위 여기저기에 펼쳐져 있다. 세 개의 고리는 영영 입을 다물 수 없게 벌어졌고, 노트 종이에 뚫은 구멍들은 다 찢어졌고, 보관, 샐러드, 과일, 고기, 채소—장을 구분할 요량으로 눈에 띄게 제목을 적어놓은 페이지들은 해당되는 정보를 전혀 전달해주지 않는다. 이 요리법 책에는 순서가 없고, 순서 같은 건 처음부터 없었던 게 아닐까 생각한다. 대신 신문에서 발췌해 셀로판지에 붙인 요리법, 잡지에서 오려놓은 것, 쿠폰, 식료품점에서 준 요리법 카드, 손으로 적은 메모(잉크 색이 이제 파란색보다는 회색에 가까우며, 대부분의 메모는 물에 젖어 알아볼 수 없게 번졌다), 슬론 학교 특별 브런치 초대장,

그리고 케이크에 아이싱을 입히거나 등심을 재우기 위해 내게 적어줬을 산수 문제가 쓰인 종이 한 장 같은 풍성함이 있다. 그날 내 수학 문제 풀이는 '선 오일 컴퍼니' 계산 용지 위에 적혀 있었다. 그리고 수학 문제 위에 쓰인 어머니의 메모. 베스, 다섯 살.

팬케이크 크리스프. 솜털 같은 퍼지 케이크. 데이지꽃처럼 상큼한 케이크. 데이트넛 커피 케이크. 치즈올리브 링. 옛날 방식의 스파이시 오트 케이크. 천상의 맛 펌프킨 파이. 이상한 모양의 컵케이크. 러브라이트 티케이크. 오렌지 시폰 파이. 피크닉 스파이스 케이크. 굿 트레버 생일 케이크. 맛있게 구운 플랭크 스테이크. 나무 꼬챙이에 꽂은 카네이션 햄버거. 로데오 링. 롤 치킨 워싱턴. 연어 패티. 속을 꽉 채운 작은 토마토. 포일을 두른 프랑크 소시지 빵. 스크램블드 에그와 소시지 링. 눈송이 케이크. 맛있고/촉촉함. 딱딱해진 테이프가 조각나지 않게 조심하면서, 누렇게 변색된 페이지가 찢기지 않게 조심하면서 나는 고고학자처럼 내 어머니의 요리법을 하나하나 들여다본다. 떠올려보려 애쓰지만, 주방 스툴에 앉아 가족의 다음 끼니를, 다가오는 우리 생일을 성대하게 만들어줄 음식을 몇 시간이고 찾았을 내 어머니의 이미지를 완전하게 떠올리기란 능력 밖이다. 어머니는 읽고 싶어하셨다. 쓰고 싶어하셨다. 그러나 그녀가 한 일은, 스스로 책임감을 느꼈던 일은 대체로 이것이었다. 우리가 과연 어머니에게 조금이라도 걸맞은 감사를 전했던가 의심스럽다. 나는 이제 그녀에게 감사할 기회를 찾을 수 없다.

브라우니. 손으로 직접 쓴 페이지다. 페이지가 변색되었다.

설탕 한 컵

코코아 티스푼으로 세 숟가락

달걀 두 개, 약간 풀어서

바닐라 티스푼으로 한 숟가락

밀가루 3/4컵

녹인 버터 티티스푼으로 여섯 숟가락

설탕과 코코아 섞기. 계란과 바닐라를 넣고 부드러워질 때까지 풀어준다. 밀가루에 넣고 젓는다. 버터를 넣고 잘 섞는다. 8×8인치 베이킹 팬에 굽는다. 30분 정도.

이게 전부다. 온도에 대한 힌트도 없고, 버터 앞에 중복해서 적은 '티티'가 서두르다 생긴 실수인지 비밀 암호인지에 대한 이야기도 없다. 그럼에도 아버지가 식사하러 오실 때라든지, 추수감사절이 다가오기 직전이라든지, 아니면 어머니가 그리울 때, 나는 이 페이지를 꺼내 브라우니를 만들어본다. 만들 때마다, 조금씩 다르게. 내가 만든 브라우니는 엄마의 브라우니처럼 되지 않는다. 내가 만든 것은 절대 엄마가 만든 것처럼 달콤하지 않고 촉촉하지 않다. 브라우니 위에 생긴 얇은 초콜릿 크러스트는 흰설탕 무게에 금이 가버린다. 브라우니 모서리가 베이킹 팬에 달라붙는다. 나는 앉아서, 어쩐지, 나의 엄마를, 찾고 싶어지는데, 내가 찾은 거라곤 엄마를 찾는 나뿐이다.

내가 만든 엄마의 브라우니는 엄마가 만든 엄마의 브라우니와는 다르지만, 그래도 시도해볼 수는 있다. 내 언어는 물질로서의 음식을 다시 만들 수 없지만, 시도를 통해 몰입하면서, 내 유년 시절의 자리 한 조각을 찾아보려 노력하면서, 나는 '지금'과 숱한 '그때'의 거리를 좁혀나간다. 기억을 일깨우고 있다. 의미를 향해 노력하고 있다. 우리가 만일 주방에 충분히 오랫동안 서 있는다면, 우리의 유년 시절에 남은 설탕 자국을 따라간다면, 발길을 멈춰 초콜릿이 감기던 모양, 당근이 끼끼대던 소리, 젓고 풀고 아이싱을 입히던 손을 떠올린다면, 우리는 더 좋은 내용과 더 깊은 앎이라는 선물을 스스로에게 선사하는 것일 테다. 우리는 완전한 전체에 조금 더 가까워질 것이며, 완전한 전체에 더 가까워질 때 우리는 차근차근 다른 이들에게 전할 진실한 무언가에 더 가까이 다가갈 것이다.

냄새가⋯⋯ 생선 같은데?

얼마 되지 않은 일이다. 아버지가 나를 데리고 고향으로 가고 싶어하셨다. 그곳에 아버지가 처음으로 산 집이 있다. 아버지는 1957년에 미국 제대 군인 원호법GI Bill 혜택을 받아 모퉁이에 있던 반 층씩 어긋나게 지어진 집split-level을 1만 4000달러에 매입하셨다. 집에서 몇 마일 안 되는 곳에 아버지의 직장인 정유 공장이 있었고, 이곳에서 아버지는 화학 엔지니어로서 불을 끄고, 촉매 변환기를 만들고, 갑작스레 타오르는 불길을 관리하셨다. 그 집에는 전화기가 없었다. 어머니는 어머니의 어머니에게 전화를 걸기 위해 몇 마일 떨어진 곳까지 걸어가셨다. 뒷마당에는 모래놀이 밭이 있었다. 이웃이 있었는데 그들이 사는 집에 관해서는 하나밖에 기억나지 않는다. 파란색이었다는 것. 그리고 보행로는 마치 자석처럼 개미들을 끌어들이는 것 같았다. 특히 내가 분필로 그림을 그리며 앉아 있을 때면 더 그랬다.

내 아버지, 그리고 남편과 나는 아버지의 내비게이션에 의지한 모험을 시작했다. (아버지의 차에서는) 약속된 빠른 시간의 마법을 결코 이뤄주지 못하는 내비게이션이었다. 잘못된 고속도로를 탔다가 다른 길로 빠져나왔다가를 반복하던 우리는 마침내 맞는 고속도로에 올랐고, 상공에서 보면 마치 아이가 스피로그래프로 그린 듯한 모양의 동네—애슈본 힐로 접어들었다. 구불구불한 것이 돌고 또 돌기를 반복했다. 서로 다른 작은 골목을 제외하면 모든 집이 다 똑같았다.

이 집이구먼. 마침내 아버지가 모퉁이 집 앞에 차를 세우면서 말했다. 나는 세 살에 애슈본 힐을 떠나 그날 그때까지 단한 번도 그곳에 돌아간 적이 없지만 그래도 뭔가 틀린 느낌이었다. 그렇기는 해도 의심스러워하며 사진을 찍었다. 앵글이 어딘가 벗어난 느낌이었다. 해가 어딘지 이상하고, 앞마당 나무의 크기도 이상한. 그리고 무언가. 이걸 내가 어떻게 설명할 수 있을까? 무언가 그 옛 장소의 냄새가.

아버지. 내가 마침내 입을 뗐다. 여기 아니야.

그리고 후에 밝혀진 바에 따르면 그곳이 아니었다. 우리가 살던 집은 북쪽으로 두 블록 더 떨어진 곳에 있었다. 모퉁이의 모양새가 비슷하고, 도로에서 집까지 떨어진 거리가 동일한 집으로 이전에 봤던 어긋난 복층 벽돌집의 수수한 모조품이었다. 그 집은 냄새가 달랐다. (맞다, 내겐 동물 같은 데가 있다.) 아마 이웃집 나무 어딘가. 인동덩굴이 가까이 오고 있다는 어떤 암시.

　사람들은 이것을 후각이라 부른다. 그들은 감각 신경, 섬모, 기저세포, 후각 수용기, 후각 자극 분자에 대해 이야기하지만 우리는 그보다 더 잘 알고 있다. 우리는 우리를 스톤 하버의 기억 쪽으로 이끌어내리는 것은 모래 언덕 끝자락에 자리한 염분 섞인 마시그래스라는 것을 안다. 팔에 깁스를 했던 그해, 그해에 갔던 선 오일 데이 캠프로 우릴 되돌아가게 해준 건 아이의 매듭 팔찌에서 발견한 너트 비즈에서 나는 흐릿한 나무 향임을 우린 안다. 회반죽 냄새가 팔 전체를 감싸 죽도록 가려웠던 깁스로 우릴 데려간다는 것을, 으스러진 팔을 안고 누워 의사 선생님이 도착하길 기다리던 병원으로 우릴 되돌아가게 하는 것은 대걸레 바구니 속 표백제 냄새라는 것을 알고 있다. 저 냄새 뭐지? 우리는 의아해할 것이다. 그리고 우리의 신경세포 형태 저 깊숙한 곳 어디에서 불이 켜지고, 전기가 찌릿 통하고, 화학 반응이 일어날 것이다. 베이비 파우더. 물에 젖은 막대기. 자동차 배기가스. 불에 탄 고무. 체육관 매트. 탈의실. 오래된 울 모자. 석면으로 된 다락방 벽. 솔잎. 라벤더. 스프레이 페인트. 망치와 못이 발생시키는 금속의 충돌. 냄새는, 마치 올가미처럼, 사로잡는다.

어떤 냄새가 나는가? 어떤 냄새가 당신을 다른 곳으로 데려가주는가? 어떤 냄새를 맡으면 유년 시절이 떠오르나? 이유는 뭔가? 그리고 시간은 어떻게 중재해줬는가? 그리고 시간은 어떻게, 뭔가 신비한 방식으로, 전혀 흐르지 않았는가? 여기 이 후각의 자취 위에 도러시 앨리슨, 마리 아라나, 유도라 웰티, 그리고 블라디미르 나보코프가 있다. 읽으면서 당신만의 냄새에 관해 생각해보라.

내가 태어난 곳, 사우스캐롤라이나의 그린빌에선 세상 그 어디에서도 나지 않는 냄새가 났다. 잘린 젖은 풀, 반으로 쪼개진 초록 사과, 아이의 분변, 맥주병, 싸구려 화장품, 엔진 오일. 모든 것이 잘 익었고, 모든 것이 썩어가고 있었다.
—도러시 앨리슨, 『내가 확실히 아는 두세 가지』

내 두개골의 통로들은 사로잡혔다. 나는 그곳에 설탕 냄새를 싣고 다닌다. 공장 냄새—젖은 줄기, 한 방울씩 떨어뜨리는 강철, 당밀 구덩이—가 내 이마 바로 뒤 위쪽, 목구멍 저 깊숙한 곳에 있다. 나는 이럴 때 이 냄새가 다시 떠오른다. 아이들이 축축한 손으로 내게 사탕을 건네줄 때, 내가 사랑하는 남자가 와인을 입에 머금고 숨을 내쉴 때, 썩어가는 과

일의 가슴 아픈 달콤함을 들이마실 때, 리마로 가는 길에 늘
어선 거주자 캠프의 쓰레기통에서 올라오는 사람의 분뇨
냄새를 들이마실 때.

—마리 아라나, 『미국인 치카』

어린이 미술 시간, 우리는 유치원 의자에 빙 둘러앉아 방금
마당에서 꺾어온 수선화 세 송이를 그렸다. 그림을 그리는
동안 날카로운 내 노란 색연필과 노란 수선화가 담긴 컵이
똑같은 향을 내뿜었다. 그림 그리는 색연필이 그리고 있는
꽃과 같은 향을 풍겨야 한다는 것이 그 미술 교실이 주는 교
훈의 하나인 것 같았다. 그렇지 않을까?

—유도라 웰티, 『한 작가의 시작One Wrtier's Beginnings』

시골에서나 시내에서나 아가씨가 머무는 방은 내겐 이상한
곳이었다. 두꺼운 이파리의 식물들을 보호하고 있는, 묵직
한 야뇨증 냄새로 가득한 온실 같은 곳. 우리가 자그마했을
때 그 방은 우리 방 바로 옆이었음에도 불구하고, 기분 좋은
상쾌한 공기가 머무는 우리 집에 있는 방은 아닌 것 같았다.
그 역겨운 습기 속에서 뭉근하게 피어오르는 냄새, 여러 털
이 수북한 악취 중에서도 부식된 사과 껍질의 그 갈색 냄새,
낮게 타는 램프, 글 쓰는 책상 위에서 반짝이는 이상한 물

체. 감초 막대 사탕이 들어 있는 래커로 코팅한 상자, 그녀
가 펜나이프로 거칠게 찢어 혀 밑에 넣어 녹였을 검은 조각.
호수 사진이 담긴 우편엽서……

　　　　　　　　—블라디미르 나보코프,『말하라, 기억이여』

　글 쓰다가 막힌 날을 위한 즉각적이고 손쉬운 조치. 냄새
를 하나 선택하고, 이것을 당신의 이야기 속에 녹여 써봐라.
계란프라이 위에 갈아 뿌린 후추 냄새, 주차장 진입로에 새
로 깐 타르 냄새. 이제 막 뿌리 덮개를 뚫고 올라온 보석 같은
딸기의 냄새. 그릇에 담긴 상한 오렌지 냄새. 러그에 싼 고양
이 오줌 냄새. 가장 오래된 책을 펼쳤을 때 나는 냄새. 비 온
뒤의 지하실 냄새. 크레스트 치약 냄새, 라이솔 레몬 향, 아이
보리 비누 냄새, 녹은 왁스 냄새, 어머니의 향수, 백팩 바닥에
서 나는 냄새, 매니큐어 냄새, 톱밥 냄새, 파리 끈끈이 냄새,
수집한 동전 냄새, 실로 오래된 LP 카드보드지 조각에서 나
는 냄새, 거미줄에 걸려 죽은 곤충 냄새. 이들 중 하나는 당신
의 것이다. 혹은 다른 것일 수도 있고.
　당신을 설명해주는 냄새들이 있다. 당신을 고향으로 데
려가주는 냄새들이 있다.

사물의 말

나는 가끔 학생들에게 지금 주머니에 있는 것을 모두 꺼내 책상 위에 올려놔보라고 청한다. 주머니가 없다고? 그럼 백팩이나 지갑을 뒤지게 한다. 만약 어쩐 일인지 (정상적인 것이 아니라 너무 이상하게도) 가진 것이 노트북밖에 없을 때는 눈을 감고 방에 남겨두고 온 것에 대해, 물건으로 꽉 찬 서랍이나 창턱에 놓인 것에 대해 잠시 생각해보라고 청한다.

당신은 무엇을 가지고 나아가고 있는가? 내가 그들에게 묻는다. 무엇을 곁에 두고 있는가?

여기, 우리 제단 위에 올랐던 몇 가지를 적는다.

- 열쇠(당연하지)
- 현대사회에서 꼭 필요한 종이 및 플라스틱(면허증, 사원증,

건강보험카드, 도서관 출입증, 펀칭기로 뚫은 자국이 여덟 개 있는
요거트 가게 쿠폰)

· 우리가 떠올릴 수 있는 모든 브랜드의 스마트폰

· 지폐와 동전

· 주차권

· 이가 빠진 조개껍데기

· 주머니 안에서 모양새가 망가진 깃털

· 가짜 껌 한 통(나에게 묻지 마라, 그냥 이런 것이 있었다)

· 칫솔(살인적인 미소를 지닌 학생의 주머니에서 나왔다)

· 솔빗(보아하니, 사용하지 않는 것 같다)

· 손톱 정리기(새것으로 교체할 필요가 있어 보인다)

· 연한 분홍색의 촘촘한 빗

· 요리법 카드

· 사진

· 건포도 한 줌

· 책(심지어 페이지마다 귀퉁이가 잔뜩 접혀 있다)

· 화려한 반짝이 펜

· 타투 스티커

더 말할 수 있다. 그러나 이쯤에서 그만하겠다. 중요한 것
은 그다음에 일어난 일이다. 내가 말한다. 가장 중요한 걸 고

르세요. 그것이 지닌 부분들의 합보다 더 큰 무언가가 있는 것을 고르세요. 겉으로 보이는 실용적인 기능, 그 이상을 지닌 것을 고르세요. 의미가 담겨 있는 것을 고르세요. 단지 그 이유로, 곁에 두고 있는 물건은 무엇입니까? 선택의 순간이 왔을 때, 대체 불가능한 물건은 어느 것입니까? 나는 기다린다. 선택에는 잠시 시간이 필요할 수 있다. 학생들이 마음을 정했다는 것이 확실해지면, 글을 쓰도록 한다. 내가 말한다. 대체 불가능하다는 것을 정의해보세요. 그리고 당신이 선택한 물건에 얽힌 이야기를 글로 씀으로써 대체 불가능함에 대한 이야기를 들려주세요.

답변들은 감동적이고 놀라우며 대개 유쾌하다. 그들은 나에게 (그리고 다른 학생들에게) 그곳에 앉아 있는 사람에 관하여, 이것과 저것을 비교해가며 그가 가치 있게 여기는 것과 그가 세상을 보는 방식, 그리고 그가 무언가를 측정하는 방식에 관하여 많은 이야기를 해준다. 이것은 대체 불가능합니다. 왜냐하면 어머니가 제게 주신 거거든요. 이것은 대체 불가능합니다. 왜냐하면 제가 써본 것 중에 이렇게 부드러운 빗은 없었거든요. 심지어 이 촘촘한 빗의 빗살마저 절묘해요. 이것은 대체 불가능합니다. 왜냐하면 제가 3년하고도 6일의 방학을 할애해 알아내려 했던 우리 할머니의 토마토소스 비법이거든요. 그리고 할머니가 알려주신 재료를 적은 이 카드를 잃어버린다면, 할머니는 요리에 관해선 절대 저를 다시 믿어주지 않으실 거예요. 이 조개껍질은 대체 불가능합니다. 왜냐하면 제가 바닷가에 갈 수 없던 시절에 오빠가 찾아준 거거든요. 이 사진들은 부모님 집 지하실이 침수된 이후에 지퍼백에 담겨 있던 걸 찾아낸 거예요.

내가 말한다. 이번에는 영영 잃어버린 것에 관해 적어보세요. 이게 없으면 살 수 없으리라 생각했던 무언가에 관해 적어보세요. 부재에 관해 쓰세요. 그것을 찾는 것에 관해 쓰세요. 무언가를 영원히 잃어버렸다는 것을 결국 받아들여야 했던 경험을 써보세요. 상실의 언어는 무엇인가요? 더 이상 손에 쥘 수 없고, 만질 수 없고, 볼 수 없고, 왕래할 수 없는 것을 어떻게 복원하나요? 언어로 대체하나요? 대체가 되나요? 무언가에 가까워져가는 작가의 일은 얼마나 절망스러우며, 얼마나 만족스러운가요? 왜 글쓰기는 언제나 '거의' 혹은 '그에 가까운' 느낌인 걸까요? 그럼에도 우리는 왜 어쨌든 시도해보는 걸까요? 그래도 해야만 할 것 같은 기분을 우린 왜 느끼는 걸까요?

당신은 무엇 때문에 써야 할 것 같다고 느끼나요?

예시를 들어 주위를 환기하기. 우리 가족은 20년 전에 현재 우리가 살고 있는 집 근처로 이사 왔다. 이사 준비를 하면서 나는 내가 실제로 중요하게 여기는 모든 물건을 판지로 만든 상자 두 개에 담았다. 아버지가 해외여행을 하고 사오신 인형들. 어린 시절 나 또한 세상에 눈뜨기 시작하면서 하나하나 모았던 험멜 피규어 컬렉션. 거리에 두터운 안개가 깔린 날, 다시 찾아가봐도, 몇 마일을 걸어봐도, 다신 찾을 수 없었던 어느 길가 모퉁이 가게에서 남편과 내가 발견한 가죽 소재의 베네치아 가면. 내가 항상 키우고 싶어했던 강아지를 대신해준 그래봐야 1인치 높이의 강아지 도자기 인형. 갈기가 긴 도자기 말 몇 마리.

부적이었다. 증거였다. 사랑받았으며 사랑했다는 증표였다. 나는 이 물건들을 마음 깊이 아꼈다. 신문지와 완충재 속에 깊이 묻었다. 가장 단단한 상자에 담았다. 이사를 도와주시는 분들께 특별히 잘 실어달라고 부탁했다. 불안한 마음으로 이 물건들을 다시 볼 순간을 기다렸다. 나는 이들을 다시 보지 못했다. 어쩐 일인지 그렇게 사라져버렸다.

내가 말했듯 20년 전 일이다. 나는 여전히 그 수많은 상실에 적응되지 않는다. 나는 여전히 다락방 먼지 위에 무릎 꿇고 파일과 종이와 나무 상자들을 파헤친다―마치 충분히 열심을 다해 찾으면 이 부재의 범죄를 해결할 수 있을 거란 듯이. 해결할 수 없다. 내 가면은 여전히 실종된 채 돌아오지 않았다. 내 강아지들, 내 나이 아홉 살에 가진 돈을 다 털어 독일 상점에서 산, 머리칼이 바람에 흩날린 채 얼어붙은 내 작은 험멜 소녀도 실종된 채 돌아오지 않았다. 내 특별한 보물들은 내가 지금 살고 있는 집으로 돌아오지 못했다. 집이 완전하지 못한 느낌, 완전함과는 거리가 한참 먼 듯한 느낌이다.

나는 그 물건들을 가지고 있지 않으나, 그것들을 향하여 쓴다.

내가 상실한 내 할머니를 향하여 쓰듯, 내가 상실한 삼촌을, 나의 어머니를 향하여 쓰듯. 내가—그리고 우리 모두가—유년 시절을 향하여 쓰듯. 나의 책 살바도르 회고록에서 내가 책을 마무리할 때쯤 강진으로 인해 모든 것이 사라져 아무것도 아닌 곳이 되어버린, 내 남편의 고향 산타테클라를 향하여 썼듯이. 그때 책에 이렇게 적었다. "말들은 우리 역사를 담아둔 무게다." 그때보다 지금 더 이 말을 확고히 믿는다. 회고록 작가로서 우리 책무는 우리가 무엇을 담아두고 있는지를 이해하는 것뿐만 아니라 왜 담아두고 있는지를 이해하는 것까지 포함한다. 이것이 얼마나 중요하기에 우리는 글을 쓰는가? 우리는 태초부터 이미 정해진 불완전함을 안고 살 수 있을 것인가? 담지할 수 없는 것을 담지해야 하는 우리 임무가 다른 이에게도 의미 있는 일이 될 수 있을까?

당신 주머니에 있는 모든 것을 꺼내보라. 당신이 가치 있게 여기는 것이 무엇인지 알라. 그것을 글로 써라. 나도 볼 수 있게, 원할 수 있게, 마치 손으로 만지듯 느낄 수 있게. 내가 당신과 함께 동경할 수 있게, 당신과 함께 애도할 수 있게. 왜냐하면 상실은 현재이거나 곧 도래하는 것이며, 상실은 우리 모두에게 해당되는 인간의 조건이니까. 당신은 나의 베네치아 가면을 본 일이 없고, 나도 당신 외할머니의 토마토소스를 만들어본 일이 없다. 그러나 우리가 가장 진실하게 쓴다면, 우리의 서로를 향한 연민은 가능해질 것이다.

회고는 우리에게 연민을 일으키라 명한다.

세부 사항 말하기

1990년, 뉴저지 프린스턴의 한 책방에서 내털리 쿠시의 기적 같은 책『로드 송』을 우연히 만나지 않았더라면, 나는 아마 이렇게까지 회고록에 마음을 빼앗기지 않았을 것이며, 이것을 써보겠다는 용기도 내지 않았을 것이다. 알래스카 개무리의 난폭한 공격을 받고 오랜 회복 기간을 거쳤던 작가의 이야기를 쓴『로드 송』은 내게 형식을 계시해준 책이었다. 여기, 평정심과 경의를 담아 전한 과거가 있다. 여기, 좋은 것이 늘 나쁜 것과 동일하게 기록된 책, 언어로 순화된 끔찍한 비극이 있다. 쿠시는 정죄하기 위해 쓴 것이 아니라 이해하기 위해 썼다. 그녀는 자신에게로 돌아가는 길을 썼고, 그렇게 쓰면서 독자들의 세계관을 넓히고, 억울함을 조각내 분해하고, 치유했다.『로드 송』은 절망이 아닌 모험정신에서 시작한다. '내' 아닌 '우리의our'로 시작하는 글은 마치 성가처럼 울려 퍼진다. 이 글은 결코 진실성을 포기하지 않는다. 그저 다음 페이지를 향해 뻗는 손이 있을 뿐이다.

내털리 쿠시 탓이다.

아직 출판해본 적 없고, 작가로서 받은 교육도 전무한(어찌나 이 분야에서 받은 교육이 없던지 나는 실제로 작가를 만나본 적이 없었고, 당연히 그와 대화를 나눠본 일도 없었다) 나는 그녀의 출판사 주소를 통해 쿠시에게 편지를 썼다. 이때는 그 대단한 시대, 무엇과도 비교할 수 없는 시대, 편지와 우표, 파란색 잉크로 남긴 서명의 시대였다. 편지함 옆에서 서성이려면, 날이 덥든 비가 내리든 밖으로 나가 그날의 날씨의 영향을 받아야 하는 시대였다. 내털리 쿠시의 편지가 도착한 날, 그날은 12월 초였다. 액자 속에 넣은 그 편지를 나는 이날까지도 여기에 가지고 있다. 편지 속에 이런 부분이 있다.

당신도 알고 있으리라 믿어요……. 작가란 직업적으로 우리가 쓴 글이 다른 인간들의 영혼에 공명하는 방식으로 인간의 조건을 폭로하길 시도하는 사람들이지요. 그리고 한 번 혹은 두 번, 우리가 출판한 어떤 글이 이 노력의 결실을 맺었다는 이야기를 들으면 세상 그 어느 때보다 더 감사한 마음이 들어요.

나는 지금까지도 이 편지를 어디에나 가지고 다닌다. 언제고 다시 펼쳐본다. 나는 회고록을 읽지 않았으며 쓰지 않았으나 그곳에 감사 형식으로 그녀의 책 같은 책이 무엇을 목적으로 쓰였는지 설명하며 내게 그 신비를 드러내준 내털리 쿠시가 있었다. 작가란 직업적으로 우리가 쓴 글이 다른 인간들의 영혼에 공명하는 방식으로 인간의 조건을 폭로하길 시도하는 사람들이지요⋯⋯. 나는 생각했다. 그렇다. 나도 그 일을 하고 싶다.

『로드 송』은 내게 첫 안내서였다. 헤아릴 수 없이 소중하게 간직한 책이다. 그리고 나는 가끔 이 책을 그 빅토리아풍 건물에 찾아와 두툼하고 오래된, 내구성 좋은 책상에 둘러앉은 학생들에게 큰 소리로 읽어준다. 나는 책의 초반 몇 페이지, 내털리 쿠시가, 그때는 어린 소녀였던 그녀가 강아지 호보와 함께 학교에서 집으로 걸어오는 마음 아픈 부분을 읽어준다. 집에 어머니가 계시지 않아서 쿠시는 이웃집으로 계속 걸어간다. 그녀가 있는 곳과 그녀가 가고 싶은 곳 사이에서는 개들이 배회하며 으르렁거린다. 목줄에 묶여 있는 허스키들. 개들은 화가 나 있고 긴장해 있다. 곳곳에 쌓인 눈의 높이가 소녀의 키를 훌쩍 넘어선다. 알래스카의 추위다. 쿠시는 개들을 조용히 시키려고, 그리고 스스로 용기를 낼 요량으로 목소리를 높여본다. 그녀가 찾는 소년이 집에 없어서, 그녀는 다시 뒤돌아 개집과 울부짖는 개들 사이에 좁다랗게 난 땅을 걷는다. 마침내 개들의 광기를 다 지나온 그녀가 자신의 대범함에 스스로 감사할 기회를 주는데, 이 대목에서는 쿠시가 하는 말을 직접 들어보자.

마지막 개를 지나왔다. 스스로 용기 있다 여겼고 개를 용서했다. 손모아장갑을 낀 내 손을 개의 머리 위에 대려고 몸을 숙였다. 개는 내가 생각했던 것보다 훨씬 긴 목줄을 목에 감은 채 앞쪽으로 강하게 치밀어 올라 내 얼굴로 뛰어들었고 입으로 내 머리채를 물었고 거친 소리와 함께 피부가 떨어져나갈 때까지 이빨로 흔들어댔다. 부츠를 신은 내 발은 너무 느렸고, 뒤로 헛디뎠을 때 체인에 감긴 내 다리는 금속에 화상을 입었다. 누군가 구해주길 바라며 폴네 집 창문에 대고 소리를 질렀지만 아무도 나오지 않아 화가 났다. 휘두르는 내 두 팔이 보였다. 그리고 개가 다시 돌아와 나를 끌어당겼다.

눈 속에 구멍이 나 있었고 나는 그 구멍에 꼭 맞았다. 끌어올려진 두 팔과 다리가 보였다. 개는 내 입을, 눈을, 머리채를 낚아채고 끌어당겼다. 개의 숨이 우리를 둘러싼 공기를 자욱하게 메웠지만 나는 그 열기를 느끼지 못했고, 입마개의 털 사이로 흘러내리는 피의 냄새도 맡지 못했다. 나는 내 손모아장갑이 개의 이빨에 벗겨져 저 위로 날아가는 것을 보았다. 그때는 한쪽 손만 외로이 홀로 얼어붙어야 한다는 것이 부당하고 매우 슬픈 일인 듯 여겨졌다. 나는 반대쪽 손도 들어 손모아장갑을 벗겨 저 멀리 던져버렸다. 그러고는 다시 얼굴을 뒤로 돌렸다. 갑작스레 외로움에 잠식당했다. 큰 소리를 내는 강이 내 귓속을 흐르며 나를 그 아래로 끌어당겼다.

내게는 이 단락이 세상 모든 회고록을 통틀어 가장 절망적이다. 중간에 숨을 고르기 위해, 눈물을 훔치기 위해 잠깐 멈추지 않고서는 이 부분을 소리 내어 읽을 수 없다. 내털리 쿠시에게 일어났던 일은 물론 비극이다. 단순한 언어, 최고의 명확함, 그러나 자기 연민은 배제한 채 쿠시는 우리로 하여금 길들여지지 않은 이빨, 외로운 공격으로 인해 생긴 구멍을 보고 느끼게 해준다.

그런데 내가 이 부분을 이토록 혹독하게, 완벽하게, 온전히 공포스럽게 만드는 것이 무엇이냐고 학생들에게 물어보면, 역시나 그 내던져진 손모아장갑이라고 답한다. "……그때는 한쪽 손만 외로이 홀로 얼어붙어야 한다는 것이 부당하고 매우 슬픈 일인 듯 여겨졌다. 나는 반대쪽 손도 들어 손모아장갑을 벗겨 저 멀리 던져버렸다······." 손모아장갑은 우리에게 모든 것을 말해준다. 피가 아니라, 이빨이 아니라, 고통이 아니라, 즉 겉으로 드러나는 것이 아니라, 손모아장갑이 이 절망적인 이야기의 떨리는 심장이다. 이것이 우리가 궁극적으로 쿠시의 고통을 마치 우리 것처럼 강렬하게 느끼는 이유다.

세부 사항을 말하는 것. 우리는 하나를 보면 하나를 안다. 우리는 패턴을 인식한다. 전경/후경. 여기서 한 번 더. 이 이야기의 주요 행위는 짖는 개와 꼬마 소녀의 외로운 걸음이다. 기표記標, signifier─깃발, 항복─는 손모아장갑이다.

애니 딜라드는 이렇게 썼다. "글을 쓸 때, 당신은 단어로 이루어진 선을 설계하는 것이다. 단어로 이루어진 선은 광부의 곡괭이이자, 나무 조각가의 끌이며, 외과 의사의 수술 도구다. 당신은 이것을 사용하고 이것은 당신이 따라가는 길을 판다. 당신은 이내 새로운 영토 깊숙한 곳에 들어간 자신을 발견한다. 그곳은 죽음의 끝인가? 아니면, 진짜 주제가 어디에 있는지 찾아냈나? 당신은 내일 알 수 있을 것이다. 혹은 내년 이맘때쯤."

당신만의 단어로 이루어진 선을 따라라. 다른 사람들이 글로 남긴 선들을 따라라. 세부 사항을 이야기한 것을 찾아라. 여기 프란시스코 골드먼이 쓴 『그녀의 이름을 말해요Say

Her Name』라는 그다지 회고록이라고 하기 힘든 책의 일부를 발췌했다. 지금은 이보다 더 많은 것을 알 필요가 없다. 다음과 같이 적혀 있다는 것만 알자.

나에겐 사쿠이라는 친구가 있다. 그는 내가 아는 또래 중에서 가장 많이 전쟁을 취재한 사람이다. 아프가니스탄, 아프리카, 중동, 그리고 중앙아메리카. 그가 멕시코시티에 도착한 날 밤, 아베니다 리포르마 거리의 호텔에서 나와 걸었던 이야기를 해줬다. 지진이 발생한 지 이틀 뒤였다. 대기 중에 자욱한 스모그, 가루가 된 시멘트, 매캐한 연기, 그리고 길을 건너다가 차량 통행을 금지한 길, 그 포장도로 위에 누워 있는 죽은 아이를 본 일까지. 작은 소녀는 스웨트셔츠와 청바지를 입었고 스니커즈를 신고 있었으며, 마치 밀가루 위에서 소녀를 여러 번 굴린 것처럼 보였다. 두 명의 멕시코 남자가 아이 곁에 서 있었다. 그리고 내 친구가 말하기를 그들이 자신을 쳐다보는 것이 너무나 슬픔에 찬 모습이었지만 동시에 조금이라도 가까이 다가오면 해를 입히겠다고 경고하는 것처럼 보여서 마치 그들이 자신에게 총이라도 겨누고 있었던 듯 방향을 틀어 멀리 떨어졌으며 반대편 보행로에 올라설 때까지 감히 뒤도 돌아보지 못했다고 했다. 반대편 길에서 몸을 돌려 봤을 때 두 남자는 마치 버스를 기다리는 사람들처럼 여전히 그 작은 시체 곁에 서 있었으며, 그는 이것이 그가 지금까지 본 것 중 가장 슬프고 가장 끔찍한 것이었다고 했다.

이 인용문을 처음부터 끝까지 다시 한번 읽어보라. 이 글을 생생하게, 또한 기억에 남을 만하게 만드는 세부 사항을 표시해보라. 너무나 단순하고 원초적이면서 딱 맞는 밀가루 언급 부분은 분명히 표시되었을 것이라 확신한다. 소녀 곁에 서 있던 두 남자, "마치 그들이 총이라도 겨누고 있었던 듯" 그를 봤다는 부분에서 당신 또한 주춤했을 것이라고, 그 장면에 대한 상상이 더 선명해졌을 거라고 생각한다. 상상과 공감은 사촌지간이다. 독자들이 더 선명히 볼 수 있게 도와주는 작가들, 그들 곁에 독자를 위한 자리를 내어주는 작가들은 독자의 동정심, 그리고 독자의 시간을 얻을 가능성이 크다. 쿠시도, 골드먼도 화려한 표현이나 복잡한 방법에 의존하지 않았다. 이들의 이미지는 유기적이며, 읽는 즉시 파악된다. 항복의 손모아장갑. 밀가루 위에서 굴린 아이.

그러므로 이제 두 눈을 감고 뒤로 기대어 앉아라. 어린 시절에 썼던 당신의 방, 당신이 기억할 수 있는 최초의 그 방을 떠올려보라. 깊이 생각해보라. 빛은 어디에서 들어오고 있는가? 바닥에 놓인 장난감 상자 안에는 무엇이 들어 있나?

그림책들은 왜 2층으로 쌓여 있으며, 피에로 봉제 인형의 코엔 무슨 일이 일어난 것인가? 돼지저금통 입구엔 왜 50센트짜리 동전이 끼어 있나? 흰색 서랍장은 직접 고른 것인가, 아니면 빌린 것인가? 벽에 당신의 이름을 썼나? 장난감 나무 말을 동생이 망가뜨렸나? 어머니가 저 흔들의자에 앉아 쉬셨나?

천천히 생각하라. 누구도 당신을 재촉하지 않는다. 기억이라는 것이 그렇듯 모든 것이 돌아오게 하라. 불완전한 기억, 당연하다. 추정, 물론이다. 그럼에도 불구하고 여전히, 당신이 할 수 있는 것을 하라.

그리고 연필을 쥐어라.

종이를 준비하라.

(부디 컴퓨터에서는 멀어지기를. 제발.)

그리고 써라.

당신이 기억하는 것을, 당신이 기억할 때 느껴지는 것을, 떠올리고 싶은데 떠올려지지 않는 것을 써라. 그다음 당신이 이 최초의 선들—곡괭이, 끌, 수술 도구—에 부려놓은 단어들을 보고, 그중 가장 효과적이고, 가장 상징적이며, 그러므로 가장 완벽한 세부 사항인 것을 따로 떼어놓아라. 새로운 페이지를 열어 날카롭게 깎은 연필로 그 세부 사항을 더 자세히 기술하라. 지울 수 있을 불모지 부분을, 하늘이 필요한 평평한 지평선을, 복잡한 것을 복합적인 것으로 바꿀 기회를 찾아라. 스스로에게 물어보라. 이것이 내가 할 수 있는 최선인가? 회고록을 쓸 때는 최선에 최선을 다하여 하라.

확인해볼게요

자료 조사는 비밀스럽다. 수면 아래 감춰져 있다. 자료 조사
는 당신을 지저분하게 만들고, 당신이 그렇다고 추정하는 것
에 도전장을 내밀며, 당신의 지경을 넓힌다. 자료 조사는 기
억의 불완전함에 대비한 방어벽이며, 기억하는 사람들에게
그들이 기억하는 과거는 사실상 무책임한 것이라고 일깨우
며 희희낙락했던 『회고록』의 저자 벤 야고다 같은 비평가들
에 대비한 방어벽이다. "프로이트의 수많은 변혁적인 통찰
중 가장 오랫동안 회자되고 있는 것 하나는 바로 기억의 변
덕이다. 그를 뒤이은 심리학자들은 실험과 실험을 거듭하고,
연구와 연구를 거듭해 전보다 훨씬 더 멀리 나아가 기억이란
태생적으로 믿을 만한 것이 못 된다는 결론을 내렸다. 기억
은 단순히 지금과 그때 사이의 간극에만 오염되는 것이 아니

다. 필연적으로, 그러나 티 없이 순수하게 기억을 파고드는 왜곡와 날조에 의해서도 오염된다."

　우리 기억은 우리를 실망시킬 것이다. 그러지 않을 것이라는 허세는 부리지 않겠다. 우리는 잘못된 기록을 남길 것이다. 이것은 단지 대화에만 국한된 것이 아니다. 누군가 우리에게 맞설 것이고, 우리를 의심할 것이고, 어쩌면 공개적으로 비난할지도 모른다. 자료 조사는 이미 글을 다 써놓고 자기방어를 할 때만 우릴 돕는 것이 아니라 이야기를 처음 구상할 때부터 도움을 준다. 케이스 파일 서류에 냉혹하게 휘갈긴 메모들이 없었다면, 수재나 케이슨이 어떻게 정신병원에서 살았던 삶의 조각들을 그토록 효과적으로 이어 붙여 하나로 만들 수 있었겠는가? 『처음 만나는 자유』에서 의사가 그녀를 정신병원에 입원시켰던 날, 그날 아침 무슨 일이 있었던 것인지 (먼저) 그녀 스스로를, (그리고) 독자들을 어떻게 확신시킬 수 있었겠는가? 의사와 케이슨 중, 우리는 누굴 믿어야 좋을지도 알아야 한다. 1967년 4월 27일자 입원 기록을 파헤침으로써, 이것을 자신이 쓰는 책의 페이지에 다시 씀으로써 수재나 케이슨은 그 참혹한 순간에 관해 가능한 한 가장 정확한 묘사를 제공할 수 있었다. 우리는 그렇게 그녀를 믿게 된다.

　메리 카가 『거짓말쟁이 클럽』을 쓰기 시작할 때 그녀의 자매가 기억을 수정해주지 않았더라면(혹은 자매가 바로잡아준 기억으로 인한 두려움이 없었더라면), 그녀는 지금 어떻게 됐을까? 저명한 언론인인 앤서니 샤디드의 『돌로 지은 집』이 아무리 개인적인 이야기라 하더라도 그가 중동에서 벌어진 전쟁, 중동에 맞서 벌어진 전쟁, 그리고 그의 레바논 조상에 관한 조사 가능한 사실들을 세심하게 확인하지 않았더라면, 우린 이 이야기를 어떻게 생각했을까? (믿으려고나 했을까?) 회고록이라는 것은 한 사람의 인생에 관한 수사가 되므로 가끔은 자료 조사 자체가 곧 이야기다. 이것은 『배니티페어』의 기자 네드 지먼에게도 마찬가지였다. 그는 격렬한 우울증에 점점 더 지독한 치료법을 연이어 쓰다 기억을 잃어 낡은 판지 조각을, 그의 인생의 퍼즐을 하나하나 끼워 맞춘다. 그가 쓴 『터널의 법칙』은 『기도자의 집 2』처럼 '당신'의 이야기다. 이 책은 또한 비밀경찰의 회고록이 지닌 힘을 입증하기도 한다. 나한테 무슨 일이 일어났지? 어떻게 이런 일이 벌어졌지?

다음은 『터널의 법칙』 프롤로그다.

아무 의미도 없는 무질서한 조각(제트블루 감자칩)이나 파편들(작은 분홍 신발)을 제외하고는 몇 달, 어쩌면 1년, 텅 빈 공백이 늘어갔다. 나머지 이야기는 신발 가죽과 메모지라는 방식으로 얻어질 것이다. 이것으로 당신은, 세계 최초로 기억상실증에 걸린 기자와 더불어, 왜 원숭이들이 비행기 조종사가 되지 않는지를 감사히 여기게 된다. 당신은 당신이 지금까지 인터뷰했던 사람 중 최악이었다. (그리고 두 당사자 모두 동일한 감정을 느꼈다.) 당신은 속은 기분이 들었고, 더 생각하지 못하게 방해받는 기분이 들었다. 뒤통수를 맞은 기분이었고, 괴롭힘을 당하는 기분이었다. 당신은 당신 스스로를 명예훼손으로 고발하고 싶었다.

네드 지먼처럼 『뉴욕타임스』의 칼럼니스트 데이비드 카와 『뉴욕포스트』의 기자 수재나 카할란도 사실들을 더 구체화하기 위해 자신들의 개인적인 인생의 크고 작은 세부 사항들을 찾아야 했다. 그 스스로도 인정하는 대로 데이비드 카는 정신을 차리고, 아이들을 보호소에서 데려오고, 『뉴욕타임스』에서 현재 그의 위치에 오르기 전까지 폭력배이자 약물중독자였다. 수재나 카할란은 좋은 직업과 멋진 남자친구를 가진 삶을 살고 있던 중 구체적으로 진단되지 않는 자가면역질환이 그녀의 건강을 송두리째 바꿔놓았고 그녀의 미래도 불투명해졌다. 카도 카할란도 무언가의 도움 없이는 일어난 일의 대부분을 기억할 수 없었다. 르포르타주가 그들의 탈출구였다. 그들 각각이 쓴 회고록 『총의 밤The Night of the Gun』과 『브레인 온 파이어Brain on Fire』는 사실을 파헤치고 파헤쳐 발굴해낸 회고록이다. 자료 조사가 곧 이야기다.

물론 회고록을 한 단계 끌어올려줄 자료 조사를 위해 시나리오가 그렇게까지 극적일 필요는 없다. 내가 회고록을 쓸 때, 당연한 말이지만 나는 나의 인생에 관해 쓴다. 그러나 회고록을 쓰는 것은 동시에 늘 끊길기며, 대체로 두서없는, 나의 채워지지 않은 호기심의 길을 따르는 것이기도 하다. 내가 만일 우정에 대해서 쓰면—여기서 우정이란 내 인생에서의 개인적인 우정을 말한다—나는 동시에 우정의 역사, 키케로, 몽테뉴, 프랜신 듀 플렉식스 그레이가 내린 우정의 정의, 관계의 희소성, 다른 작가들이 회고록에서, 소설에서, 혹은 심리학적인 연구에서 내린 결론에 대해서도 쓰고, 혹여 그게 아니더라도 최소한 그것에 관하여 궁금해한다. 나는 내가 기억하는 것에 관하여 쓰고, 그리고 내가 알게 된 것에 관하여 쓴다. 나는 나의 개인적인 이야기를 하지만, 그러는 동안 더 큰 세상에 가까이 다가간다.

실례가 있다. 내가 엘살바도르 출신 남자와 결혼한 내 이야기를 쓰고 있었는데, 그때 나는 우리가 사랑하게 되는 사람에 관하여 실제로 얼마나 잘 알고 있을까라는 질문에 골몰하고 있었다. 내 머릿속에는 스파크노트SparkNotes 버전의 나의 단 하나뿐인 결혼 로맨스가 있었고, 그것은 처음 사랑에 빠지고, 사랑하고, 계속 사랑하기 위해 고군분투하는 느낌, 그것의 길들여지지 않는 엉망진창의 싸움이었다. 나는 내 의자를 떠나지 않고, 단 한 글자도 타이핑하지 않고, 책을 읽지 않고, 다른 사람을 인터뷰하지 않고도 사랑에 관한 상품을 만들어 낼 수 있었다. 그러나 만일 내가 정말 그런 식의 책을 썼더라면, 그 책은 풍성한 세계관의 아름다움은 찾아볼 수 없는 그저 '나', 큰 글씨로 적힌 '나'에 관해 쓴 것일 테다. 다시 말해 따분한 나르시시스트의 이야기가 되었을 것이다.

　나는 의미 있는 이야기를 쓰고 싶었다. 뿐만 아니라 내 남편의 조국인 엘살바도르에 관해서 알고 싶었다. 그 땅 자체, 커피농장, 내 남편이 사랑한 외조부, 그의 나라에 균열을 일으킨 게릴라 전투, 그 땅의 분열과 정치적 분열. 그 모든 것에 지혜가 있으리라고 나는 믿었다. 삶의 교훈. 은유. 나는 작가로서뿐만 아니라 인간으로서, 아내로서 성장할 것이다. 나는 그 엘살바도르 가족과 엘살바도르 세계의 일부를 끝끝내 나의 것으로 삼게 될 때까지 파헤쳤다. 어떤 작은 면면들에서 내가 거기에 꼭 맞을 때까지. 내 자격이 더 이상 이방인이 아닐 때까지. 나는 가교, 나누는 것, 이질성에 관하여 더 치열하게 생각하게 되었다. 나는 결혼, 이방인, 그리고 전쟁에 관한 이야기 속에서 나를 위한 공간을, 그리고 내 독자들을 위한 공간을 찾았다. 나는 복잡한 인생의 그물 속에 나 자신을 세웠고, 모든 것을 이해했으며 그것은 다른 사람들도 공감할 수 있는 것이었다.

그러나 시간이 걸렸다. 오래된 가족사진을 찾아야 했다. 이제는 골동품이라고 할 만한 커피농장의 팸플릿을 찾아야 했다. 판 구조론에 대해 기술한 교과서. 야생동물 안내서. 엘살바도르에 최초로 커피를 가져온 브라질 사람, 그 역사. 얼룩지고 찢긴 신문 기사. 정치 관련 인터뷰. 캐럴린 포셰의 시. 정글 언덕을 혼자 올랐을 때, 황혼이 가까운 시각 강어귀를 따라 걷다 길을 잃었을 때, 곧 수도에서 폭발할 것이라 들은 폭탄을 피해 도망칠 때, 그때 찍은 사진들. 내 남편의 주요 언어인 스페인어를 나는 몰랐지만, 그럼에도 그 언어의 리듬과 진동하는 소리의 크기 속에 놓인 모든 것을 주의 깊게 들었다. 나와 영어로 소통할 수 있는 이모를 찾았다. 형제들에게 질문했다. 그들이 해준 이야기를 내가 읽은 빛바랜 뉴스와 비교해보았다. 그렇게 나는 작은 조각 하나하나를 모아 하나의 이야기를 만들었다.

당신이 아는 확실한 정보가 함의하는 바는 무엇인가? 그것이 당신의 이야기에 관하여 당신에게 무엇을 가르쳐주나? 비유와 깊이의 측면에서 그것은 무엇을 제공하나? 나는 나와 내 남편을 떼어놓는 그 모든 것, 그를 그토록 다른 나라 사람처럼 색다르게, 예술적으로 낯설게, 그리하여 결국 사랑스럽게 만드는 모든 것을 진정으로 이해하게 되기까지 엘살바도르의 땅, 그 땅이 형성된 방법을 글로 써야 했다.

하늘에 닿을 듯 높이, 제멋대로 커진 정글의 시끄럽고, 만연하고, 쉽게 마음을 주는 그늘 아래에 있노라면, 지금의 세상은 세상이 늘 그래왔던 그 모습 그대로일 거라고 상상할 법도 하다. 이러한 착각, 자연의 교묘한 속임수. 중앙아메리카, 엘살바도르, 세인트 앤서니의 농장에 관해 이야기하자면, 마야 문명이 말하듯 이곳에는 하늘이 땅과 부딪치는 것처럼 보이는 때가, 아무것도 없이 오로지 암흑만 존재하던 때가, 그런 때가 진정 있었다. 중앙아메리카를 형성하는 땅은 대단한 지질학적 불만족의 여파로 솟아오른 것이다. 간신히 둘로 나뉜 두 바다의 바람과 날씨를 견디고 있는 땅으로 된 다리다. 지금은 땅으로 된 가교가 있는 곳이 6000만 년 전에는 바다였다. 1100만 년 전에는 군도 하나가 있었다. 화산이 활동하는 바다, 그 고요함과 사나움이 교차되던 곳에서 솟아오른 이 군도는 이후 몇백만 년의 시간을 보내며 빙하 작용과 지질학적 격동의 추가적인 부산물과 만나 화산암이 수평으로 축적된 지협은 점점 더 깊어졌고, 더 많은 땅이 자신의 콧대로 하늘을 찔러댔다. 300만 년 전까지도 섬들은 연결되지 않았고, 움푹 팬 자국에, 물에 잠기고, 저 높이 솟구쳐, 가라앉고, 쉿 소리를 내는 지협의 장벽은 완성되지 않았다. 그러나 북아메리카와 남아메리카의 삶의 교류는 이미 이뤄지고 있었으니 중앙아메리카는 이국적인 것들과 설명할 수 없는 것들의 첫 인큐베이터에서 태어났다.

—『여전히 사랑하는 낯선 곳들Still Love in Strange Places』

　자료 조사는 생동감이다. 새롭고 예측하지 못했던 무언가가 밀려온다. 자료 조사를 하면 계속 관심을 기울이게 되고, 긴장하게 되며, 위험하기 짝이 없는 '만일 그렇다면What ifs'으로 가득 차게 된다. 자료 조사는 우리에게 우리의 안락한 자만심을 내다 버리라고, 공식을 부수라고, 수학을 혼란스럽게 하라고 요구한다. 이 은유가 가까이 오고 있다는 것을 당신은 보지 못했나? 환상적인 뉴스다. 누군가가 사진을 보여 주기 전까지 당신은 뻔뻔하게도 가이어 애비뉴에 있던 옛집의 대문이 빨간색이었다고 확신하고 있었나? 좋다. 그 외에 당신이 모르는 것은 또 무엇인가? 왜 모르나? 불확실성이 당신이 하는 이야기의 일부인가? 누군가가 방금 당신에게 보낸 두꺼운 종이 뭉치가 당신의 낙관을, 자기 확신을, 자신감을, 틀을 어지럽히고 있나? 그렇다면 좋다. 당신은 가까이 가고 있는 것이다. 당신이 이제 막 마친 인터뷰, 당신이 지난주에 했던 인터뷰와 상충되는 그 인터뷰, 당신이 확실하다고 생각했던 것이 정말 최종적인 결론이던가? 완벽하다. 그렇다. 당신은 이제야 눈을 뜨고 있다. 이 회고록 쓰기 사업이란 당신이 생각하는 것보다 더 엉망이다. 더 엉망이고, 그보다 더 흥미롭다.

그러나 자료 조사도 결코 당신에게 보상을 완벽하게 제공해주지는 않을 것이다. 자료 조사도 결국 완벽한 것은 아니다. 여러 해 동안 자료 조사를 하면서 모든 문서를 다 검토하고, 무수한 목격자를 끈질기게 인터뷰하고, 영화 테이프와 사진들로 당신이 쓴 회고록을 든든히 뒷받침할 수 있다. 그래도 누군가는 당신에게 틀렸다고 지적하며 반대할 것이다. 당신도 스스로에게 의문을 가질 것이다. 나는 결혼과 엘살바도르에 관해 쓰는 일에 15년이라는 시간을 들였다. 내가 아는 한 존재하는 책은 다 샀다. 나에게 이야기를 들려주려는 모든 가족 구성원과 이야기를 나눴다. 정글 그늘 밑에서 커피를 수확했고, 캄페시노Campesino(스페인어로 농장에서 일하는 사람을 뜻함―옮긴이)가 초록색 콩에서 붉은색 콩을 골라내는 것을 봤으며, 내 남편에게 같은 이야기를 한 번만 더 해달라고 부탁하고, 또 부탁했다. 그때 댈러스에 살고 있었던 남편의 형제에게 전화했다. 스페인에 정착해 가정을 일군 형제에게 전화했다. 함께 엘살바도르로 여행 다녀온 후에 아들에게도 다시 물었다. 내가 본 걸 너도 봤니?

내가 쓴 회고록이 진실되다고 내가 믿은 만큼, 모든 가족 구성원으로부터 그렇다고 들은 만큼, 나는 얼마 전에도 내 남편, 그리고 그의 가족이 다시 그 오래된 사진첩을 하나

하나 들여다볼 때, 그들과 함께 있었다. 그들은 그 오래전 일들을 다시 그 자리에 불러냈다. 마치 처음 이야기하는 사람들처럼 자신들의 이야기를 말했다. 그들이 확신하지 못한 채 소리치는 동안 나는 무릎에 턱을 괴고 건너편 소파에 앉아 이야기들을 듣고 있었다. 바뀐 건 뉘앙스였다. 어쩌면 누군가 파티에 가져온 선물, 혹은 그날의 시간, 그것을 처음 본 사람이 누구인가를 두고, 혹은 그날 비밀을 감춘 사람이 누구인가를 두고 옥신각신했다. 그렇지 않았다, 이랬다. 그들은 자기네끼리 이야기했고, 나는 책장 위에 놓인 내 책을, 자기 자리에 붙박인 단어들을 생각했다. 시간이 지나면서 이야기들이 어떻게 변하는지, 그리고 그 이야기를 전달하는 사람에 따라서 어떻게 변하는지, 심지어 자신만만하게 잉크로 기록한 이야기마저 어떻게 변하는지 생각했다.

　자료 조사는 증거를 제시하고 입증하며 진실임을 증명한다. 증언자의 역할을 해준다. 그러나 어떤 사실들은 불확실한 채로 남을 것이며, 혹은 시간에 따라 변할 것이다. 어떤 순간에 이르면, 우리는 우리가 가진 것을 믿어야 하고, 우리가 가진 것으로 만들 수 있는 것을 믿어야 한다. 이 모든 것 가운데서 우리는 분명 단 한 가지는 믿을 수 있을 것이다. 우리 이야기를 만드는 내내, 우리 심장이 진실하다는 것.

첫 번째 기억

지금까지의 이야기를 정리해보자. 이제 당신에겐 시제와 형식에 관한 견해가 있다. 당신은 사진을 면밀히 들여다보았고, 이야기를 들었으며, 주방에 관한 기억을 떠올렸다. 고약한 냄새가 나는 당신의 달콤한 후각의 기억 속에 잠겨보았다. 주머니에 있는 것을 전부 꺼내보았고 상실에 관해 썼다. 세부 사항들을 나열하며 어린 시절에 썼던 방을 되살렸다. 당신은 이제 당신이 어떤 식으로 보고, 생각하고, 사실을 처리하고 기억하고 가장 비싼 값에 파는지를 알게 되었다. 이제 당신은 당신이 어떻게 날씨를, 풍경을, 노래를, 그리고 색채를 살아가는지 알게 되었다. 당신은 회고록을 읽었고(부디 읽었다고 말해달라), 당신의 회고록 속 자아로부터 당신이 원하는 것이 무엇인지 (최소한 조금이라도) 명확하게 밝혀보았다. 이제 한 가지 연습을 더 해야 한다. 마음을 편히 가져라. 아무도 당신을 보지 않는다.

　이날이 오리라는 것을 당신도 알았을 것이다. 나는 당신이 당신의 첫 번째 기억에 관하여 쓰길 바란다. 거짓 없이 말하겠다. 이것은 쉽지 않은 일이다. 당신은 심하게 흔들릴 것이다. 흔들려보자. 당신은 스스로에게 묻게 될 것이다. 이게 진짜인가? 맞나? 근데 이게 무슨 의미가 있지? 두려움을 받아들여라. 회고록은, 두렵지 않다면 아무것도 아닌 것이니까. 전화기는 잠시 꺼두자. 최초의 기억은 방해받아서는 안 된다. 만일 가지고 있는 것이 있다면 옛 사진을 찾아보라. 어머니가 보관해두신 스크랩북을 찾아보자. 혹은 아버지가 당신에게 남겨주신 낚시 릴을, 아직도 삼촌 댁 다락방에 있는 장난감 상자를, 혹은 어릴 적 크리스마스 트리에서 떼어낸 장식품을, 할머니가 당신에게 읽어주었던 책을 찾아보자. 혹시 이런 것이 없다 해도 전혀 문제 될 것은 없다. 숨을 내쉬어라. 당신에겐 당신의 뉴런이, 가지돌기가, 과학자들이 뇌에서 기억이 새겨지는 곳이라고 믿는 프리온이 있다.

　시간은 많다. 차분히 생각해보자.

　내 최초의 기억에는 공포가 자리하고 있다. 내가 아주 최근에 (간신히) 찾은 내 부모님의 첫 번째 동네이자 그 골목 마지막에 있는 1950년대의 집, 그 집에서의 공포와 파란 하늘의 오후. 태어나서 처음으로 나는 범죄 현장을 목격하고 있다. 오빠의 자전거 핸들에 달린 예쁜 플라스틱 장식 술을 노린 공격. 장식 술이 마치 이빨처럼 한 가닥 한 가닥씩 뽑혀나갔다. 이제 자전거 바퀴가 앞으로 나아가도 흩날리는 것은 아무것도 없다. 아무것도 반짝이지 않는다. 대체 저런 짓을 하는 사람이 누구람? 왜? 감히 누가 우리 오빠를 괴롭힐 수 있는 거지? 그리고 오빠는 어디에 있는 거야? 오빠는 아직 모르나? 엄마가 이걸 고쳐줄 수 있을까? 내 발은 구불거리는 콘크리트 타일 보도 위에 붙박이고, 나는 움직일 수 없음을, 불가항력적인 슬픔을, 다독일 수 없는 마음을 느낀다. 나는 배반이란 단어를 모른다, 아직. 나는 정의가 무엇인지 모른다. 그러니 이와 반대되는 생각을 어떻게 할 수 있단 말인가? 다만 나는 혼란스럽다. 그리고 혼란스러움은 강렬한 느낌이다. 오빠를 향한 아직 형태를 갖추지 못한 내 감정도 그러하다. 오빠한테 이런 일이 벌어질 순 없는 거야.

엘리아스 카네티의 첫 번째 기억은 그가 『자유를 찾은 혀』에서 서술하듯 "붉은색에 잠겨 있다".

하녀의 팔에 의지해 문밖으로 나온다. 발밑에 펼쳐진 바닥은 붉은색이고, 왼쪽에는 내려가는 계단이 있다. 똑같은 붉은색. 우리 건너편, 똑같은 높이, 문이 열린다. 미소 띤 남자

가 앞으로 걸어온다. 나를 향해 친근하게 걸어온다. 내 코앞
까지 걸어와, 멈추고, 말한다. "혀를 내밀어봐." 나는 혀를 내
민다. 그가 주머니에 손을 넣더니, 잭나이프를 꺼낸다. 칼을
뺀다. 칼날을 혀 가까이 가져온다. 그가 말한다. "이제, 우린
네 혀를 자를 거야." 나는 감히 혀를 집어넣을 수가 없고, 그
는 점점 더, 점점 더 가까이 온다. 칼날이 곧 내 살에 닿을 것
이다. 마지막 순간, 그가 칼을 멀찌감치 떼더니 말한다. "오
늘 말고, 내일." 잭나이프를 획 돌려 칼을 다시 집어넣고, 주
머니에 넣는다.

매일 아침 우리는 문밖으로 걸어나가 붉은 복도로 간다. 문
이 열리고 미소 띤 남자가 나타난다. 나는 그가 무슨 말을
할지 알고 있고, 혀를 꺼내라는 명령을 기다린다. 나는 그가
이것을 자를 것임을 알고 있다. 매번 점점 더, 점점 더 무서
워진다. 그렇게 하루가 시작된다. 그리고 그 일은 굉장히 자
주 벌어진다.

진정되지 않는 날것의, 이해할 수 없는 감정에서 탄생한
첫 기억. 색깔(그리고 매혹적인 공포)에서 탄생한 또 다른 첫
기억. 여기 꽤나 구체적으로 단것에서 탄생한 이른 기억이
있다. 『케이크워크Cakewalk』라는 회고록이다. 이 회고록의
작가인 케이트 모세는 처음으로 이웃집 소녀와 놀기 위해 건

너편 집을 향해 길을 건넜을 때, "네 살도 채 되지 않았다". 새로 사귄 친구네 집 주방 요리대 위에는 케이크가 놓여 있었다. 케이크가 이리 오라 손짓한다. 부모님은 보이지 않는다. 케이트는 "한입만 맛보자"며 친구를 부추긴다. 곧 케이크 하나가 통째로 사라진다.

방금 뭐였지? 친구네 집 현관문으로 쏜살같이 뛰쳐나와 잔디를 가로질러 잽싸게 걸어가며 나는 생각했다. 아직도 전화로 우리 엄마에게 고함 치고 있는 친구네 어머니, 흩날리는 끈적한 내 머리카락과 새로 산 내 빳빳한 원피스의 펄럭임. 길 건너편 우리 집에서 엄마가 문을 벌컥 열고 터지듯 나와 나를 향해 달린다. 그녀의 하트 모양 얼굴에 보이는 비참한 굴욕감.

나는 내 행동이 매우 잘못됐다는 것을 알고 있었다. 벌을 받을 것임을 알고 있었다. 어쩌면 엉덩이를 맞을지도 몰라. 하지만 나는 마음 쓰지 않았다. 그게 뭐였든, 그 입안을 가득 채운 풍미가 무엇이었든 이만한 가치가 있었다. 그게 뭐였을까? 아버지가 집에 오시고 난 후, 나는 그때까지도 여전히 궁금해하고 있었다. 그 구운 것, 그 반짝이는 금빛의 화려한 것. 나는 그것을 다시 먹고 싶었다. 다시. 또다시. 침대에 눕는다. 엉덩이가 쓰라리다. 사탕처럼 굳어버린 내 머리

카락에서 신이 먹는 음식의 맛을 마지막으로 빨아먹는다.

원인을 알 수 없는 근육 이상 증세로 심한 고통을 겪은 젊은 피아니스트에 관한 책인 『림보Limbo』에서 A. 마넷 안세이는 그녀의 첫 기억이 "기억 그 자체, 그리고 그 기억을 상실하는 것에 대한 두려움, 그 거대한 바깥의 어둠"이라고 암시한다.

어느 날 밤, 내가 깨어 있음과 잠듦 사이 고요하고 어두운 연못에 누워 둥실 떠 있을 때, 길 잃은 생각이 물고기처럼 수면 위로 튀어올랐다. 너는 이것을 잊게 될 거야. 나는 눈을 떴다. 내 오른쪽으로는 나랑 같이 이불을 덮고 있는 눈 없는 래기디 앤 인형이 있었다. 내 왼쪽으로는 이불 위에 놓인 커다란 플라스틱 점화 플러그가 있었다. 이곳저곳 돌아다니는 외판원이었던 아버지가 저 멀리 있는 승용차 대리점에서 구슬러 받아와 내게 선물해준 전시용 모델이었다. 아버지의 선물은 상상치도 못한 이상한 것들이었다. 호텔 재떨이, 회사의 슬로건이 측면에 길게 적힌 펜, 아버지가 고속도로에서 발견했다는 바짝 마른 개구리와 뱀—번뇌에 찬 미소 속에 뒤로 당겨진 턱. 이런 것들이 마치 달리의 그림 속 메뚜기와 피아노와 시계처럼 내가 두 살배기 남동생과 함께 쓰는 침실을 가득 채우고 있었다. 엄마가 직접 만든 커튼에서 눈을 깜짝 놀라게 하던 것들, 침대 옆 협탁을 내내 지켜보던 프라하의 아기 종야등, 어린이용 흔들의자. 그 전화 플러그는 길이가 거의 1미터에 달했다. 흔들면 안쪽에서 뭔가 기이한 것이 덜거덕거렸다. 낮에는 나무로 만든 태에 묶여 있었고, 밤에는 다른 여자아이들이 침대로 인형을 데려오듯 내가 덜거덕 소리를 내며 끌고 침대로 가져왔다.

너는 이것을 잊게 될 거야.

1969년이었다. 나는 곧 다섯 살이 될 네 살이었다. 그 생각이 어둠 속에서 밀려왔다 나가기를 반복하고, 속도는 점점 더 빨라졌다……

프리실라 길먼의 첫 번째 기억에는 어딘가 시인 윌리엄 워즈워스 같은 요소가 있다. 천둥. 아버지. 공포의 정복. 그녀는 『로맨틱이 싫은 아이The Anti-Romantic Child』에서 그 이야기를 전한다.

스페인에서의 여름밤이었다. 나는 이제 막 세 살이 되었다. 천둥 번개가 치는 굉장히 극적인 폭풍우에 한밤중 잠에서 깬 나는, 무서웠다. 기억은 귓가에 닿는 아버지의 목소리로 시작된다. 우리 둘은 창밖으로 그날의 밤을 바라보고 있었다. 커다란 창문이라는 프레임 속에 펼쳐진 장면은 꼭 작은 극장 같았다. 익숙했던 정원은 이상하게도 낯설고, 쪽빛 하늘에는 이따금 은빛 섬광이 비쳤다. 장면을 설명하는 아버지의 목소리는 마치 흥이 잔뜩 오른 스포츠 캐스터 같다. "커다란 번개입니다! 이번 건 작은 것인가요……. 오, 다시 커다란 번개가 칩니다!" 한 손으로 나를 든든히 안고 다른 손으로는 하늘을 향해 손짓하며 아버지가 크게 소리쳤다. 혼란스러운 무언가가 찬란한 무언가로 바뀐 것을 기억한다. 아버지가 나를 두려움으로부터 보호해줬기 때문이 아니라 내가 그것에 맞설 수 있게 도와줬기 때문에 내가 안전하다고 느꼈음을 기억한다.

로렌 아이슬리는 『그 모든 낯선 시간』에서 시인 W. H. 오든과 나눈 대화를 회상한다. 시인은 그에게 그가 유년 시절에서 기억하는 첫 대중적인 사건이 무엇이냐고 물었다. 오든이 말한 자신의 첫 불꽃은 타이태닉호의 침몰이 아니다. 아이슬리가 말한 것은 "교도소장, 감옥, 그리고 눈보라"와 관계된 어떤 이야기다. (그의 책에서, 그리고 그의 인생에서) 반복적으로 이 모티프를 떠올리던 아이슬리는 결국 이 겨울의 에피소드를 이해하기 위해 "과거로 돌아가는 유령처럼" 걷게 될 것이다. 이 죄수들과 그들의 잔혹한 탈출의 진실은 무엇인가?

톰 머리라는 이름을 가진 이 재소자의 이야기가 그를 계속해서 현혹하는 이유는 무엇인가? 그 여러 해에 무슨 일이 일어났던 걸까? 아이슬리는 이제 마이크로필름으로 보관된 탈출 기사를 읽는다. 사건이 일어났던 장소로 차를 끌고 가본다. 하나로 합쳐지는 건 그때와 지금뿐만이 아니라 아이슬리와 재소자 머리라는 것을 알게 되면서 시간은 붕괴된다. 모든 것이 한순간이다. 속임수를 쓰는 건 뇌다. 우리 모두의 시작점은 과거다.

최초의 기억은 반짝이는 것들로 되어 있지 않다. 여느 날 같은 하루가 아니며, 삶과 그것의 불가피함에 대한 로봇 같은 반응도 아니다. 최초의 기억은 시스템에 가해진 충격 같은 것으로 활성화된다. 뭔가 다른 원인과 결과, 정상과 새로움 사이의 컬러 영화 같은 혼란 혹은 선명한 대립으로 활성화된다. 최초의 기억은 최초의 깨달음이다. 지시적이고 상징적이며 의미심장하다. 최초의 기억이란 DNA 같은 것이다. 우리의 초록색 눈이나 적갈색 머리칼처럼 우리가 누구인지를 구성하는 핵심이다.

그러나 이것이기도 하다. 우리가 회상하는 것, 우리가 유년 시절의 자기 자신에 대하여 알 수 있는 것, 우리가 우리 스스로에게 이 이야기를 되뇌는 방식, 우리가 다른 사람들에게 이 이야기를 전달하는 방식—이 모든 것은 현재의 우리, 세계를 향한 우리의 관점, (다시 말하지만) 우리가 가치 있게 여기는 것과 불가분의 관계이며, 이것을 구성하는 것이자 이것의 꾸러미다. 나의 첫 기억은 감정이입하는 두려운 고집과 그에 반응한 무기력감이다. 카네티의 첫 기억은 공포에 관한 것일 수도 있으나 그보다는 대체로 공포의 감칠맛에 관한 것이다. 모세의 첫 기억은 훔친 달콤한 맛과 그런 황홀한 맛을 갖고픈 욕구에 관한 것이다. 안세이의 첫 기억은 망각에 대한 두려움이다. 이것은 상실에 대한 두려움이라고 할 수 있을 뿐만 아니라 피아노 연주는 물론이고 움직일 수조차 없게 되는 한 여성의 인생에서 역시 핵심적인 주제다.

당신이 쓰는 회고록이 당신의 첫 기억으로 시작되지는 않을 수 있다. 나 또한 내가 방금 이야기한 도둑맞은 색 테이프 이야기로 책의 포문을 연 적이 한 번도 없었다. 당신의 두 번째, 세 번째, 혹은 네 번째 기억도 책에는 쓰지 않을 수 있다. 하지만 다 괜찮다. 우리는 아직 본격적인 책 쓰기에서 몇 페이지 떨어져 있다. 우린 여전히 이곳에서 소재를 가지고 이런저런 작업을 하고 있다. 그러므로 당신의 최초의 기억을 써봐라. 그리고 두 번째, 그리고 당신의 세 번째. 노트가 채워지고 팔이 아파오면 당신이 소환한, 당신이 드러낸 그 이야기들을 다시금 들여다봐라. 이야기와 이야기 사이의 일관성을 찾아봐라. 그것들이 당신에 관하여 드러내는 것이 무엇인지 생각해봐라. 반쯤 묻혀 있는 주제는 무엇인가? 겉으로 뚜렷이 보이는 진술은 무엇인가? 과거로 멀리 나아갔다 돌아오니 스스로를 더 잘 알게 되었나?

블라디미르 나보코프는 『말하라, 기억이여』에서 이렇게 썼다. "내 유년 시절을 샅샅이 훑어보며(그리고 이것은 누군가의 영원을 살피는 것 다음으로 가장 좋은 일이다) 나는 서로 거리를 둔 일련의 섬광 같은 의식의 깨달음을 본다. 그들 사이의 간격이 점점 사라진다. 그리고 이내 기억에게 미끄러운 손잡이를 주는 밝은 지각의 덩어리들이 생겨난다."

나는 "밝은 지각의 덩어리들"이란 구절을 좋아한다.

"누군가의 영원을 살피는 것"이란 표현은 더 좋다.

가장 취약한 상태로 세상에 다가가기

나는 펜실베이니아대학에서 교수를 하기 위해 적극적으로 노력을 기울인 적이 없다. 초대장이 도착하고도 몇 주가 지나서야 마침내 승낙했다. 나는 우선 시간이 걱정되었다. 나는 사업을 하고, 책을 집필한다. 나는 어머니이자 아내다. 그리고 성과도 걱정되었다. 나 자신에게 기대하는 선생이 될 만큼 나는 충분히 아는가? 충분히 배웠는가?

그동안 아이와 청소년들, 사회 활동을 오랫동안 한 장년층과 은퇴한 분들을 대상으로 늘 강의를 해온 것은 사실이었다. 여러 대학을 돌아다니며 강연했고 여름학기 교수로 참여하기도 했다. 고등학생 대상의 멘토링 프로그램에 멘토로 참여했으며, 레지던스 작가가 해야 하는 책무의 일환으로 글라디올러스와 시냇가를 배경 삼아 워크숍을 열기도 했다.

그러나 아이비리그 캠퍼스에서 한 학기를 책임지고 교수를 하는 것은 전혀 다른 차원의 일이었다. 이것은 마라톤이고, 정치의 한 형태이며, 공연이자, 인기와 의지의 경연이었다. 학생들은 필연적으로 알게 되어 있다. 어느 선생님이 쉽게 의견을 들어주는지, 꾀를 부려봐야 아무 소용 없는 선생님은 누구인지, 어느 선생님이 가르치려는 열정으로 강의실에 들어오는지, 결국 그냥 일이니까 들어오는 선생님은 누구인지. 교수 명단에 새로 올라온 이름은 그녀가 매단 간판 하나로 대부분의 평가를 받게 될 것이었다. 강의계획서. 나는 몇 주에 걸쳐 강의계획서를 작성했고 마치 이것이 시인 양 남편 앞에서 낭송했다.

시인이자 작가인 포러스트 갠더는 썼다. "어쩌면 우리가 할 수 있는 최선의 일은 우리 스스로를 무방비 상태로 내버려 두는 것인지도 모른다……. 우리가 버틸 수 있는 한 가장 취약한 상태로 서로에게, 그리고 세상에 다가가는 것이다." 이 논픽션 워크숍 고급 과정에서, 이 영향력, 폭로 속에서 우리는 추구할 것이다. 우리는 글을 쓰는 것에 관하여 숙고하는 작가들—나탈리아 긴츠부르그, 래리 위워드, 비비언 고닉, 테런스 데프레, 애니 딜라드—을 읽을 것이다. 자기 삶을 글로 쓴 작가들—그리틀 얼릭, 앤서니 도어, 스탠리 쿠니츠, 브록스 한센, 장 도미니크 보비—가 쓴 글뿐만 아니라 다른 이들의 삶에 관하여 쓴 작가들—이를테면 테런스 데프레에 관해서 쓴 프레더릭 부시, 자신의 부모에 관하여 쓴 퍼트러샤 햄플, 자신의 유년 시절 속 그 누구보다 영화 같았던 사람들에 대해서 쓴 마이클 온다치—의 글을 읽을 것이다. 핵심은 대상의 정수에 가까이 다가가는 것일 테다.

"습득한 취향 같아." 남편이 말했다. (나는 인용 부호를 썼다. 이것은 사실이다. 그가 이렇게 말했다.)

습득한 취향. 확신이 흔들렸다. 그리고 더 나아갔다. 무모함과 크나큰 공포가 혼재하는 어색함. 실제로 취약한 상태에 있는 것을 가르칠 수 있나? 그곳이 회고록의 시작인가?

그 후로 지금까지 학기는 지나가고 있다. 학생들이 내 인생에 들어오고 머무른다. 나의 가족은 크다. 계속 커지고 있다. 그리고 이제 나는 확신을 가지고 말할 수 있다. 스스로를 무방비 상태로 두어라. 취약한 상태에 머물러라. 왜냐하면 거기가 회고록이 시작되는 곳이니까.

1998년 나의 첫 회고록을 출간한 이래로 나는 여섯 장르, 17권이 넘는 책을 써냈다. 2007년 겁도 없이 블로그에 첫 포스트를 한 이래로 매일 최소한 하나씩은 꼭 올리고 있다. 내가 쓴 글의 양을 자랑스러워할 요량으로 말하는 것이 아니라(어쩌면 나는 부끄러운지도 모른다. 누군가는 내가 부끄러워해야 한다고 말한다) 이 이야기를 하고 싶은 것이다. 나는 여전히 쓰고 싶은 마음이 다급할 때만 쓴다. 그렇지 않을 때는 물에 빠져 죽은 사람처럼 지루한 인간이다. 당연히 내 글도 그렇겠지. 이렇게 말해서 미안하지만, 나는 자주 다급해진다. 그러므로 나는 늘 글을 쓰고 있다.

다급함은 취약함에서 나온다. 취약함은 놀랄 여지를 만든다. 마음의 상태인 놀라움은 반드시 훈련되어야 한다. 예상하지 못했다고? 괜찮다. 당신이 울었다는 것을 믿지 못한다고? 맙소사, 당신은 인간이야. 당신을 통해 아름다움이 찬란하게 빛나고, 아름다움으로 인해 살아 있음을 느끼고, 때로는 아름다움을 자신의 열 손가락으로 꽉 움켜쥐어서, 저녁 하늘의 산산이 부서지는 찬란함 때문에 잠들 수 없는 날도 있다. 다 괜찮다. 우리 불면증 환자들이 당신을 지켜주겠다. 당신은 종종 영혼은 피를 흘리지 않는다는 것이 사실인지 의아해한다. 왜냐하면 마지막 인사를 건네는 제자를 안아줬을 때, 아들이 졸업했을 때, 누군가 어머니가 가장 좋아했던 노래를 연주할 때, 그리고 고개를 돌려 바라보고 미소 지을 어머니가 더 이상 없을 때, 당신은 당신의 영혼이 피를 흘렸음을 꽤나 확신했으니까. 의아했던 적이 당신에게도 있나? 나도 그랬다. 질문이, 느낌이, 상처가, 경이가, 기만이 나를 찾아온다. 그리고 나는 늘 취약한 상태에 머물러 있으므로, 어떻게 갑옷을 여며 입고, 방패를 닦는지조차 모르므로, 나는 영향을 받고('나는 괴롭고'라고 하자), 그리고 나는 이야기를 발견한다.

이러한 마음 상태를 유지하기 위해 나는 음악과 움직임을 활용한다. 글 쓰기 전 근육을 느슨하게 풀기 위해, 관절의 통증을 줄이기 위해, 몸을 풀기 위해, 그러고는 발견하기 위해, 나는 긴 산책을 한다. 언덕 아래로, 교회를 지나, 굽은 길 주변, 그러고는 짜잔. 가느다란 뱀의 푸른 밧줄이 길거리에, 혹은 거칠고 딱딱한 거북이의 커다란 등껍질, 혹은 숲에 사는 등에 소금기가 있는 사슴, 혹은 메리골드, 혹은 어쩌면 여덟 살 난 내 친구 캐틀린이 이곳, 서커스에 대한 이야기와 함께 있을지도 모른다. 여기에는 회고록 한 편이 없다. 나는 터무니없는 이야기를 하려는 것이 아니다. 그러나 그곳에 있는 것—내가 필요로 하는 것—은 기억을 자유로이 풀어주는 전율, 호기심, 혹은 데자뷔다.

혹은 아마 비가 내리고 있고, 집에는 나밖에 없다. 아마 나는 내가 한 번도 커튼을 사본 적이 없다는 것을, 진취력 있는 이웃이 볼 수도 있다는 것을 신경 쓰지 않을 것이다. 나는 집이 흔들릴 때까지 브루스 스프링스틴의 노래를 틀어댄다. 강에 대한 그의 노래들, 그의 찬란한 발라드. 그의 노래가 내

뼈의 빈 곳을 채울 때까지, 유리창에 비친 것이 진정한 내 자아가 아니라 나의 유령일 때까지—귀신처럼 매캐한 미스터리일 때까지 듣는다. 취약한가? 그렇다. 금이 가며 깨질 것을 예상하나? 그 또한 맞다.

나는 무언가를 가르치는 사람이지만, 그럼에도 불구하고 나는 내가 세상 많은 것의 학생임을, 그 역할과 특권을 무시하지 않으려 항상 노력한다. 여행할 때는 다른 문화의 학생이다. 사진의 학생이다. 정원의 학생이고 혹은 강의 학생이고 혹은 룸바, 삼바, 왈츠의 학생이다. 교습소에 가서 내 나이의 반쯤 되는 진짜 무용수의 가르침에 전적으로 나를 맡길 것이다. 그는 내가 똑바로 서지 않는다고, 혹은 음악에 몸을 맡기지 않는다고, 내가 휙 동작 또는 차차의 전염성 있는 퀵을 마스터하기 위해 나 자신과 벌이던 사투를 멈춰야 한다고 이야기할 것이다. 그는 말할 것이다. 당신의 채워지지 않는 욕망, 혹은 당신의 서정과 흥분을 수치스러워하지 마세요. 부끄러워하지 마요. 춤으로 표현해요.

최고의 선생님은 우리에게 다른 무엇보다 삶에 대해 가르쳐준다. 최고의 선생님은 우리가 다른 사람들보다 약간 더 좋은 사람이 될 기회를 준다. 그들은 우리 말을 듣는다. 그렇게 우리가 우리 스스로의 말에 귀 기울일 수 있게, 우리와 우리의 권위, 기억할 수 있는 능력 사이에 놓인 장애물을 모두

제거하게 해준다. 당신이 누구이고 무엇을 하는지는 중요하지 않다. 당신의 다급함을 잃지 마라. 이미 충분히 많은 것을 알고 있다는 느낌, 이미 충분히 많은 것을 봤다는 느낌, 원할 것이 더는 없다는 느낌, 완벽한 룸바를 췄다는 느낌에 굴복하지 마라. 스스로가 하나부터 열까지 다 예쁘고 완벽하고 완전하다고 생각하지 마라. 불균형에 가치를 두어라. 항상 취약하라.

3부

시작하기

무엇에 관한 회고록인가

당신의 회고록은 반드시 연표보다는 지혜를, 추정보다는 앎을, 어쩌면 흐릿함보다는, 인생이 그러했듯 활력을 드러내야 한다.

이제 무엇에 관해 쓸지 알고 있나?

무엇이 화두인지 알고 있나?

어떤 질문과 희망이, 암시와 침투가 당신의 산문 뒤에서 마치 사인함수 그래프처럼 내달릴지 알고 있나? 때로는 겉으로 드러나게, 또 때로는 오묘하게, 항상 함축적으로?

이 질문에 대한 옳고 그른 답은 없다. 질문을 듣는 순간 바로 알게 되는 것도 아니다. 당신이 해야 할 일은 오직 이런 문제들을 깊이 생각해보는 것이다. 회고록 작가들의 일은 봄날 정원사의 일과 비슷하다. 씨앗을 심고, 잡초를 제거하고,

밝게 여문 작물을 수확하고, 줄기를 잘 정렬한다. 회고록 작가들은 반드시 인내해야 한다. 스스로를 인내할 뿐만 아니라 덩어리 진 소재들을 인내해야 하고, 말하고 싶은 충동을 인내해야 한다. 회고록 작가들은 또한 그들을 이 끔찍한 아름다움과 거대한 위험의 땅으로 나아가게 하는 것이 정확히 무엇인지 반드시 이해해야 한다.

윌라 캐더에게 보내는 편지에서 세라 오른 주잇은 "문학에 속한" 것은 길고, 끈질긴 간지러움에서 비롯된 것들이라고 암시한다. "여러 해에 걸쳐 마음을 지분거리고 또 지분거리는 것, 그것이 마침내 스스로 올바르게 종이 위에 써질 때, 그것이 위대하든 사소하든, 그것은 문학에 속한다." 『세상으로의 글쓰기Writing into the world』에서 (헨리 제임스의 말을 전하는) 테런스 데프레의 말을 들어보면 글쓰기 문제에 관해서라면 우리에겐 선택의 여지가 거의 없는 것 같다. "무엇에 관하여 쓸지 우리가 선택하는 것은…… 그다지 선택이라고 할 수 없는 게 우리가 선택당하는 것이기에 그렇다. 헨리 제임스가 말했듯, 모든 종류의 글쓰기는 글의 주제와 함께 시작되는데, 이 글의 주제는 무언가 주어진 것, 거절할 수 없는 하나의 작은 것이다."

회고록은 동적인 것이며, 이것은 기민하고, 게으르지 않다. 이것은 과거에 대하여, 인간의 조건에 대하여 올바르게 묻는 질문들에 관한 것이다. 무엇이 폭력을 발생시키나? 깊은 상처의 후유증은 무엇인가? 사람은 상실을 어떻게 견디나? 왜 우리는 경험의 혼란 속에서 우리를 지키기 위해 스스로에게 이야기를 들려주나? 어떻게 큰 것들이 작고, 작은 것들이 큰가? 과거의 반복된 일들이 지금 우리 현실의 모양새에 어떤 영향을 주나? 나는 대체 누구였던가? 나는 무슨 생각을 하고 있었나? 그리고 만일 이 일이 나에게 일어났다면, 이 일은 당신에게도 일어나나? 어떻게 나의 이야기가 나를 우리와 더 가까워지게 해줄까?

가끔은 구조와 공백을 통해서 간접적으로 이런 질문에 다다를 수도 있다. 가끔은 그때와는 다른 지금에 골몰하다가 그럴 수도 있고. 때로 우리는 지독한 불일치를 강조한다. 때로는 글을 쓰며 당신을, 그리고 타인을 향한 용서에 다가가기도 한다. 이것이 회고록의 아름다움이다. 만일 당신의 회고록이 하는 일이 오로지 이야기를 전하는 것뿐이라면—퇴적물도 없고, 밀려오는 바닷물도 없고, 애매모호함도 없다면, 독자들에겐 돌아갈 이유가 없을 것이다. 당신이 당신 자신의 그 엉망진창으로 끌어당기는 힘을 포용하지 못하고, 피할 수 없는 모순을, 추함과 아름다움을 받아들이지 못한다면, 그렇다면 당신은 아직 준비가 덜 된 것이다. 당신이 우리를 위한 공간을 만들어내지 못한다면, 부디 우리가 당신을 위한 공간을 만들어줄 것이라 기대하지 마라.

어두운 빛깔의 머리칼, 클레오파트라의 눈을 가졌던 킴이란 학생은 운과 불운, 그리고 사랑에 관한 회고록을 쓰기로 선택했다. 다음은 내가 가장 좋아하는 문단이다.

> 사랑은 당신을 의존적인 사람으로 만든다. 고통은 당신을 자아실현의 한계까지 밀어붙인다. 부모님의 지원, 그들이 나에게 준 안정감은 내가 여전히 그들의 손을, 손가락 하나하나 나의 손으로 바꿔가면서, 그들이 옳았음을 증명하기 위해 노력하는 중이다. 나는 매일같이 은둔과 외향성, 조화와 예측 불허, 어머니의 사랑과 그녀의 병환, 혁신과 범람을 극복하기 위해 방어벽을 높게 두른다. 나는 운이 좋았다. 나는 미국에서 태어났고 나는 건강하게 태어났고 나는 화목한 가정에서 태어났다. 나는 운이 나빴다. 나는 삐딱한 성격을 지녔고, 테러를 봤으며, 삶을 향한 절망적인 비명을 보았다. 그러므로 우리는 계속 나아간다. 놀라고, 조소하며, 직감에 정신을 차린다.

조녀선은 취미로서의 기도에 대해 썼다. 그리고 종교적 광신주의에 대해 썼다.

기도는 매일 아침 가뿐히 한 시간을 잡아먹는 나의 새로운 취미였다. 나의 종교의식은 체계를 갖춰갔다. 나는 최적의 실험 조건을 갖췄는지 꼭 확인했다. 자로 잰 듯 완벽하게 맞춰진 조건이 아니라면 실험은 실패할 것이다. 어쩌면 내가 의례의 세부 사항을 일부 무시했기 때문에 내 기도 또한 그와 비슷하게 효력이 떨어질지도 모를 일이었다. 과학적 정밀성이 종교적 광신주의에 자리를 내어주고 있었다. 미신을 그토록 빠르게 거부하기에는 내게 현실은 너무 의심스러운 것이었고, 나는 잃을 게 너무 많았다. 2년 동안 내 눈은 세세한 것들에 가려졌다. 그 이후에 학문적인 성서 해석을 발견했다.

게이브는 심장에 찾아온 위기를 극복한 일에 대해서 썼는데, 그보다 아들의 위험한 건강 상태가 어머니에게 어떤 의미였을지 상상하며 썼다.

2월의 그날, 의식을 잃은 내가 병원에 있을 때, 의사가 어머니에게 아들이 굉장히 위중한 상태이며 살리기 위해 온갖 노력을 다 하고 있다고 말했을 때, 아마 내 어머니는 다시 한번 애원했으리라. 하루 전날 밤, 임종이 임박한 할아버지와 함께하기 위해 어머니는 페루에 갔다. 그녀는 분명 전화를 끊고, 요람을 때리는 수화기의 울림이 머릿속에 울리는 것을 들었을 것이다. 무릎의 힘이 빠지는 느낌이었을 것이다. 어떻게든 힘을 끌어모아 돌아가실 아버지에게 마지막 인사를 할 줄 알았다고 말한 그녀는 다시 비행기를 타고 필라델피아로 향했다. 그 여덟 시간의 비행은 폐소공포가 느껴질 정도로 무기력했을 것이다. 어떤 제트기가 와도 이 비행을 참을 만하도록 빠르게 날아가지 못했을 것이다. 그 어떤 고도로 비행해도 신의 귀에 부디 아들을 살려달라고 크게 소리칠 만큼 가까이 그녀를 데려다주지는 못했을 것이다.

스스로에 대한 그리고 타인에 대한 책임감은 스테퍼니가 다룬 주제였다.

당신이 아는 삶, 당신의 생에서 실제로 당신의 것은 얼마나 될까? 우리 모두는 삶을 유지할 수 있는 보충물을 주고받기 위해 다른 것의 구조에 매달리는 접촉자극 식물thigmotropic plant처럼 우리 팔다리를 모두 펼치고 다른 이들을 위해 산다. 하지만 우리가 다른 이들을 위해서는 하지 않고 우리를 위해서만 하는 것은 무엇인가? 우리는 어느 순간을 빼앗기고, 너무 많은 것을 주는 건 어떤 사람들인가? 그리고 만일 그런 일이 있다면 언제, 우리는 진정으로 독립적인가?

누구도 당신에게 무엇에 관하여 쓸지 말해줄 수 없고, 말해줘서도 안 된다. 그러나 만일 당신이 회고록을 쓰려는 충동이 어디에서 오는지 모른다면, 그것을 찾아낼 수 없고, 지킬 수 없고, 누군가 당신에게 "그나저나 회고록을 쓰겠다는 이유가 뭐야?"라고 물었을 때 답을 할 수 없다면—멈춰라. 이 회고록 질주마의 고삐를 잡아라. 마음이 몇 년에 몇 년을 거쳐 괴롭힘을 당했든, 거절할 수 없는 작은 것이 있든, 뭔가 다른 진실하고 가치 있는 것이 있든. 그러나 누구도 당신이 여분의 돈을 필요로 해서, 책을 쓰면 유명해질 것 같아서, 남자친구가 그거 글로 쓰면 영화로 만들어질 것 같다고 해서, 혹은 이유 없이 너무 쓰고 싶고 이제 내 회고록도 써볼 때가 됐다 싶어서 쓴다는 말을 듣고 싶어하지는 않는다.

그러므로 당신이 왜 쓰는지 알고, 그런 뒤 이것을 알아라. 회고록의 역사에 있는 어느 회고록도 저절로 쓰인 것은 없다. 모든 녹음된 이야기, 세부 사항, 은유, 그리고 멈춤은 누군가가 내린 결정을 뜻한다. 당신은 당신 삶의 이야기에서 극히 대부분은 (어쩔 수 없이) 페이지에 들어오지 못하는 인생 이야기를 쓸 것이다. 당신은 이러한 누락을 이점으로 활용할 것이고, 세부 사항을 상징의 차원으로 끌어올리고, 삽화의 가장자리에서 이야기의 핵심을 찾아내고, 답을 찾으며 시간의 장들을 뒤섞을 것이다. 당신은 취약한 상태에 머무르고, 진실을 이야기하고, 또한 여전히 당신이 전하는 이야기는 당신의 것이며 신뢰를 저버린 것이 아님을 분명히 할 것이다. 당신은 거기까지 닿을 것이다.

그러나 우선은 이제 막 쓴 초고를 여유 있게 둘러봐야 한다. 실험을 해야 한다. 당신을 현재시제로도 써봤다가, 과거시제로도 써보고, 풍경을, 날씨를, 노래를, 당신 삶의 색채를, 자기 분석을 해야 한다. 노트를 여러 권 사라. 충동을 억누르지 말고, 타오르는 불꽃에 물을 끼얹지 말고, 수줍어하지 마라. 이것은 초고다. 초고를 쓸 때는, 당신의 자기 검열을 옷장 속에 넣어두라.

준비가 되면 스스로가 알 것이다. 이제 책으로 눈을 돌려 마주해야 할 시간임을 알 것이다. 당신의 틀을, 거름망을 정립하고, 주제를 정하고, 성실하게—그리고 빼어나게—(우선은 오직 당신 스스로에게만) 선언해야 한다. 나의 회고록은 상실을 헤쳐나가는 것에 관한 이야기다. 나의 회고록은 두 번째 기회에 관한 것이다. 나의 회고록은 사랑의 힘에 관한 것이다. 나의 회고록은 부당한 것을 극복하는 이야기다. 나의 회고록은 중년을 받아들이는 이야기다. 나의 회고록은 나의 이방인 됨에 관한 이야기다. 나의 회고록은 집이 무엇인지 규정하는 이야기다. 나의 회고록은 상상의 힘에 관한 것이다.

위에 나열한 모든 주제는 가짜 회고록 작가가 이야기하는 것들과는 거리가 멀다. 나의 회고록은 쇠스랑과 나를 버려둔 채 말을 타고 국도를 횡단한 나의 자매와 그 시간에 관한 이야기다. 이런 것이라면 가짜 회고록 작가의 말이다. 나의 회고록은 내 아내가 집에서 쉬면서 바가지를 긁을 수 있게, 내가 밖에 나가 얼마나 열심히 일해야 했는지에 관한 이야기다. 나의 회고록은 내 이복 여동생의 둘째 고모—매일같이, 점심에도 저녁에도, 완두콩 수프를 먹던 그녀에 관한 이야기다. 내 회고록은 내가 지은 집에 관한 것이다. 내 회고록은 낚시 여행에 관한 것이다. 내 회고록은 내가 얼마나 내 어머니를 미워하는지에 관한 것이다. 가짜들은 자신의 조그만 동그라미에서 아직 빠져나오지 못했다. 가짜들은 더 큰 세상, 혹은 독자들과 연결되지 못했다. 가짜들은 회고록과 일화를 구분하지 못한다. 가짜들은 비평가의 분노를 자아낸다. 자신을 제외한 모두에게 엉망을 선사한다.

두말할 것 없이 가짜들은 아직 준비가 안 된 것이다. 그들은 글 재료와 좀더 많은 시간을 보내야 한다. 더 깊이 있게 알아야 한다. 우리가 그들 이야기의 세부 사항을 거부한다는 뜻은 아니다. 완두콩 수프의 요리법이 궁금하지 않고, 혹은 그 영리한 아내가 긁은 최고의 바가지를 생생한 이야기로 듣고 싶지 않다는 것은 아니다. 우리에게 필요한 것은 그것들이 의미하는 바, 그리고 그것이 우리와 맺는 관계이기에 그러하다. 담백한 진실. 그것이 없다면 회고록은 회고록이 아니다.

비비언 고닉은 글쓰기의 핵심을 담은 그녀의 책『상황과 이야기』에서 이렇게 이야기했다. "회고록은 일상이라는 날것의 소재와 경험을 주조하고, 사건을 변형하고, 지혜를 전달하는 이야기로 승화시키겠다는 사명감을 가진 자아, 그런 자아의 사고가 통제하는 일관된 내러티브 산문의 글쓰기다. 회고록의 진실은 실제로 벌어진 사건을 설명한다고 해서 얻어지지 않는다. 이것은 작가가 당면한 그 경험에 참여하기 위해 적극적으로 노력하고 있음을 독자들이 신뢰할 때 얻어지는 것이다. 작가에게 어떤 일이 벌어졌는지는 별로 중요하지 않다. 중요한 것은 일어난 사건을 이해할 수 있는 작가의 좀더 드넓은 감각이다. 그러한 글쓰기의 힘을 위해 필요한 것은 상상력이다. V. S. 프리쳇이 회고록에 관하여 말한 바와 같다. '모든 것은 기술에 달려 있다. 삶만 가지고는 아무런 신뢰도 얻을 수 없다.'"

스벤 비커츠는『회고록 속 시간의 기술』에서 경험에 참여하는 것이 아닌 경험을 구원하는 것에 관하여 이야기한다. 그는 패턴에 관하여 이야기한다. 그는 회고록에 보여주는 힘, 나아가 설명하는 힘이 있음을 이야기한다. "회고록 작가는 무엇보다 경험을 구원하기 위해 쓴다. 과거를 다시 일깨우고, 그것의 패턴을 찾기 위해 쓴다. 아니, 그보다 회고록 작가는 지나가버린 사건 뒤에서 극적인 설명적 내러티브를 발견하기 위해 쓴다."

만일 아직 확신이 들지 않는다면, (부디) 퍼트리샤 햄플의 글, 그중에서도 그녀의 에세이 선집『나는 당신에게 이야기를 들려줄 수 있어요I Could Tell You Stories』에 실린「기억과 상상」을 읽어보라. 나는 내 수업에서 이 열일곱 쪽 분량의 다정하고도 유익한 글을 숙제로 내주지 않은 적이 없다. 앞서 인용한 바 있다. "진정한 회고록은 다른 모든 문학작품이 그러하듯 자기 자신만이 아닌 세상을 찾고자 하는 시도에서 쓰였다." 햄플의 이 말을 생각하지 않고서는 나는 결코 해내지 못한다. 그 어떤 회고록 작가도 해낼 수 없다.

당신은 어떤 세상에서 사는가? 그리고 당신은 어떻게 당신의 세상과 나의 세상에 다리를 놓을 것인가? 그리고 누군가가 당신에게 '당신의 회고록은 무엇에 관한 건가요'라고 물을 때, 당신은 뭐라고 말할 것인가.

서두

이제 충분하다. 당신에겐 당신의 질문이 있다. 당신 글의 주제에 의구심을 갖는다. 틀에 관한 아이디어가 있고, 그게 아니더라도 최소한 그것을 찾겠다는 의지가 있다. 페이지 위에 써내려갈 당신의 목소리와 닮은 어조를 찾아냈다. 장면과 이야기로 가득한 노트들도 있다. 이제 회고록은 반드시 시작되어야 한다.

회고록엔 시작이 필요하다.

확실히 시작이 분위기를 결정짓는다. 시작은 독자를 초대하고, 그들에게 경고하는 가교 역할을 한다. 쟁점이 무엇일지 독자들에게 알려준다. 시작은 책의 상대적인 복잡다단함을 미리 알려주고, 이 이야기가 복잡한지 아니면 직접적인지, 꼬여 있는지 아니면 직설적인지를 처음부터 확실하게 알려준다. 시작은 글쓴이의 목소리가 가진 특질을 암시한다. 얼마나 믿음직스러운지, 얼마나 많은 것을 알려주는지, 얼마나 묘사적인지, 얼마나 사실을 중요하게 여기는지, 실제로 발생한 일에 의존하는지 혹은 상상한 것에 의존하는지를 알려준다. 시작은 서점의 독자에게 이야기한다. 아이패드, 눅, 킨들로 책을 보는 독자들에게 이야기한다. 독서 동호회에 참여한 독자에게 그가 이 책을 좀더 읽고 싶어질지, 그렇지 않을지를 알려준다. 그리고 무엇보다 책의 첫머리는 출판사와 편집자들에게 해당 프로젝트의 시장 가치를 천명한다.

늘 그런 것은 아니지만 대부분의 회고록 작가는 프롤로그를 통해 독자들에게 자신을 소개한다. 프롤로그를 완충지대, 편안하게 나아가는 곳, 서문이라 생각하자. 주제와 분위기와 틀, 책의 스토리라인에서 서서히 스미는 얽히고설킨 관계를 넌지시 알려주기 위해 프롤로그가 선사하는 모든 공간을 고려하라. 프롤로그가 얼마나 효율적으로 분위기를 형성하는지 생각하라.

나는 회고록에서 프롤로그를 쓰는 것을 매우 긍정적으로 생각한다. 초반에 어떤 약속 같은 게 정해진다면, 나는 책과 관련된 모든 사람, 즉 작가와 독자에게 프롤로그가 도움이 된다는 것을 알게 되었다. 문학적인 회고록의 긴장감은 플롯 그 자체와 관련된 것이 아니다. 그리고 한담과는 관련이 없어야 한다. 회고록이라는 장르의 긴장감은—혹은 최소한 이 장르가 선사하는 최고의 즐거움 중 하나는—전적으로 작가가 질문에 성공적으로 답을 해내느냐, 이야기의 중심에 놓여 있는 주제나 염려를 잘 탐구하느냐에 달려 있다. 순진한 척하는 건 통하지 않는다—최소한 나는 그렇게 생각한다. 회고록에 힘을 실어주는 질문, 주제, 그리고 우려는 회고록의 시작점에서 가장 명쾌하게 밝혀지곤 한다. 그리고 프롤로그(원한다면 책의 문을 활짝 여는 이 구역을 서문이라 불러도 좋다)는 무척이나 정교하고 유연한 그릇이다. 작가는 프롤로그가 해주었으면 하는 역할이 무엇이든, 그것을 해내는 프롤로그를 만들 수 있다. 심지어 프롤로그에 다양한 이름을 붙여줄 수도 있다.

　몇 가지 예를 살펴보자. 내가 두 번째로 쓴 책『우정의 혼란함 속으로: 중요한 것들에 관한 회고록Into the Tangle of Friendship. A Memoir of the Things That Matter』에서 나 자신이 흥미로워했던 것은 우리 인생으로 들어온 사람들이 어떻게 우리가 되어가고 있는 사람의 형태를 만드는지 이해하는 것이었다. 나는 한 장면으로부터 시작했다. 그러나 그 장면 깊숙한 곳에는 이어지는 내러티브 곳곳에서 솟아올랐다가 가라앉기를 반복할 질문들이 있었다.

놀이터 중앙에 있는 목재 클라이머를 권력의 자리라고 부르자. 모래밭과 그네, 그리고 갈라진 테이블을 상업의 중심이라고 부르자. 참나무 아래 그늘은 교회. 너머에 있는 고약한 흙탕물 냇가는 이 나라의 국경이라 하자. 봄이고, 잔뜩 움츠러든 날이다. 아이들은—혼자서, 짝을 지어, 두려워하며, 기쁘게, 차로, 걸어서, 녹슨 왜건의 행진 속에서, 용감무쌍한 얽히고설킴이 곧 벌어질 곳으로—마침내 모였다.

놀이터 주변에서는 내가, 해를 등지고 앉아 기다리며, 궁금해한다. 지켜본다. 다가올 몇 시간이 우정에 관한 아이들의 시각을 주조하게 될 것임을, 그에 이어 스스로에 관한 시각을 주조할 것임을 나는 안다. 갈등이, 승자가, 패자가, 수많은 단막극이, 미스터리가, 그리고 우화가 있을 것임을 안다. 이곳의 대장은 누구이며, 대장을 따르는 졸병은 누구인가? 누가 배반할 것이며, 누가 신임을 얻을 것인가? 무리는 누굴 받아들일 것이며, 누굴 배척할 것인가? 열정은 어떻게 뭉치고, 무엇이 회자되며, 누가 관심을 가질 것인가? 축적된 사건과 바람, 관계와 선물은 언제쯤 기억과 신념, 우정에 관한 견고한 철학이 될까?

[몇 페이지 뒤] (…) 우리 중에서 우정에 관해 뭐라도 아는 사람이 있나? 지금 문제인 게 이것 아닌가? 시간이 지남에 따라 우정이 어떻게 변하는지, 어떻게 우정은 처음에는 경

이였다가 이내 자기 인식이 되고, 그러고 나서는 생존이 되는 것인지, 우정은 왜 늘 편안함에 관한 것이고, 그저 이곳에 존재하는 것, 살아 있는 것에 관한 것인지, 우리는 이것을 어떻게 이해할 수 있을 것인지. 우리는 책임과 제약을, 분열과 절망의 가능성을 어떻게 받아들여야 할까? 왜냐하면, 타인을 우리 인생에 더 많이 받아들일수록 우리는 더 안전해지지만, 동시에 더 위험해지는 것 또한 진실이니까. 그럼에도 불구하고 어쨌든 우정은 가치 있는 일 아닌가? 우정은 중요하다. 우정은 죽음을 돌이킨다. 우정은 우리를 이 땅에 묶어둔다. 우리가 저세상으로 떠날 때, 우정이 우릴 이곳에 붙잡아둔다. 우리 우정이 우릴 기억한다. 과거를 돌이켜봐도, 앞날을 내다봐도, 우린 이것이 진실임을 알 수 있다. 우정은 지지대이자 다리다.

나는 『과거의 Z를 보다: 빠르게 변하는 세계에서 상상력 키워주기Seeing Past Z. Nurturing the Imagination in a Fast-Forward World』의 프롤로그를 '프롤로그'라 부르지 않는다. 나는 이것을 "내일에 관한 상상"이라 한다. 이 글은 다음과 같이 마무리된다.

나는 내 아들을 이기는 것보다는 지혜를 추구하는 사람으로 양육하고 싶다. 끊임없는 선택의 강물에 그의 열정과 재능, 그리고 신중함을 흘려보내길 바란다. 성취보다는 만족감을, 정복보다는 상상을, 평범한 관점보다는 특이한 관점을 우선할 수 있는 것이 내 권리라고 느낄 기회를 놓치고 싶지 않다. 그것이 괜찮은 세상에서 살고 싶다.

누군가는 이것을 어리석은 짓이라 한다. 누군가는 수고롭게도 가장 연관성이 큰 데이터를 내게 상기해준다. 수업에서, 그리고 가정에서 상상력은 그 지위를 상실했다는 점. 스토리텔링이란 시간이 남아도는 사람들을 위한 것이라는 점. 일찍 거둔 성공은 나중에 거둘 성공을 향한 길의 불확실성을 줄여주는 것이라는 점. 아이들의 내면을 위한 시간은 한때 있었고, 지금은 없다는 점. 대화를 위한 경쟁을 피하는 어머니는 그의 아들을 2등 시민이 될 위험에 빠뜨리는 어머니라는 점.

그럴 수도 있겠지. 하지만 내 아들은 생각하고 유희하고 추측하는, 커다랗고 짙은 두 눈을 가진 소년이다. 내 아들은 유년기와 청소년기 사이 어딘가에서 새롭게 피어나 희망으로 가득 찬, 직관적이고 유쾌한 소년이다. 앞으로 여러 해가 펼쳐지면서 그는 스스로를 어떻게 정의할 것인가? 무엇을 자신의 것이라 주장할 것인가? 그는 과거를 재료로 무엇을 만들어낼 것인가? 그는 자신이 생각하는 것으로 무엇을 할 것이며, 그가 꿈꾸는 것으로 무엇을 만들 것이고, 그의 모든 열정이 깃든 것을 통해 무엇을 창조할 것인가? 아들과 되도록 많은 시간을 보내며 미래를 상상하는 것은 나의 권리, 아니 무려 의무다.

버겁다는 느낌이 든다면, 그건 내가 의도한 바가 아니다. 모든 회고록의 프롤로그가 거창한 질문을 던지는 것은 아니다. 회고록이 그저 구불거리는 물음표에만 의존하는 것은 아니다. 유년기와 청소년기에 관한 책으로 회고록의 고전인 프랭크 콘로이의 『시간 멈추기Stop-Time』는 성인이 된 작가의 삶에서 찢겨 나온 한 페이지에서 시작한다. "기이하게 뒤얽힌 죄책감, 음울함, 욕망에 눈이 가려져 거칠게 솟구치는 좌절의 격정 속에서 일주일 한 번 혹은 두 번"런던으로 향했던 콘로이의 여행에 관한 네 문단 분량의 글은 실로 공포스럽다―그렇다. 콘로이는 자신의 질문을 노골적으로 드러내지 않는다. 심지어 성인이 되어 겪는 격정의 밤들과 앞으로 이야기할 유년기의 이야기 사이에 직접적인 접점이 있다고 말하고 싶어하는 것 같지도 않다. 프랭크 콘로이가 된 어떤 인간은 과거의 그의 작용이며, 그의 유년 시절이 그렇게 되도록 허락해준 사람임을 우린 암묵적으로 이해한다. 여기까지 소개를 받은 셈이다. 그리고 우리는 이제 읽는다.

루시 그릴리는 『얼굴의 자서전』에서 조랑말 파티에 얽힌 일화를 소개하고 우리를 글 속으로 초대하기 위한 목적으로 프롤로그를 활용한다. "나와 내 친구 스티븐은 함께 조랑말 파티를 열곤 했다"고 책은 시작한다. 그렇게 곁눈질로, 마음을 사로잡는 순수함으로, 루시 그릴리는 자신이 책에서 무슨 이야기를 할지 알려준다. 그녀가 쓴 이야기는 유년 시절 그녀가 겪었던 암에 관한 것이 아니고, 우리의 동정심을 살 만한 암의 엄청난 위력도 아니다. 전혀 아니다. 그녀는 가능한 한 오래 그 암 이야기를 미룬다. 그녀는 아름다움, 아름다움의 부재, 어린이의 지혜, 청소년의 갈등, 어울려야 한다는 것에 대해서 우리 모두가 때로 느끼는 허무함에 관해 이야기할 것이다. 무엇에 어울려야 한다는 것일까? 누구의 기준에 맞춰야 한다는 것일까? 그 결과가 무엇이기에 그래야 한다는 것일까? 그녀가 쓴 프롤로그는 그녀의 지성이 지닌 힘을 감당할 수 있게 우릴 대비시킨다.

라나 레이코 리주토는 여러 이야기와 더불어 망각의 결과와 고독의 위험함에 대하여 쓴 회고록 『히로시마의 아침 Hiroshima in the Morning』에서 경고를 하기 위해 프롤로그를 썼다. 그녀는 이렇게 운을 뗀다. "나는 당신에게 이야기를 들려줄 텐데 진실은 아닐 것이다. 모든 날, 모든 발자국, 모든 숨결, 일어났던 사건이 정확한 진실은 아닐 것이다. 축약된 시간, 건너뛴 사건들. 우리는 종종 일부러 사건을 건너뛰고, 우리가 그랬음을 잊는다. 기억은 그저 우리가 기억하기로 선택한 것이다." 리주토의 회고록이라는 물속으로 한 걸음씩 들어가는 사람들은 그들이 무엇을 향해 가고 있는지 대번에 알 수 있다. 인상주의적인 책. 잽싸게 미끄러지는 책. 무언가에 천착하는 플롯이 아닌, 성실히 찾는 플롯.

후회와 나이듦, 딸의 죽음을 다루고 있는 회고록 『푸른 밤』에서 존 디디온은 분위기를 색채로 전달한다. "어떤 위도의 지역에서는 하지와 가까워지고, 하지의 뒤를 잇는 기간이 온다. 몇 주가량 이어지는 이 기간에 황혼은 더 길어지고, 푸른색이 된다." 이 마음 아픈 내러티브를 내내 지켜주는 것은 푸른색이다. 푸른색이 이 내러티브 주위로 장막을 친다.

J. R. 모링어의 『더 텐더 바The Tender Bar』는 가장 사랑해 줘야 할 사람은 부재한 채 큰 통에 든 맥주와 술자리 대화 속에서 자란 작가의 이야기를 소개하는 프롤로그를 통해 독자에게 우리라는 합창을 선사한다. 회고록에서 만나게 될 모든 것이 때로는 명백하게, 때로는 은유적으로 여기, 이 첫 번째 문단에 있다. 프롤로그 덕분에 독자는 자신이 이제 막 무엇에 발을 들인 것인지 알 수 있다.

그곳엔 우리가 필요로 하는 모든 것이 있었다. 당연한 말이지만 목이 마를 때면 그곳에 갔고, 배고플 때도, 죽을 만큼 피곤할 때도 그곳에 갔다. 행복할 때 그곳에 갔고, 축하할 일이 있을 때 그곳에 갔으며, 슬플 때도 그곳에 가서 샐쭉해져 있었다. 결혼식을 마치고, 장례식을 마치면 마음을 가라앉힐 무언가를 찾아 그곳에 갔고, 중요한 일 전에는 용기 한 잔을 마시기 위해 늘 그곳에 갔다. 필요한 게 뭔지 모를 때도 누군가 내게 필요한 것이 무엇인지 말해주지 않을까 싶어 그곳에 갔다. 사랑을 찾아, 섹스를 찾아, 갈등을 찾아 그곳에 갔다. 사라진 사람을 찾아가는 곳도 그곳이었는데, 이는 머지않아 모든 사람이 그곳에 나타나기 때문이었다. 다른 무엇보다 우린, 자기 존재를 확인하고 싶을 때 그곳에 갔다.

로버트 메이플소프와의 우정을 담은 영예로운 회고록 『저스트 키즈』의 작가 패티 스미스는 책의 서두를 활용해(그녀는 이를 '서문Foreword'이라 이름했다) 독자를 그녀의 틀 속으로 걸어들어오게 한다. 이것은 명백하다. 이 글은 이제는 이 세상에 없는 가장 친한 친구에 관한 이야기가 될 것이다. 이 책은 사라져버린 것들에 대하여 아직 존재하는 것을 숙고하는 명상이 될 것이다. 이것은 늘 불균형하게 기울던 관계에 대한 설명일 것이다. 비판이 될 이야기는 아니다. 이것은 축복이 될 이야기다.

그가 죽었을 때, 나는 자고 있었다. 그날의 굿나잇 인사를 하기 위해 병원에 전화를 했지만 그는 모르핀의 심연 아래로 들어가 있었다. 나는 수화기를 들고 저 너머에서 전해오는 그의 힘겨운 숨소리를 듣고 있었다. 다시는 그의 목소리를 들을 수 없으리라는 것을 알았다.

그러고 나서 조용히 나의 물건들, 내 노트와 만년필을 정리했다. 그의 것이었던 청록색 잉크 병. 나의 페르시안 컵, 나의 멍든 심장, 유치가 든 작은 쟁반. 계단을 세며 하나하나 천천히 올라갔다. 열네 개의 계단. 나는 아기침대에서 자고 있는 딸에게 담요를 덮어주고, 자고 있는 아들에게 입을 맞추고, 그러고 나서 남편 곁에 몸을 누이고 기도했다. 작게 읊조렸던 것을 기억한다. 그는 아직 살아 있습니다. 그리고 잠들었다.

이번에는 메건 오로크가 상실을 경험하는 그녀의 여정—배튼킬 강둑에 있는 마을에 관한 유년 시절에서 훔쳐온 이야기, 강아지 핀, 그리고 오로크가 아주 어린 나이에 잃을 어머니—에 우리를 준비시키는 방법을 보자. 상실은 열린 결말이다. 상실은 끝내 해소될 수 없다. 상실은 혼란스러운 우리를 그대로 내버려둔다. 상실은 우리를 갈망하게 내버려둔다. 회고록 『긴 작별 인사The Long Goodbye』에서 기분 좋은 운율감

을 지닌 프롤로그의 마지막 문단은 아픔과 갈망을 선명하게
드러낸다.

세상을 배울 때, 우리는 우리가 어떻게 아는지 말로 표현할
수 없는 것들을 안다. 상실의 아픔 속에서 세상을 다시 배울
때, 우리는 이성의 자리 아래에서, 오래된 것, 기억에서 거
의 사라졌던 것들을 느낀다. 내 안에 있는 내 어머니에 관한
이 기억들은 핀이 얼굴을 붉히며 가리킬 수밖에 없었던 기
억들만큼 깊다. 어느 여름밤, 반딧불이들이 나타나기 시작
하자 어머니는 우리를 부르셨다. 저기 봐. 반딧불이들이 보이
니? 얼른 가서 병하고 캔따개를 가져와봐. 그래서 오빠와 나는
병을 가지러 갔고, 어머니는 병뚜껑에 구멍을 뚫었다. 그러
고는 잔디밭 저편에 가서 반딧불이를 잡아오라고 하셨다.
그날 밤의 공기는 우리 피부의 온도와 같았다.

크리스 오퍼트는 켄터키의 언덕으로 돌아온 자신의 이야
기를 담은 회고록『영웅은 없다』의 프롤로그에서 시작부터
외부인인 그의 특질을 명확하게 밝힌다. 20년 동안 떠나 있
었다는 사실을 독자에게 알려준 그는 자기 인생에서 이 시
기가 얼마나 힘들게 펼쳐질지를 이야기한다. 오퍼트는 프롤
로그를 이용해 독자를 그의 편으로 만듦으로써 앞으로 그들

이 읽을 모든 것에 준비시킨다. 물음표는 쓰지 않았지만, 그는 우리 중 누구라도 과연 고향에 정말 돌아갈 수 있는지 묻는다.

군대, 감옥, 결혼, 직장. 당신이 왜 언덕을 떠났는지는 중요하지 않다. 20년 동안 떠나 있다가 돌아오면 온 동네가 당신을 주의 깊게 지켜본다. 그들은 바깥세상으로 인해 당신에게 생긴 변화를 찾아내고 싶어한다. 당신이 당신의 웃음을 잃었는지, 잃지 않았는지 알고 싶어한다. 혹시나 당신이 당신이 자라온 환경보다 더 나은 사람이 된 것은 아닐지 걱정한다.

마을을 안심시키려면 차려입어야 하는 때를 제외하고는 오히려 추레하게 입어야 한다. 차려입어야 하는 때라면, 가장 좋은 격식 있는 옷을 입어라. 차는 반드시 재봉틀 같은 소리를 내면서 달리는 여기저기 녹슨 픽업트럭을 몰아라. 직선으로 쭉 뻗은 도로에서 터덜터덜 달리고, 작은 개울 바닥에 빠져 힘겹게 올라와라. 사이드미러에는 주사위를 달고, 뒷창문에는 총기 선반을 달아두어라. 선반에 꼭 소총이 있어야 하는 건 아니지만, 당구 큐대, 목공에서 쓰는 수평대, 도끼 손잡이 등 뭐든 꼭 올려두어라. 차량의 앞 번호판이 있어야 할 자리에는 "미국에서 태어나 하나님의 은혜로 켄터키 사람이 되다"라는 문구를 나사로 고정해놓아야 한다.

마지막으로 제목이 없는 1페이지 위에 적힌 이탤릭체가 갖는 힘에 대하여 생각해보자. 달리 이야기하면, 파편에서 쌓아올린 회고록 『가문에 흐르는』에서 마이클 온다치가 첫 머리를 어떻게 시작했는지 생각해보자. 글을 여는 첫 문장들에서 온다치는 유년 시절의 기억을 떠올린다는 것은 어렵고도 위험한 작업이라는 진실을 주지시키며, 자신의 글쓰기 과정을 알려준다. 이것은 당신의 꿈을 훔칠 것이다. 이것은 시간을 풀어헤칠 것이다. 쉽게 오지 않을 것이며, 이야기는 발을 헛딛고 넘어질 것이며, 과거 온다치였던 소년이 회고록의 등장인물이 되어 나타날 테지만, 그것은 독자들에게뿐만 아니라 꽤 오랫동안, 최소한 온다치에게도 그러할 것이다. 온다치는 그의 프롤로그에 이름을 붙일 필요가 없다. 실로 그런 것이 페이지 위에 적혀 있었다면, 그것이 글의 유기적 특질을 방해했을 것이다. 다만 이 글은 시로서의 프롤로그, 노래로서의 프롤로그이자 가까이에서 이야기를 전달하는 작가로서의 프롤로그다.

12월부터 가뭄이다.
남자들이 도시 전역에서 수레에 톱밥 옷을 입은 얼음을 담아 밀고 다닌다. 나중에, 열이 오르고, 가뭄은 여전히 계속되고, 그가 꾸는 악몽이란 정원에 있는 저 가시나무가 땅속에 박힌 견고한 뿌리를 집으로 보내서 창을 타고 들어와 그의 몸에서 땀을 들이켜 마시고, 그의 혀에 남은 마지막 침을 훔쳐가는 것이었다.

새벽이 오기 직전에 그는 전기를 켰다. 스물다섯 해 동안 그는 이 나라에 살지 않았다. 열한 살이 될 때까지 이런 방에서 잠들기는 했지만. 커튼은 없고, 아무도 침입하지 못하게 곧 부서질 듯한 판자로 창문을 가로막아놓은 방. 빨간 시멘트로 된 바닥은 부드럽게 윤이 나고, 벗은 발을 대니 차다.

정원을 건너오는 새벽. 선명해지는 잎, 과실, 킹 코코넛의 짙노란 빛깔. 하루 중 이 여린 빛이 허락되는 것은 아주 짧은 순간. 10분이 지나면 정원은 소음과 나비들로 정신을 잃은 채 타는 듯한 열기 아래 놓일 것이다.

페이지의 반. 아침은 이미 오래전 일이 되어버렸다.

다시 말하는데, 당신은 회고록을 위해 프롤로그(혹은 서문, 혹은 제목이 없는 이탤릭체로 된 글 뭉텅이)를 쓰려 할 수도 있고, 그렇지 않을 수도 있다. 이것은 결코 필수가 아니다. 필수인 것은 회고록의 시작에 관해 깊이 생각하고 연구하는 시간을 보내는 것이다. 연대표를 쓰는 것이 당신의 주제이거나 질문이라면 모르겠지만, 그렇지 않다면 단순한 연대표를 쓰는 데 동의하지 마라. 단순히 설명하는 것에 지나지 않는 글을 쓰지 마라. 이것은 보도 기사가 아니다. 독자들이 알아서 따라오겠거니 하며 시작해선 안 된다. 장담하건대, 당신이 근접성, 패턴, 즉 당신 목소리의 가깝고 먼 거리를 영민하게 고안하면, 그제야 독자들은 다음 책장을 넘길 뿐이다. 낯모르는 타인의 어린 시절, 그 후로 지금까지 그에게 어떤 일이 벌어졌는지가 궁금했던 거라면, 자서전을 읽었겠지. 내가 아는 한 당신이 쓰고 싶은 것은 회고록이다. 깊이 고민한 서두, 논쟁을 불러일으키는 서두, 강렬한 서두, 스스로를 드러내는 서두, 마치 씨앗처럼, 책 전체를 담지하고 있는 서두를 써라.

우리를 끌어들여라. 우리를 매혹하라.

빈 페이지

그렇다. 이것이 바로 당신을 위해 내가 이곳에 준비한 것이다. 빈 페이지.

모두 당신의 것이다.

사용하라.

어쩌면 당신은 일필휘지로 첫 번째 초고를 처음부터 끝까지 써내려갈지도 모르겠다. 남자친구가 따뜻한 차를 가져다주고, 고양이가 당신 다리 위에서 몸을 웅크리고, 끊임없이 전화벨이 울리지만 받지 않고, 트위터 피드에는 아무 소식도 올리지 않을지도 모르겠다. 어쩌면 당신은 조각들을, 당신이 지금까지 내내 써온 그 파편들—당신의 날씨, 당신의 색깔, 당신 어머니의 주방을 좁다란 테이블 위에 놓고 올바른 연관성이 스스로 모습을 드러내 스토리가 나타날 때까지,

하나 옆에 또 다른 하나를 펼쳐놓을지도 모르겠다. 어쩌면 당신이 지금까지 생각한 것이 고작 한 문장밖에 없을 수도 있다. 한 문장. 그러나 좋은 문장. 어쩌면 당신은 옛 시절의 건축가처럼, 시간의 굴곡을 찾기 위해 당신이 타이핑한 산문 위에 반투명 종이를 올려놓고 고민할지도 모르겠다.

어쩌면.

4부

진실하기를 바라며, 마지막 당부들

진실하라

지금까지 우리가 봤듯 회고록을 쓰는 것은 당신, 당신이 사랑하는 사람들, 그리고 아마 살면서 한 번도 볼 일이 없을 평론가들과 함께 전쟁 지역에 들어가는 것과 같다. 회고록을 쓰는 것은 당신의 삶을 위기에, 그것도 여러 위기에 빠뜨리는 것과 같다. 당신은 조롱당할 수 있고, 괴롭힘을 당할 수도 있으며, 여론이라는 재판에서 유죄를 선고받을 수도 있다. 그보다 더 나쁘게는 당신의 고모 마틸다가 다시는 당신을 보고 싶어하지 않을 수 있다. 회고록의 형식에 관해 납득 가능하도록 설명하라고 종용할 수 있다. 그래야 할 것 같은 필요성을 느낄 수도 있다. 당신의 유일한 보호막은 아마 당신이 쓴 글, 그 자체가 될 것이다. 그의 진실성, 그의 예술적 아름다움, 그의 독창성, 즐거움을 줄 수 있고 매혹할 수 있는 그의 능력, 당신만이 유일하게 다른 사람에게 전달할 이야기가 있는 것이 아니며, 당신만이 유일하게 들을 가치가 있는 이야기를 하는 것도 아니라는 사실에 관한 그의 암묵적 인정. 당신이 회고록 작가라면, 당신은 우리가 볼 수 있고 생각할 수 있게 도와준다고 신뢰받는 사람이다. 혹은 우리(즉, '나'들로 이루어진 나머지 모든 우리)는 혼자가 아님을 상기할 수 있게 도와준다고 신뢰받는 사람이다.

스스로 준비가 되었다고 생각하나? 면역이 생겼다고 느끼나? 아마존에 있는 회고록 목록과 깊은 교감을 나눴다고 이야기한 『뉴욕타임스』도서 리뷰 기고자 닐 겐즐링어와 최근 커피를 마셔본 일이 있나? 그는 수만 권의 책 제목과 "회고록 자격이 있는" 책을 써낸 소수의 작가가 있다고 전했다. 그의 말이다.

······ 대수롭지 않은 일에 관하여 흥미로울 것 없이 글을 쓴 사람들, 자신의 작은 주름이 얼마나 흔한 일인지, 혹은 얼마나 많은 사람이 이미 그것에 관해 썼는지 아무래도 잘 모르는 듯한 사람들의 바다에서 길을 잃었다. 사실상 암 투병을 한 모든 사람, 거식증에 걸렸던 모든 사람, 우울증과 싸웠던 모든 사람, 체중을 감량한 모든 사람이 회고록을 쏟아내고 있다. 어려움을 겪는 아이들을 가르쳐본 사람, 그런 아이

를 입양해본 사람, 그리고 자신이 그런 아이였던 사람이라면 누구든 회고록을 쓴다. 1930년대, 1940년대, 1950년대는 말할 것도 없고, 1960년대, 1970년대, 1980년대에 자란 사람이라면 누구든 회고록을 쓴다. 반려견을 키웠다. 마라톤 완주를 했다. 종교를 발견했다. 직장을 구했다.

"터무니없을 만큼 비대한 장르"라고 말하는 사람은 겐츨링어만이 아니고 수많은 사람이 한목소리로 같은 걸 외치고 있다. 나는 이미 당신을 다른 사람들에게 소개했다. 나는 회고록을 쓰고 가르칠 뿐만 아니라, 회고록을 쓰는 것과 가르치는 것에 관해 쓰고 있으니, 당신은 어쩌면 나의 용기와 헌신에 감탄하고 있을지도 모르겠다. 그래, 감탄하라. 내겐 익숙한 일이다. 나는 저 멀리에서도 치켜올린 눈썹을 감지할 수 있다.

어떤 이들은—공공연하게 혹은 다른 방식으로—회고록을 위한 치유제는 회고록을 재정의하거나, 아니 어쩌면 그것을 정의하지 않는 것일지 모른다고 제안하기도 한다. 조금 더 거짓을 말하게 하자. 조금 더 화려한 속임수를 쓰도록 하자. 회고록이 그의 뻣뻣하게 엉킨 머리칼을 풀어내리도록 허락해주자. 윙크. 윙크. 좀 더 여유를 주자. 글쓴이의 주요 재원, 혹은 그 촉발점이 변덕스러운 뇌일 때는, 우리가 정한 논란의 여지 없고 절대적이며 완전하게 기록된 진실이란 불가능한 것이다. 그러므로 간극이 있을 것이다. 그 간극은 그냥 채우면 그만 아닌가? 그러므로 해석이 있을 것이다. 그건 그냥 사실이라고 주장하면 되지 않나? 우리는 누락함으로써 거짓을 말한다. 친절하기 위해 거짓을 말한다. 사랑하므로 거짓을 말한다. 증오하므로 거짓을 말한다. 수치스럽기 때문에 거짓을 말한다. 어쨌든 회고록이 그것을 무어라 생각할 것인가? 우리는 모두 그저 이 지구라는 행성 위에서 삐끗하고 넘어지면서 살아가는 사람들이다. 누가 진실을 다룰 수 있단 말인가?

만일 우리가 모든 것을 기억할 수 없다면, 그 일을 상기할 때마다 우리 기억이 달라진다면, 당신은 파란색이라고 기억하는 것을 형제는 분홍색이었다고 확신한다면(그는 자신의 집을 걸겠다고 한다), 당신이 강이라 기억하는 것을 그는 시내였다고 한다면, 벤 야고다가 우리를 자신이 거짓말쟁이라고 스스로 광고하는 것에 가까운 사람들이라 여긴다면, 닐 겐즐링어가 당신이 쓴 회고록을 읽어봤다고, 그것도 지난 일요일 이후로 최소 두 번은 읽어봤다고 거의 확신한다면, 우리는 또 다른 문학적 향연을 위해 의자를 바짝 당겨 앉아야 하는 것 아닐까? 다른 장르 동아리에 등록을 해야 할까? 의미를 추구하는 글을 쓰는 방식으로 우리의 방법론을 보여줘야 할까?

많은 작가가 그렇게 한다. 책장에서 데이브 에거스의 『충격적인 천재의 마음 아픈 작품A Heartbreaking Work of Staggering Genius』을 꺼내 그가 쓴 서문을 읽어봐라. "어디선가 허풍을 떨고 있을 모든 작가에게 고하건대, 이것은 사실 순수한 논픽션이 아니다. 많은 부분이 정도에 따라 다양한 목적으로 허구화되었다." 데이브 에거스는 "대화의 대부분은 물론 재구성된 것"임을 우리에게 알려준다. 그는 또한 작가가, 여기서 작가란 본인을 일컫는데, "몇몇 이름을 바꿔야 했고, 바뀐 이름으로 등장하는 인물들을 더욱이 숨겨야 했다"고 이야기한다. "더러 장소도 바꾸었다"고도 이야기한다. 누락에 관해서도 인정한다. "이제 결혼했거나 혹은 관계된 사람들의 요청으로 대단한 정사 장면이 꽤나 누락되었다."

다시 말해 데이브 에거스는 독자들이 겪을 수 있는 실망감에 대해 미리 알려주고 있는 것이다. 그의 두려움 없는, 그리고 두려움 놀이터에 대해서 이실직고하는 것이다. 당신은 이것을 좋아하게 될 것입니다. 혹은, 좋아하지 않을 거예요. 당신은 함께 즐거워하거나, 만일 이 책이 당신이 찾고 있는 회고록이라면, 곧 다른 책을 찾게 될 겁니다. 하지만 당신, 독자가 데이브 에거스, 즉 작가에게 반응한 것은 진실이었다. 그는 당신의 눈을 가리고 거짓 고해소로 데려가지 않았다.

데이브 에거스가 생각하기에 자신이 쓴 것은 순수한 의미에서의 회고록이 아니다. 자칭 '블로그 쓰는 여자Bloggess'인 제니 로슨도 마찬가지다. 그녀는 회고록『이런 일은 단 한 번도 일어난 적이 없는 것처럼Let's Pretend This Never Happened』에 재량껏 자유의 여지를 주는 부제를 달았다. '거의 사실에 가까운 회고록'.

좋다. 윙크.

그러나 이렇게 터무니없이 직무 유기를 자행하는 수많은 작가가 여전히 자신의 책을 논픽션 부문에 진열한다. 나는 그 선택이 의아하다.『테헤란에서 롤리타를 읽다Reading Lolita in Tehran』는 두말할 것 없이 여러 면에서 중요한 책이다. 이 책은 작가가 자기 집에 이란 여성들을 모아 같이 서구 문학을 읽고 생각을 나눴던 2년의 시간에 관해 쓴 것으로 말할 무언가, 교훈을 줄 무언가, 드러내 보일 무언가가 있는 책이다. 그런데 여기 내가 처음부터 끝까지 다시 적어놓은 아자르 나피시의 작가 노트를 보라.

　　이야기 속 인물의 어떤 특징이나 사건은 수정했다. 주로 개
　　인을 보호하기 위함인데, 그것은 검열의 눈으로부터 보호하
　　기 위함도 있으나 한편으로는 이런 내러티브를 읽고 누가
　　누구인지, 누가 누구에게 무슨 짓을 벌였는지 등 타인의 비

밀을 이용해 자신의 공허함을 즐기고 채우려는 사람들로부터 보호하기 위함도 있다. 이 이야기의 사실들은 다른 회고록들이 진실한 만큼 진실하다. 그러나 나는 그들에게 새로운 이름으로 세례를 주고, 본인도 못 알아볼 만큼 그들을 변장시키고, 그들 삶의 특징을 다른 것으로 바꾸고 서로 바꾸어 친구와 학생들을 보호하기 위해 모든 노력을 다했다. 그렇게 그들의 비밀을 안전하게 지킨다.

이제 아래에 인용한 책의 초반부에 나온 묘사를 생각해 보라. 굳이 언급하지 않아도 아름답게 쓰였다는 것을 알 수 있다. 어떤 정서를 환기하는 글이라는 것에도 이론의 여지가 없다. 그러나 우리가 이미 이름과 특징들, 그리고 개인적인 배경이 전부, 완벽히 한데 버무려지고 섞였다는 경고를 받았기 때문에, 이들 "사실facts"을 어떻게 받아들여야 할지는 알기 어렵다. 만일—이토록 사랑스럽게, 그리고 특정하게 기술된—한 개인의 세부 정보가 사실이 아니라면, 그럼 대체 뭐란 말인가? 혹은 이들 중 일부는 사실일지도 모른다. 그러나 우리가 그것을 어떻게 안단 말인가? 우리는 무엇의 안내를 따라야 하나?

마시드는 자기 이름에 걸맞은 사람이다. 단어의 뜻을 진실하게 구현한다. 그녀에게는 기품이 있으며 모종의 위엄이 있다. 그녀의 피부색은 달빛의 그것과 같고, 아몬드 모양의 눈을 가졌으며, 짙은 흑발의 머릿결을 지녔다. 파스텔 톤의 옷을 입었고, 소곤소곤 이야기했다. 그녀의 종교적 신실함이 그녀를 지켜줬어야 했는데, 그렇지 않았다. 감옥에 갇힌 그녀를 상상하기란 나로서는 불가능하다.

마시드를 알고 지낸 숱한 세월 동안 그녀는 자신이 감옥에 있었다는 사실을, 그곳에서 간이 영구적 손상을 입었다는 사실을, 거의 내색하지 않았다.

보호되어야 할 비밀은 많다. 남의 사생활을 알고 싶어하는 눈들로부터 숨겨야 할 사람은 많다. 그러나 책을 쓸 때 허구화된 것을 너무 많이 추가한다면, 그것은 더 이상 회고록이 아니다. 의도적으로 등장하는 인물들의 이름을 모두 바꾼다면, 당신의 글쓰기가 그랬을 수도 있었던 일에 관해 쓰는 것이라면, 일부러 숨기는 것이 당신의 글쓰기 방법이라면, 당신이 반쯤 사실인 것에 굳건히 의지하고자 한다면, 당신의 회고록이 심지어 당신이 보기에도 너무나 허구적으로 느껴진다면, 이제 당신의 이야기를—여전히 유효하고, 여전히 강렬한 당신의 이야기를—다른 장르로 자유롭게 보내줄 때가 되었다. 샐리 티스데일이 썼듯 논픽션은 "진실을 말한다고 여겨지기 때문에 사람들은 우리가 진실을 말하고 있다고 암묵적으로 믿는다".

남은 우리를 위하여, 회고록을 망치지 말아달라. 우리를 좌절시키지 말고, 불안하게 만들지 마라. 제임스 프라이(『수백만 개의 작은 조각A Million Little Pieces』)와 마거릿 셀처(『사랑과 결과들Love and Consequences』) 등 명백한 사기꾼들과 똑같은 사람이 되지 마라. 당신의 거짓말 때문에, 그것을 사실로 받아들였다는 것 때문에 우린 자책에 빠질 것이다. 아니, 당신 때문에 내가 그런 감정을 느낄 것이다.

여기, 내 부끄러움의 보물 창고에서 예화를 하나 꺼내본다. 어느 춥고 비 내리는 겨울날, 나는 그 시절 내 친구에게 읽어주던 책을 들고 가고 있었다. 친구 사무실에 앉아 큰 소리로 읽어줬다. 피곤한 초록 눈에 눈물이 어린 내가 말했다. 들어봐, 이 글의 아름다움을. 나는 그 책이 가진 힘에 대해서 이야기했다. 그 이야기의 중요함에 대해서 이야기했다. 작가의 재능에 대해서 이야기했다. 나는 내 친구의 시간을 들여 책의 페이지를 넘기고 읊었다.

나는 당신에게 내 아들의 이야기를 들려주고 싶다. 아들의 이야기를 당신과 나누려는 이 들끓는 폭주의 시도 속에서 나는 이 모든 것을 써내려가고 있다.

내 인생에 남은 것을 가지고, 달리 아무 할 일이 없다면 나
는 이것을 하고 싶다. 뭔가 기이할 정도로 특별하고, 당신이
지금까지 봐온 그 무엇보다 아름다운 것을 당신에게 보여줄
수 있게 해달라. 뭔가 정신이 나간 것. 살기 위해 정신을 잃
은 것.

꿈속에서.

야구장의 베이스를 뛰어다니는 것과 매우 비슷한, 아위의
이야기.

그가 곧 이곳을 자기 집처럼 편하게 여길 것을 알고 있지만,
그가 바로 앞에 서서 길을 막고 있는 인간 장애물을 미끄러
지듯 통과할 때, 당신은 숨을 참는다.

나는 그의 사진을 찍을 수 있었다. 그는 팀원들과 함께 서
있었다. 팀원들은 그를 사랑했기에 그를 팔로 에워쌌다. 그
러나 이것은 아위가 누구인지에 대해 당신에게 많은 것을
알려주지는 않을 것이다.

(…)

아위는 열한 살 때 우리 집에 왔다. 입양아였다.

나는 그의 눈에 대해서 이 책 전부를(그리고 일부를) 바칠 수
있다.

나중에 시간이 지나고서야 내가 그토록 극적인 열정을

품고 읽었던 이 회고록『소년과 강아지는 자고 있습니다The Boy and the Dog Are Sleeping』가 거짓이었음을 알게 되었다. 평단의 찬사를 받았던 책이, 도서상도 수상했던 이 책이 거짓임을 알게 되었다. 스스로 나스디지라는 이름을 쓰고, 나바호족 보호구역에서 백인 카우보이와 나바호족 어머니 밑에서 자랐다고 주장한 이 책의 작가는 사실 게이 성애물의 작가이자, 다른 작가들의 스타일과 글을 베끼는 팀 바루스란 이름의 백인이었다. 이 남자는 곧 그가 사칭한 사람이 누구인지 밝혀내려는 그 어떤 시도에도 분개하는 것으로 악명을 떨쳤다.

팀 바루스에게 속은 사람이 나 혼자만은 아니라는 건 별로 중요하지 않다. 도서상 심사위원들, 마구 찬사를 쏟아내던 비평가들, 출간된 지 얼마 안 된 시기에 책을 읽고 열광했던 독자들이 모두 나와 같았다. 그 신봉자들 가운데 내가 있었다는 것이 나는 여전히 수치스럽다. 그의 스토리를 향한 나의 강렬했던 믿음에, 그의 언어에 현혹되었음에 나는 아직도 얼굴을 붉힌다.

그의 언어가 나를 매혹하도록 한 건 나였다. 나는 속았다.

변명의 여지가 없다. 그렇지 않나. 회고록을 쓸 때 의도적인 거짓말을 하지 마라. 다른 사람의 비극을 자기 것인 양 도용하지 마라. 실제로는 그렇지 않으면서 매력적인 도망자인

양 둔갑하지 마라. 머리끝부터 발끝까지 백인이고, 로스앤젤레스의 부유한 동네에서 자식에게 온갖 정성을 쏟는 부모 밑에서 자랐다면, 반은 미국 원주민 혈통인 소녀라거나, 심지어는 입양아라거나, 마약 밀매업자라는 등의 거짓말은 하지 마라. 한 소년을 꾸며내 만들지 말고, 그 소년을 사랑하게 만들지 마라. 당신이 그가 그러하다고 이야기하면, 그러니까 이것은 허구인데, 그렇다면 우리는 당신이 말한 딱 그만큼 (그래, 어쩌면 그만큼은 아니더라도 그와 비슷하게) 그를 사랑할 것이다.

그 대신 실제로 일어났던 사건에 가능한 한 가깝게 쓰려고 노력해봐라. 앞서 말했지만 다시 한번 이야기하겠다. 이 뜻을 온전히 명백하게 전달하고 싶다. 우리는 이해한다. 기억을 떠올리는 바로 그 순간에 우리가 기억하는 것들은 제자리에서 벗어나 뒤흔들린다. 우리는 인정한다. 어쩌면 중요한 것들은 희미한 불빛이나 그늘 아래, 부정확함 속에, 부정확한 기억 속에 놓여 있을 수도 있다. 기록으로 남은 것이 아니라면 모든 대화는 잘해봐야 의심스러운 것투성이라는 점도 우리는 알고 있다. 인생의 모양을 빚는 것은 인생을 선택하는 것이며, 그것은 많은 것을 삭제하는 것이란 점도 알고 있다. 회고록은 우리에게 예술적 기교를 요구한다. 때로 인생이란 예술적 기교, 그 이상 이하도 아니다.

그럼에도 전혀 모를 때는 마치 뭐라도 아는 것처럼 가장하지 않는 편이 좋을 것이다. 뭔가 완전한 것처럼 느껴지거나, 보이거나, 받아들여질 것 같다고 생각되기 전까지는 그와 비슷해 보이는 것을 가지고 윤색하지 않는 편이 좋을 것이다. 샐리 티스데일은 또한 그녀의 핵심적인 에세이 「위반」에서 이렇게 이야기했다. "우리 삶은 확실하지 않다. 이 불확실성을 당신이 이야기하는 것의 일부가 되게 하라."

불확실성에 관한 영감은 놀랍게도 메리 카의 『거짓말쟁이 클럽』에서 찾을 수 있다. 메리 카는 곧잘 그녀의 자매 레시아가 이야기를 다르게 할 것이라고 솔직하게 말한다. 그녀는 곧잘 같은 이야기를 두 가지 버전으로 이야기한다. 나는 이 부분이 기억나지 않는다. 아마 이런 식으로 되었던 것 같다. 종종 카는 기어이 굉장히 설득력 있는 다른 버전을 우리에게 이야기해주는 데까지 나아간다. 그렇게 우리 독자들이 선택할 수 있게 한다. 우리는 그래서 카를 사랑한다. 우리는 그래서 카를 신뢰한다. 우리는 이해한다. 왜냐하면 우리도 인간이기 때문에.

여기 예시가 있다. 어떤 장면의 한가운데다. 레시아와 메리는 어머니 차의 뒷좌석에 욱여넣어졌고, 어머니는 목숨을 잃을 수도 있을 위험한 폭풍우가 곧 닥친다는 예보에 마을에서 쏜살같이 벗어나는 중이다. 출발할 때부터 어머니는 긴장해 있다. 너무 늦게 출발했다. 이 절체절명의 위기에 빠진 자동차는 매우 가파른 다리까지 다다랐고 곧 사고가 일어날 예정이다. 메리 카는 장면에서 빠져나오지만 글은 여전히 생생하며 생동감 넘친다. 카가 잠시 멈춰 자신의 기억이 자매의 기억과 정확히 일치하지는 않는다고 우리에게 말해주는데, 그것이 이야기의 속도를 늦추지는 않는다.

> 레시아는 이 시점에 내가 소리를 지르기 시작했다고 주장한다. 내가 소리 지르는 바람에 어머니가 몸을 뒤로 돌려 나를 붙잡기 시작했고 그래서 다음의 사건이 벌어진 것이라고 주장한다. (이 회고록을 레시아가 썼다면, 나는 아마 다음 셋 중의 한 모습으로 등장했을 것이다. 발작적으로 울거나, 곤란한 방식으로 일부러 바지에 소변을 보거나, 아무 이유 없이 누군가를― 대체로 그녀를―물거나.)
> 내가 기억하기로는 어머니가 나를 잡으려고 몸을 돌려 손을 뻗은 일 같은 건 전혀 없었다. 내가 소리를 질렀다는 건 단칼에 부정한다. 그러나 내 배를 커다란 돌로 만드는 나의 오랜 수법에도 불구하고, 나는 차멀미를 했다.

또 다른 예시를 보고 싶나? 그렇다면 패티 스미스의 『저스트 키즈』와 온전히 이해할 수 있고 너무나 인간적이어서

안심하게 되는, 흐릿한 유년 시절의 기억에 관한 그녀의 고백을 읽어보자. 사실상 기억이라 보기 어려운 것인데도, 잃은 건 아무것도 없다. 진실로, 이 문장들은 세밀하며 풍성하다.

> 내가 아주 어렸을 때의 일이다. 어머니는 나를 데리고 프레리 강변을 따라 훔볼트 공원으로 산책을 가셨다. 오래된 보트 창고가, 둥근 모양의 음악당이, 그리고 아치형 돌다리가 마치 유리 접시에 남은 자국처럼 희미하게 기억난다.

앨리스 오즈마는 『리딩 프라미스: 아빠와 함께한 3218일간의 독서 마라톤』을 누구도 뒤흔들 수 없는 진실처럼 보이는 공표로 시작한다. "이것은 기차에서 시작되었다. 확실하다. 아버지와 내가 '더 스트리크The Streak'라 불렀던 3218번의 밤 동안 이어진 독서 마라톤은 내가 3학년일 때 보스턴으로 향하던 기차에서 시작되었다." 오즈마를 믿지 않을 이유가 우리에겐 없다. 우린 굳이 그녀의 기록과 싸우고 싶지 않다. 불확실성을 소개한 것은 오즈마 자신이며, 이것은 곧 신뢰를 유도하는 해법이 되었다. 책을 펼쳐보자. 바로 이 부분이다.

그러나 만일 당신이, 많은 사람이 최근에 그랬듯, 내 아버지에게 묻는다면, 그는 완전히 다른 그림을 그릴 것이다.

내가 인내심을 갖고 아버지가 말하는 버전의 이야기를 듣고 있을 때, 아버지는 이렇게 말했다. "우리 예쁜 딸, 너 머리가 어떻게 됐구나. 진짜 무슨 일이 있었는지 알고 싶은 거니, 아니면 아무거나 네 머릿속에 떠오르는 대로 쓸 거니?"

오르한 파묵은 『이스탄불』을 쓰면서 자신에게는 과장하는 경향이 있다고 밝힌다. 그의 말에 따르면 그가 기억하는 것에 동의하지 않는 사람들이 있다. 그는 정확도보다는 균형에 주안점을 둠으로써 스스로에게 자유로운 여유를 준다. 정확도보다 더 중요한 균형이라는 점에 관해 나는 파묵에게 동의하지 않는다. 둘 다 성취할 수 있고, 둘 다 성취되어야 마땅하다. 하지만 그가 자신의 글쓰기 과정을 직접 감독하므로 나는 그가 쓴 이야기들을 신뢰한다. 그는 우리에게 두 가지 사이에서 어떤 행을 읽어야 하는지 알려준다.

이후에 이 소동에 관해 이야기했더니 내 어머니와 형제는 그런 기억이 전혀 없다고 고집했다. 그러면서 늘 그러하듯 그저 내가 뭔가 글감을 찾느라고, 그저 더 다채롭고 과장된 과거를 스스로에게 주느라고 그것들을 꾸며낸 것이라 했다.

어쩌나 진심 어리던지 나는 결국 마지못해 동의했고 늘 그
러하듯 실제로 있었던 일보다는 내 상상에 더 휩쓸린 것이
라고 결론 내렸다. 그러니 이 페이지를 읽는 사람이라면 누
구든 반드시 마음에 새겨라. 내게는 과장하는 경향이 있다.
그러나 화가에게 중요한 것은 현실이 아닌 그것의 모양이
며, 소설가에게 중요한 것은 일련의 사건이 아니라 그것의
순서이고, 회고록 작가에게 중요한 것은 진술의 사실적 정
확도가 아니라 그것의 균형이다.

마지막으로 다린 스트라우스가 쓴 『인생의 반』을 생각해
보자. 스트라우스는 인생의 거의 전부를 자전거 타고 가던
소녀를 차로 친 순간으로부터 도망가거나 그 순간을 재구성
하면서 보내온 사람이다. 대부분의 기억이 연속적이지 않다.
독자에게 전달되는 이미지는 듬성듬성하다. 독자는 보기 어
려우며, 사실상 제대로 볼 수 없다. 이것 또한 회고록이다. 받
아 적어라.

평생토록, 이 순간은 마치 어두운 거인 같았다. 똑딱똑딱, 그
사건 이전의 1초씩 기억난다. 라디오, 친구들, 미니 골프 생
각, 어쩌면 그냥 해변에 갈까 하는 또 다른 생각, 점점 가까
워지는 차와 자전거 사이의 거리, 아직까지는 무슨 일이든

벌어질 수 있다. 그러나 나는 무력해 다음에 올 일을 볼 수 없다. 어깨가 들리고 머리가 숙여지고 한없이 가라앉는 순간.

나는 로렌 아이슬리를 신뢰한다. 왜냐하면 그는 자신의 기억 곳곳에 공백이 많다는 것을 우리에게 줄곧 알려주며, 그 틈을 굳이 메우려 하지 않기 때문이다. 나는 앨리슨 벡델의 그래픽 회고록을 신뢰한다. 왜냐하면 그녀는 기억의 증거를 페이지에 남겨두기 때문이다. 어린 시절의 혼란스러운 일기 목록, 법정 보고서, 그녀의 기억, 나아가 사진에서 가져온 이미지들. 나는 도러시 앨리슨이 쓴 『내가 확실히 아는 두세 가지』를 신뢰한다. 그녀가 자신의 말과 사진 기록물을 함께 보여주기 때문만은 아니다. 그녀가 독자들에게 주의를 주기 때문에 신뢰하는 것이다. "나는 이야기꾼이다. 나는 당신이 나를 믿게끔 글을 쓸 것이다."

기억이 부분적으로 불완전하기 때문에, 기록으로 남은 일지에 별안간 공란이 생겼기 때문에, 심리적인 진실성을 획득하기 위해서는 본래적인 날것의 일화에 약간의 서정성을 더해 생동감 넘치게 만들어야 하기 때문에. 결코 이런 것들 때문에 회고록이 열등해지진 않는다. 당신은 뭔가 잘못 기술할 수 있는 위험에 처해 있다. 나도 안다. 왜냐하면 나도 인간이니까. 왜냐하면 내 기억도 잘못될 때가 있으니까. 그리고 노력하는 것만이 우리가 가진 유일한 해법이니까. 나 또한 틀린 적이 있으니까, 그것도 여러 번.

다만 당신의 이야기가 완전무결한 척하지 마라. 이야기의 다른 버전은 존재하지 않는 것처럼 쓰지 마라. 일부러 꾸며내고서 내가 그것을 눈치채지 못하기를 기대하지 마라. 당신의 이야기가 불가침의 영역이라고 주장하지 마라. 당신이 이 회고록의 단어 하나하나가 모두 진실하다고 주장하는 순간 나는 당신에 대한 신뢰를 잃기 시작할 것이다. 당신의 회고록을 생각하면서 데이비드 카가 쓴 글의 일부를 읽어봐라. 그는 자신의 이야기를 만들기 위해 그가 한 모든 일을 당신에게 말해준다. 자신의 이야기가 왜 완벽할 수 없는지를 말해준다.

『총의 밤』속 작가 노트에서 발췌했다.

당신이 읽게 될 책은 3년간 진행한 예순 번의 인터뷰를 바탕으로 하고 있다. 인터뷰의 대부분은 비디오와 오디오, 혹은 둘 중 하나로 기록되었고 이후 제삼자가 글로 받아 적었다. 묘사된 사건들은 주로 공통된 기억과 토론의 산물이다. 개인적인 역사를 다시 쌓아올리기 위해 수백 편의 의료 기록물, 법률 문서, 신문, 공식적으로 발표된 보고서를 원재료로 삼았다. 쏟아부은 모든 노력은 사실을 통해 기억을 확증하기 위함이었고, 그게 가능하지 않았던 꽤나 많은 경우는 글에 그에 관한 언급을 남겼다. 이 모든 것은 이 책에 쓰인 단어가 전부 사실이라고 말하기 위함이 아니다. 인간의 모든 이야기는 의도와는 다르게 누락이나 사실 혹은 해석의 측면에서 오류가 있기 마련이며, 그저 내가 최선을 다한 만큼만 진실하다.

공감은 훈련하는 것

화요일이었다. 갈 곳에 가기 위해 집을 나섰다. 내 가방은 책과 수업계획서, 그리고 카메라로 한가득이었다. 하늘은 밝았다. 문을 잠그고 정원의 끝자락을 서둘러 지나 길을 건너 옛 마술馬術 대회장을 향해, 돌로 건축한 기차역을 향해 갔다. 기차가 역에 정차하고 나는 미끄러지듯 들어가 창가 좌석에 앉았다. 익숙한 풍경을 보았다. 가르치는 것은 의식이다. 펜실베이니아 남동부 교통국 열차의 더러워진 차창, 뒷마당 풍경, 종종 나타나는 고양이, 혹은 주머니쥐, 길을 잃은 식료품점 카트, 풍선처럼 부풀어오른 비닐봉투, 홀로 외따로이 떨어진 자전거 바퀴, 보라색 꽃들이 가득한 울타리, 갈라진 담장, 도시의 경계를 점점 더 받아들이는 외곽지역. 이것이 전부 서곡이다. 한 곡에서 다른 곡으로 매끄럽게 이어지는 세구에 segue다. 무릎에 올려둔 책은 거들떠보지도 않는다.

그 화요일 아침, 30번가 역에서 세 정거장쯤 더 지나쳤을 때 한 학생이 내 옆자리에 앉았다.

"오늘은 사람이 많네요." 그가 이야기했다.

"컨벤션 센터에서 모터쇼가 있어서요." 내가 그에게 말했다.

"이 사람들이 전부 다 모터쇼에 간다고요?" 그는 몸을 돌려 우리 뒤에 앉은 흰머리의 자동차 애호가 무리를 흘끗 보았다. 잘생긴 외모에 대체로 단정하고, 지중해 지역 사람들의 피부결이었다, 그 학생은. 그의 백팩은 책으로 무거웠다. 그리고 펜실베이니아대학 배지. 우리는 그가 듣는 수업에 관해 이야기를 나눴다. 나는 그에게 내 수업에 대해서 말해 줬다.

"회고록을 쓰시는 거예요? 아니면 그냥 가르치는 것만 하시는 거예요?" 그가 물었다.

"회고록을 썼어요." 단호하게 답했다.

"뭐에 대해서 쓰신 거예요? 교수님 회고록은?"

"글쎄요, 책에 따라 다르죠." 나는 내 답변이 책의 제목을 나열하는 것보다는 더 쉽게 들리기를 바라며 이야기했다. "다섯 권을 썼거든요."

"회고록을 다섯 권 쓰셨다고요?" 학생은 깜짝 놀란 듯했다. 진심으로 우려하는 눈치였다. 말을 하지 않고서는 견딜 수 없는 것 같았다. "다섯 권이면 많은 거 아닌가요? 제 말은, 얼마나 많이 사셨다는 건지."

회고록을 쓸 이유는 많다. 회고록을 쓰지 않을 이유도 많다. 우리는 이 모든 것을 통과했다. 결정은 당신 몫이다. 이제 스스로의 진실을 다루기 시작하는 당신에게 딱 두 가지를 더 당부하려고 한다. 공감을 훈련하라. 아름다움을 추구하라.

앞서 간략히 다룬 바 있는 주제인 공감 먼저, 이 이상을 이제 더 깊이 알아보고자 한다. 이것이 그만큼 중요하다는 뜻이다. 이 책에서 다른 것은 차치하더라도 공감에 관한 것만은 취하길 바란다. 부디.

『메리엄 웹스터』 사전에 나온 모든 뜻을 다 열거하지는 않겠다. 당신은 공감이 무엇인지 알고 있다. 이것이 왜 중요한지도 분명 알고 있을 것이다. 업보, 이혼율, 죄책감 지수, 법적 비용, 고해소 때문만이 아니라 당신의 그 책을 위해 알고 있을 것이다. 공감을 결여한 회고록 작가는 단조로운 글, 자기 자랑 같은 글을 쓰게 된다. 내가 이 뜻을 분명히 전달했기를 바란다. 그들은 듣는 기술에 관해서는 아무것도 보여주지 않는다. 뉘앙스를 위한 눈이 없으며, 반대되는 시각을 포용할 줄 모른다. 그들은 복합적인 것의 가치나 큰 문제를 바라보는 다양한 시각을 태생적으로 받아들일 줄 모른다는 것을 여실히 보여준다. 그들은 인생 그 자체의 생물학적, 철학적, 관계적 핵심에 존재하는 끊임없는 밀고 당기기에 관해서 이야기하지 못한다. 공감 없이 글을 쓴다는 건 그저 웅웅대는 소음을 내는 것과 다를 바 없다. 이것은 강의하는 것이며, 이것은 사람이 가득한 공간에서 혼자 떠드는 것이다. 고발하는 것이다. 이것은 그러므로 회고록이 아니다.

당신이 떠올릴 수 있는 피부가 당신의 것뿐이라면, 다른 사람이 걸어가야 할 길을 잠시라도 걸어줄 수 없다면, 그는 늘 틀리고 당신은 늘 옳다면, 이것이 전부 다 당신 어머니의 잘못이라면, 다른 사람들의 역사보다 당신의 역사가 더 중요하다면, 길게 숨을 들이쉬고 큰 소리로 호각을 불라. 가서 정원의 날씨를 느껴봐라. 가서 물수제비뜨기를 해봐라. 다시 한번 사진들을 살펴봐라. 배경. 전경. 무엇이 그늘을 드리우고 있나?

제프리 울프의 『기만의 공작』을 읽어봐라. (반드시 읽어볼 것을 강권한다.) 그러고 나서 스스로에게 질문해봐라. 만일 제프리 울프가 오직 그의 아버지에게 창피를 주기 위해, 혹은 그의 아버지를 이길 목적으로만 글을 썼다면, 과연 이 책의 무엇이 좋을 수 있었을까? 울프가 아버지를 윤색하거나, 과거가 그리 끔찍하게 힘들지는 않았던 것처럼 가장하나? 물론 아니다. 그렇다면 그것은 거짓말이 될 것이다. 울프가 스스로를 윤색하나? 정말이지 아니다. 그는 아버지를 비난하지도 않으며, 자기 자신을 이 힘겨웠던 유년 시절 이야기의 주인공으로 삼지도 않는다. 울프는 아버지가 개인적인 과거의 모든 자취를 전부 꾸며냈다는 것을 처음에는 의심하고, 나중에는 알게 되면서 성장한다. 울프는 너무 많은 면에서 실패를 경험했던 한 남자의 높은 기대치에 부응하면서 성장한다. 회고록을 쓰는 것은 울프에게 복잡성과 인간성, 그리고 용서와 깊이 연관된 페이지를 쓰기 위해 꼭 필요한 거리와 꼭 필요한 친밀감을 제공해준다. 다음을 봐라.

그제야 나는 내 아버지가 가짜라는 것을 알았다. 예일에 관해서는 그렇게까지 확신하지 못했지만, 그래도 아버지가 가짜라는 것은 확신했다. 아버지의 가르침은 효과가 있었다. 나를 기를 때 아버지는 언어와 사실의 적확성을 강조했다. 그리하여 아버지에 관해서도 나는 정밀함의 폭군이 되었는데, 그가 이것을 의도한 것은 전혀 아니었다. 아버지가 가진 그 거대한 사실들에 맞서 싸울 수 없었던 나는 헤이스팅스 전투가 발발한 날짜, 세상에서 가장 추운 곳, 달과 태양 사이의 거리, 뷰익 스페셜 차량의 가스 배출구 개수 같은 세부사항을 끊임없이 아버지에게 수다스럽게 늘어놓았다. 나는 문서에 작게 적힌 글씨들, 그것의 예술가가 되었다.

 아버지가 포착한 내 잘못보다, 그의 옳지 못한 행동에 관한 증거들을 내가 갖게 된 후로 나는 전보다 아버지를 더 심하게 힐난했다. 아버지는 늘 내 잘못을 꼬치꼬치 잡아냈다. 그리고 그것을 잔인하게 사용한 적은 한 번도 없었다.

마찬가지로 미라 바톡도 정신분열증을 앓던 그녀의 예술가 어머니를 비난하는 이야기로 가득 채워 여론의 법정에서 이로운 위치를 선점할 수도 있었다. 다행히 그녀가 『기억의 궁전The Memory Palace』을 집필한 목적은 그게 아니었다. 뿐만 아니라 바톡의 뇌신경 회로를 바꿔버린 자동차 사고, 그녀에게 트라우마로 남은 이 사건을 이야기할 때도 그녀는 독자들의 동정심을 유발하려 하지 않는다. 바톡이 하려 한 것은 맥락 파악하기였다. 정상적으로 기능하지 않는 어머니의 뇌를 이해해보려 했고, 맞다, 자신의 부상당한 신경을 렌즈 삼아 어머니의 특이하고, 때로는 마음 아픈 행동들을 이해해보려 했다. 그 결과는 신중하고, 조용하다. 답보다는 질문이 더 많고, 원망이 아닌 애정 어린 슬픔이 있다. 그녀는 책에서 니콜라우스 스테노의 말을 인용하며 핵심적인 결단을 내린다. "아름다움은 우리가 보는 것에 있다. 더 아름다운 것은 우리가 이해하는 것에 있다. 가장 아름다운 것은 우리가 헤아릴 수 없는 것에 있다.”

만일 메리 카가 그녀의 어머니가 지녔던 불안한 정서의 기원에 가닿기 위해, 어머니로서 불안하고 또한 엉망이었던 그 이유에 가닿기 위해 그토록 노력하지 않았다면, 그래도 『거짓말쟁이 클럽』은 무척 좋은 작품이 되었을 것이다. 다만, 지금 우리가 생각하듯 월등히 빼어난 책은 되지 못했을 것이다. 우리는 메리 카의 어머니를 조롱하고, 경멸하는 데 관심이 없다. 그건 미숙한 짓이다. 텅 빈 것이다. 우리는 카처럼 이 여성이 어쩌다 이토록 불안해하고, 동요하며, 두려워하게 되었는지, 손에 닿지 않는 것처럼 보이는데도 왜 그런지는 알 수 없지만 언제나 가까이 있으며, 어쩐지 사랑을 주지 않는 엄마 아닌 엄마가 되었는지 알고 싶은 것이다. 재치와 시적인 서정성, 열정, 긴장감을 통해 카는 답을 향해 자신의 길을 찾아간다.

대니 샤피로는 그녀의 아름다운 어머니와 힘든 관계에 있었다. 힘든 관계는 그나마 순화한 낱말이다. 그럼에도 샤피로가 그녀의 회고록 『헌신Devotion』의 마지막을 향해 가며 무엇을 하는지 보라. 굉장히 위험한 장면이다. 두려움으로 가득한 순간이다. 샤피로는 고결하게 그 순간을 다시 꺼내놓는다. 그녀는 그녀의 어머니, 그 아름다움에 고개를 숙인다.

어머니의 뇌에 있다는 종양들은 마치 먼지처럼 보였다. 흑백으로 된 엑스레이 속 달의 풍경, 곳곳에 흩어져 있었다. 종양학자가 연필 끝으로 그것들을 가리켰다. "저기." 그가 말했다. "보이세요? 그리고 저기." 그의 연필은 계속 움직였다. 마침내 그가 우리에게 보여주는 그 회색빛 희뿌연 것이 사실 수십 개—어쩌면 수백 개—의 아주 작은 크기의 종양인 게 내 눈에 들어오기 시작했다.

"그래서 이걸 어떻게 제거하실 건가요?" 어머니가 물었다. 나는 그녀의 옆, 손대면 닿을 정도로 가까이에 앉아 있었다. 어머니는 겨울 코트를 접어 무릎 위에 올려놓았고, 그녀의 지팡이는 종양학자의 책상에 기대어 쉬고 있었다. 처음으로 어머니가 불안정해 보였다. 마치 넘어져 그녀의 뼈들이 부러지기라도 한 것처럼.

"제거하지 않을 겁니다." 의사가 대답했다. "치료는 할 수 있지만……." 마치 그가 감당하기엔 이 얼룩들이 지나치게 과중하다고 말하기라도 하듯 그는 어깨를 으쓱하며 얼버무렸다.

"우리가 환자분을 위해 지금 할 수 있는 일은 보통 편안하게 해주는 거예요."

"편안하게." 어머니가 의사의 말을 반복했다.

마지막으로 만일 앤서니 샤디드가 마르자윤에 있는 고조할아버지의 집을 다시 짓는 과정에서 레바논 지역의 장인, 공사 인부들, 이웃 주민, 그리고 괜히 폄훼하는 사람들과 소통하기 어려웠던 경험을 공감 어린 시선으로 묘사하는 데 실패했다면, 『돌로 지은 집』은 콧방귀를 뀌는 책이 되었을 것이다. 전쟁으로 찢긴 이 땅을 쿵쿵 밟으며 '저는 영웅이고요, 다른 사람들은 적대자입니다'라고 하는 책이 됐을 것이다. 그러나 작가는 퓰리처상 수상 언론인인 샤디드가 아닌가. 샤디드는 그의 모든 저서를 통해 탐사 능력, 용기, 서정성, 나아가 넓은 마음의 연민을 보여준 사람이다. 그는 자신의 회고록 페이지 전반에 걸쳐, 다시, 또다시 그가 지닌 특징들을 글에 녹여낸다.

이스베가 이전에 소유했던 땅에서, 평범한 것들은 거의 한 세기 동안 전쟁과 점령, 혹은 대체로 이들이 아랍 언어로 "사건들"이라 부르는 것에 의해 중단되었다. 이런 환경은 시간을 멈추고, 삶을 연기하거나 잠식한다. 전통이 죽는다. 모든 평범한 것이 가로막힌다. 전쟁 중에 삶은 살아지지 않는다. 그러나 존재의 깨어짐이 채워지려면 얼마나 많은 시간이 필요할까? 몇 세대에 걸쳐 이뤄져야 할까? 이곳은 기억될 수 없고, 표현될 수 없는 상실, 그러나 머릿속에, 두 눈저 너머에, 눈물과 발자국과 단어 속에—그러니까 모든 곳에 남아 있는 상실로부터 회복 중인 나라다. 삶이 꺾이고 찢기고 산산조각 난 후에는, 그 산산조각 난 조각들이 몇 년 동안 치유되지 않는다. 그것도 치유가 되었을 때 할 수 있는 말이다. 남은 것은 상흔과 그 외의 것들. 이를테면 수치심, 내가 생각하기로는 이 모든 것이 계속될 수 있게 놔두는 것에 대한 수치심이 남았다. 전통과 신화 속 위안이 받아들여졌던 과거를 바라보는 것은 그것이 잠시뿐이더라도 현 상황에 대한 오직 더 큰 수치심만 불러일으킬 뿐이다. 우리는 선조들이 창조한 영광을 잃은 채 다른 곳으로 간다. 이곳, 과거의 세계가 가는 곳마다 여전히 선명해 그의 월등함을 숨기지 못하는 곳에서 사람들은 매일같이 그것을 상기하게 된다.

공감은 당신을 물렁하게 하지 않는다. 이것은 당신을 똑똑하게 만든다. 공감은 뭔가 말할 거리를 제공한다. 공감은 당신이 기필코 말하고 싶다고 느끼는 이야기에 꼭 필요한 사람이 된 인물들을 고의로 아프게 할 수 없도록 만든다—그것이 그렇게 하지 못하게 허락하라.

당신이 쓸 이야기의 주 소재가 병원에 입원한 가장 절친한 친구라고 해보자. 당신은 그녀의 존엄을 얼마나 발가벗길 것인가? 얼마나 발가벗겨야만 하는가? 환자에게 연결해놓은 숱한 선, 친구의 코에서 갑작스레 터져나온 피, 흐르는 침, 배설물, 그 모든 것이 중요한가? 그것들보다 당신의 이야기가 더 대단한가? 당신이 더 대단한가? 당신이 이것을 글로 쓰는 이유는 대체 무엇인가? 이 모든 세부 사항을 수집해놓는 것이, 글쎄, 전문 작가가 할 일 같고 충격적인 것 같나? 아니면, 당신의 이 용감무쌍하도록 세세한 끔찍함을 읽은 독서 모임 회원들이 외마디 비명을 내지를 것을 상상하는가? 혹시 당신의 친구가 암이란 전투에서 패배했기 때문에 당신은 자신이 원하는 대로 말할 수 있다고 생각하는 것인가? 이 중 무엇도 충분한 이유가 되진 않는다.

당신의 형제가 실연당해 당신의 집 문 앞에 나타났다. 물론 당신은 그의 그런 행동에 화가 난다. 심지어 당신에게는 화를 낼 만한 정당한 권리도 있다. 그러나 그의 무너짐이 당신의 것인가? 얼마나? 당신의 뜻을 전달할 요량으로 대체 그를 얼마나 무너진 것으로 묘사해야만 하나? 사실상 그의 새로운 여자친구도 읽게 될 그 책 속에 적힌 당신의 문장들을 그가 보게 된다면, 어떤 느낌을 받을 것 같나? (당신은 그녀가 이 책에 대해 알게 될 거라고는 전혀 상상하지 못했다. 전혀 생각하지 못했다…….)

당신의 이웃이 또 싸우기 시작한다. 서로에게 모욕적인

언사를 퍼붓고 있다. 이것은 단연 분위기다. 이것은 당신의 삶의 기후, 환경에 대해 무언가 말하고 있다. 어쩐지 이것이 당신이 해야 하는 이야기—교외지역의 삶에 대한 것이거나 혹은 제멋대로 자란 철쭉 울타리가 지닌 투과적 성질에 대한 것일 수도 있겠다—의 핵심적인 부분이다. 그러나 당신이 뜻한 바를 표현하기 위해 그들의 열띤 단어(그들이 직접 내뱉은 단어들, 그들의 사적인 분노)는 얼마나 많이 필요한가? 그들이 당신의 책을 읽었을 때 수치심에 얼굴을 붉히고 던질 질문에 당신은 뭐라고 답할 것인가?

저 선생이 당신 자녀의 4학년을 망치고 있다. 그녀는 그에게 과학 과목에서 D를 주었다. 그가 아는 것이 부족해서가 아니라(세상에나, 아이는 다 안다고!) 글씨 때문이란다. 아이가 정리하는 습관이 부족해 아직 훈련 중인데, 그것을 기다리지 못하고 아이의 책을 바닥에 집어던졌다. 교장이 직접 그녀를 불러 잘못된 행동이었다고 질책했다. 아마 당신이 쓸 이야기에 이 사건이 반드시 필요할 수도 있다. 진실일 수도 있다. 당신의 아들에 관해서라면 그 교사가 전적으로 잘못한 것일 수도 있다. 그렇지만 그녀가 이미 다음부터는 그러지 않겠다고 약속했을 수 있으므로 당신의 책에 그녀 이름을 적지 않는 친절을 베풀어라. 그녀가 이미 더 잘하려 노력하고 있을 수 있지 않겠는가.

당신의 첫 번째 남자친구는 당신을 속였다. 당신은 결코 그를 용서하지 않을 것이다. 자신감을 잃었으며, 몸무게는 10킬로그램 넘게 늘었다. 그 일 이후로 일어난 모든 나쁜 일—당신이 거부당한 모든 것, 당신이 잃은 모든 것—은 누런 이에 여드름 자국, 옷 입는 감각이라곤 눈곱만큼도 찾아볼 수 없었던 '대체 내가 애를 왜 좋아했지' 싶은 개자식에게 곧장 돌아갈 것이다. 이것이 당신이 쓸 이야기다. 이 이야기를 쓸 계획을 세웠다. 결론을 위해 만반의 준비를 갖춘 세계 정상급 깨달음도 있다. 하지만 증거의 무게를 다시 재보자. 밀고 당김을 생각해보자. 당긴다. 민다. 이 이야기에는 그보다 더 많은 것이 있을지도 모른다. 만일 당신이 공감 어린 마음으로 그보다 더 많은 것을 좀더 찾아본다면, 그렇다면 당신의 과거—그리고 그 형편없고, 아무 쓸모 없고, '어쩌면 사실 전부 다 그 사람의 잘못은 아니었을지도 모르는' 사기 피해자—가 스스로 새로운 모습을 드러낼지도 모른다. 당신의 과거가 좀더 흥미로워질 수 있다. 그의 성격이 좀더 복잡할 수도 있다. 당신은 더 좋은 책을 쓰게 될 것이다.

말하자면 끝이 없다. 나는 학생들에게 줄곧 이 말을 해준다. 당신은 무엇이 다른 사람에게 공격이 될 것인지 혹은 얼룩이 될 것인지 알 수 없다. 당신은 책이—심지어 작은 책, 심지어 독립출판으로 그저 열댓 명의 친구에게 나눠준 책이 당신의 앞날에, 다른 사람들의 앞날에 무엇을 가져다줄지—여기에 남긴 자국, 저기에 남긴 상처, 눈물의 자취, 흠집 난 평판—그 다채로운 방식을 예측할 수 없다. 내 경험, 다섯 권의 회고록을 집필한 경험에서 하는 말이다. 다른 사람과 관계있는 책일 때, 책의 모든 문장에 대해서 체계적으로 허락을 구했고, 그럼에도 불구하고 실패했던 사람으로서 하는 말이다. 평론가들은 당신의 책에 대해서 본인들이 할 말을 할 것이다. 독자들은 자신만의 결론을 내릴 것이다. 당신은 모든 문을 단단히 잘 걸어 잠궜다고 생각하겠지만, 예상치 못한 바람이 불어닥칠 것이다. 회고록을 쓸 때 당신이 통제할 수 있는 것은 오직 실제로 당신이 하는 말, 그리고 세상 속으로 나아가는 책의 여정에 당신이 사랑하는 사람들을 대비시키는 것뿐이다.

그렇다면 공감이란. 그들을 위해. 당신을 위해. 마지막으로 당신의 예술을 위해.

아름답지 않으면 회고록일 수 없는

나는 버드나무에 등을 기대고, 무릎에 빈 노트를 놓고, 제우스와 그의 무리를 위해 소네트를 쓰던 아이였다. 나는 구름에 휩쓸리고, 보라색에 물들고, 멜로디와 노래를 향해 몸이 기울어졌다. 나는 연못에서 스케이트를 탔고, 속도는 시였다. 서로 다른 수채화 물감의 색이 만나고 번지는 곳에서 나는 의미를 찾으려 했다. 나는 다리에 앉아 뭔가 말할 것을 절실히 기다리며 가련한 시내가 흐르는 것을 보았다. 시는 나의 이상이었고, 거대한 매혹이었다. 스스로를 반영하는 이미지, 그런 이미지가 만들어질 수 있는 방법. 소리 그 자체가 의미일 수 있는 방법. 기표의 경제학. 의도의 측정. 복잡성. 우아함. 신비로움. 호기심. 단어 그 자체의 환상적인 파편화와 재구성. 뭔가 독창적인 것이 발화될 수 있는 내재적 가능성. 숨

막히는 것이었다. 나는 나를 위해 시를 원했다.

내가 회고록을 원하는, 딱 그만큼. 시 안에 있는 모든 인생이 회고록에서도—믿어 의심치 않는다—가능한 만큼. 사랑스러운 것과 오래 견디는 것. 전복적인 것과 그럴 만한 것. 덧없는 것과 영원히 변치 않는 것. 비명을 지르는 것과 울부짖는 것. 내 안에 있는 당신. 이것이 내가 사랑하는 회고록의 면면이다. 내 아들의 얼굴처럼, 새벽녘 바다처럼, 꽃이 가득 핀 나무의 노란 날개들처럼, 밀림이 우거진 언덕의 목소리처럼, 겨울 별들의 함대처럼 나에게는 이것이 아름다움이다.

어떻게 하면 이런 글을 쓸 수 있는지 알려주세요. 이 말을 한 사람은 게이브, 내 학생이었다. 친구가 쓴 글을 가지고 수업이 시작되기도 전에 일찍 왔다. 그러고는 어떻게 이런 문장이 만들어질 수 있는지 물었다. 게이브는 기계공학을 공부하는 학생이었다. 그는 프로세스와 역학을 알았다. 그러나 그는 지금 여전히 어두컴컴한 내 강의실에서 아름다움을 가르쳐 달라고 부탁하고 있다.

그래서 우리는 그의 친구가 쓴 글의 서두 이곳저곳을 살펴보며, 아름다움이 어디에 놓여 있는지 찾아보았다. 어느 부분에서 빠른 속도로 내달리며, 어느 부분에서 멈추는가? 은연중에 방향을 트는 곳은 어디인가, 기대하지 못했던 우연은? 주제뿐만 아니라 조화로움에 관해서도 이 글의 탁월한 장악력을 보여주는 구문은 어디에서 찾아볼 수 있나? 게이브는 스스로를 위하여, 자신의 아름다움을 만들어낼 수 있기 전에 아름다움이 어디에 놓여 있는지 알아야 했다. 당신도 나도, 게이브와 다르지 않다.

시적 아름다움에 관하여 나탈리아 긴즈버그는 그녀의 에세이 「나의 기술」에서 이렇게 이야기했다. "이것은 무자비함, 거만, 반어, 몸을 탐하는 사랑, 상상과 기억의 합성물이자 빛과 어둠의 합성물이다. 그리고 우리가 이 모든 것을 함께 이뤄내지 못한다면, 우리의 결과물은 빈곤하고, 위태로우며, 간신히 살아남을 것이다." 당신은 여기에 동의하나?

아니면, 래리 와이오드의 설명이 삶을 이해하고 헤아려 그것을 글로 쓰겠다는 당신의 야망에 좀더 가깝게 기술하고 있나? 『죽음으로부터 한 걸음A Step from Death』이다.

얽히고설키는 것은, 당신만의 그 무한함 속에서 찰나의 순간만이라도 만날 수 있는 그 멈춤의 순간, 그 속에 당신을 좀더 붙잡아두고자 하는 나의 고의다. 모든 경험은 동시다발적이고, 정지되어 있으며, 경험 자체 속에 봉인되어 있다. 그리고 우리는 이 순간에서 저 순간을, 웬일인지 늘 앞서 있는 순간을 상상하며 하루하루를 살아낸다. 우리의 여러 자아는 만남의 모든 순간마다 충돌하고, 하나 혹은 다른 하나

가 우위를 점하기 위해 열렬히 경쟁하고, 우리의 성격이라
는 현재의 질감을 통해 과거의 상처는 범람한다. 성숙해진
다는 건 이것들의 최상의 조합을 어떻게 다스려야 하는지
아는 것이다.

혹은 당신이 생각하기에 아름다움은 흐르는 리듬, 불협
화음 같은 세부 사항, 현명한 단어의 발견, 구두점의 사용에
따라 결정되는 것인가? 당신의 아름다움은 단순한가? 당신
의 아름다움은 복잡한가? 노골적인 것도 아름다움을 결정하
는 요소에 포함되나? 혹은 어느 정도의 박학다식함도?

내가 하는 거의 모든 강의에서 어느 순간에 이르면 나는
하던 대화를 멈추고 큰 소리로 학생들에게 낭독을 한다. 나
는 "음식에 대해 쓴 회고록 작가들"이라 말하고서는 개브리
엘 해밀턴, 이창래, 비크 밍 응우옌, M. F. K 피셔의 글을 포
함해 내 두터운 책더미에 있을 법한 다른 어떤 책이든 읽어
준다. "유년 시절에 대해 쓴 회고록 작가들"이라고 선언한 나
는 애니 딜라드, 오르한 파묵, 엘리아스 카네티의 글을 읽어
준다. 다른 날에는 "죽음에 대해 쓴 회고록 작가들"이다. 또
다른 날에는 "두려움에 대해 쓴 회고록 작가들". 그리고 그사
이 어느 날엔가 "후회에 대해 쓴 회고록 작가들"과 "앎에 대
하여 쓴 회고록 작가들"과 "여행 가기 위해 짐을 싸는 것에

대해 쓴 회고록 작가들"과 "목록을 좋아하는 회고록 작가들"
과 "어머니와 딸, 그리고 거리에 대해 쓴 회고록 작가인 제인
새터필드". 학생 한 명 한 명에게 그들의 선택을 묻는다. 어떤
구절이 감명 깊었나. 어느 문장이 심금을 울렸나. 이 중 어느
것이라도 듣기에 아름다운 것이 있었나?

　어떤 날에는 여기저기 해진 리아 퍼퍼라의 에세이 「부검
보고서」를 꺼내 학생들이 서로에게 읽어줄 수 있도록 돌아가
면서 한 구절씩 읽는다.

> 나는 익사한 남자들의 흉부부터 시작할 것이다. 밧줄로 묶
> 인, 디젤이 잔뜩 묻은 가슴팍. 진흙이 가득한 귀. 진창으로
> 더러워진 다리. 화물선이 들이받고 강물이 솟아올라 그들이
> 타고 있던 예인선 안으로 들이쳤을 때, 갑판 아래에서 잠들
> 어 있던 이들. 강의 토사로 하얘진 그들의 속눈썹.

이 단어들이 입에 쉽게 잘 붙냐고 나는 묻는다. 이렇게 쓰
는 것을 당신은 상상할 수 있나? 만일 당신이 (산 채로) 영안
실에 있는 자신을 발견한다면, 당신은 무엇을 찾을 것이며,
당신의 단어들은 어디로 갔을까?

　흐린 날들, 겨울 날씨 같은 날들, 나는 학생들을 조용히
시키고 CD를 틀었다—자기 작품을 낭독하는, 읊조리는 시인

들. 무엇이 떠오르나요? 내가 간단히 물었다. 그러고 나서 복잡하게 묻는다. 왜요? 로버트 핀스키가 말하듯 "좀더 의식적으로 언어를 들어보라"고 학생들에게 청한다.

가끔은 학생들에게 자신이 쓴 글을 직접 낭독해보라고 청하기도 한다. 가끔은 다른 학생들이 자신의 글을 읽을 수 있게 해보길 청하기도 한다. 다른 사람이 읽는 단어의 소리가 의도했던 그 소리와 같나? 단어들이 아름다움에 대한 작가의 철학에 상응하나?

어쩔 수 없이 그러려고 시도는 하겠지만, 그렇다고 해도 아름다움에 대한 우리 생각을 다른 이들에게 강요할 수는 없는 법이다. 감질나게 만들고 유혹할 수는 있어도, 다른 사람들이 우리 일을 사랑해야 한다고 고집할 수는 없다. 다만 우리가 청해볼 수 있는 것은 삶을 글로 쓰는 사람들이 그 아름다움을 고려해주고, 측정해주고, 하나하나 따져주고, 추구해주는 것뿐이다. 우리는 지금 회고록에 관하여 이야기하고 있으며 이것은 예술의 한 형식이지 논문이 아니다. 우리가 준비하는 것은 고유함, 대담함, 신선한 느낌을 주는 이야기다. 우리는 갈라진 씨앗 틈새의 선명한 새싹을 소유한 사람이 되고 싶다. 그렇다고 다른 사람들이 믿는 사람이 되고 싶다.

끝으로 당신에게 파블로 네루다의 글을 선사한다. 아름다움을 찾는 당신의 일은 어쩌면 이곳에서 시작될지도 모른다.

밤이든 낮이든, 어떤 특정한 시간에 가만히 있는 물건들을 깊이 들여다보는 것은 매우 적절한 일이다. 야채나 광물로 가득 찬 거대한 화물을 싣고 먼지투성이의 광대한 공간을 가로질러온 바퀴들, 석탄 저장고에서 온 마대, 드럼통, 바구니, 목수가 쓰는 도구들의 자루, 손잡이. 이들은 고통받는 시인을 위해 인간의 손길, 지구의 손길을 흠씬 드러내며 교훈을 준다. 이들 물체의 낡은 표면, 사람의 손이 남긴 자국, 분위기, 때때로의 비극적임과 늘상인 아쉬움이 현실에 가벼이 취급되지 않는 매혹을 준다.

……이것이 우리가 좇아야 하는 유의 시다. 노동한 손, 산성에 닳은 듯 마모된 시, 땀과 연기가 잔뜩 스민 시, 합법적으로 혹은 불법적으로 우리가 한 다양한 행위에 흠뻑 젖은 시. 오래된 옷처럼, 음식 얼룩과 수치심을 지닌 육신처럼, 주름, 관찰, 꿈, 깨어 있음, 예언, 사랑과 증오의 선언, 어리석음, 충격, 목가적인 것, 정치적 신념, 거부, 의심, 인정, 세금을 지닌 육신처럼, 불결한 시.

가장 외롭지 않은

나는 매일 수업 전에 캠퍼스를 걷는다. 늘 새로운 방향, 언제나 쫓고 있는 기억들. 하루는 로커스트 산책길을 꽤 멀리 걸어 웨스트 필라델피아 방향으로 가고 있었다. 현대적인 디자인의 볼링장이 주거지역 길가에 어느샌가 들어서 있었고, 내가 한때 일했던 치과대학은 새로운 권위를 얻은 모양이었다. 언젠가 그 치과대학 뒤편에서 정원과 다리가 설치된 연못을 발견해 그 끝자락에 앉아 실패한 화학 적정 실험, 생물학 강의실의 위협적인 거대함에 절망했던 내 1학년 생활을 돌이켜보았다. 한때 내가 살았던 건물 안뜰에 종종 가보곤 한다. 남학생 기숙사 건물의 전면을 하나하나 뜯어본다. 러시아 역사를 향한 열정을 나눴던 내 친구에 관한 기억에 사로잡혀 42번가와 스프루스가가 만나는 모퉁이에 서 있었던 적도 있다. 그는 때로 책을 훔쳤고, 그 책을 보관해두었던 방을 나는 기억한다. 그의 어머니의 요리법으로 만들어준 수프를 기억한다. 그가 톨스토이에 매료되었던 것을 기억한다. 내 배신을 기억한다. 그의 배신을 기억한다. 회고록을 가르치기 전, 나는 내가 기억하는 장소들을 걷는다.

강의를 시작한 첫해, 어느 날 오후, 대기는 어두웠고 하늘은 비를 뿌리고, 내 기분은 멜랑콜리했으며 내 성질머리는 브릴로(강철 수세미 브랜드―옮긴이)였다. 떨쳐낼 수가 없었다. 이때는 빅토리아풍 건물에서 강의를 시작하기 전이었고, 계단이 복잡하고 아늑했던 켈리 라이터스 하우스의 2층에서 강의하던 학기였다. 당시 돌아가신 지 얼마 안 된 어머니를 생각하고 있었다. 혼자서 대학 캠퍼스를 누비며 적응해가는 아들의 모습을 상상하고 있었다. 펜실베이니아대학에서 가르치기 위해 제쳐놓은 책 프로젝트를 아쉬워하고 있었다. 신발은 흠뻑 젖어 있었고 내 우산은 제 할 일을 다 하지 못했으며, 어깨에 멘 가방이 뼈를 눌러 통증이 일었다. 문을 여니 조너선이 기다리고 있었다. 무릎에는 잡지가 놓여 있고, 기다란 다리는 마치 이렉터 공사장 장난감 세트처럼 자유로운 방향으로 접어두고 있었다. 비를 피해 피난 중인 것 같았다. 나를 발견하자 일어서서 같이 계단을 올랐고, 곧 우린 다른 학생들을 만났다. 강의실 바로 앞 좁은 복도에 다다르자 킴이 있었는데, 며칠 안 된 새끼 고양이를 턱 아래 옷깃 안에 품고서 우리보다 일찍 도착해 있었다. "사람들이 와일드 빌이라 부르는 고양이예요. 그리고 제 목걸이가 좋은가봐요." 킴이 이야기했다. 웨스트 필라델피아의 거리에서 온 이 망명객은 킴의 목걸이 체인 깊숙이에 발톱을 걸어두고, 킴을 만나는 거의 모든 사람이 그러하듯 그녀 곁에 머물 생각인 듯했다.

"오늘은 얘기만 하는 거죠." 함께 교실에 들어서자 킴이 말했다. "일단 시작할 때만이라도." 강의실은 어둡고 하늘은 흠뻑 젖어 있었기 때문에, 이해하긴 어렵지만 와일드 빌이 그만의 안전 구역으로 재빨리 가버렸기 때문에, 이제 다른 학생들도 왔기 때문에, 우린 이야기를 나눴다. 최근에 있었던 교내 자살 사건에 대해서. 거짓 진단에 대해서. 상상력이 살아 있는 장소들에 대해서. 이미 넘어선 사람을 다시 넘어서는 것에 대해서. 함께 있는 공간에서 우리는 개별자였고, 우리는 견뎌내고 있었다. 이 또한 정량화할 수는 없지만 반드시 필요한, 가르침이었기에. 회고록은 삶에서 시작된다.

우리는 마침내 테런스 데프레, 그의 에세이 「세상으로의 글쓰기」와 「사고와 그 장면: 존 가드너의 죽음에 관한 반추」로 눈을 돌렸다. 지금까지 너무 많은 사람이 그랬듯, 나 또한 속절없이 이 사람에게 빠져들고 만다. 나치 죽음의 수용소 내 공동체와 관용을 짧게, 그러나 혁신적으로 탐구한 『생존자』. 그의 에세이가 지닌 사랑스러운 서정시. 작가는 목격자라는 그의 고집. 나는 데프레 본인의 너무 이른 지식에 무거워진 마음으로, 결국 설명할 길 없어진 존 가드너의 이른 죽음에 관한 그의 고찰을 낭독하고, 절대 읽을 수 없는 곳은 건너뛴다. 우리 작가들이 하는 이 낯설고도 아름다운 것에 데프레가 지녔던 믿음에 관해서 읽는다. "예술을 통해 우리 죄가 용서받을 것이라 믿는 사람은 이제 거의 없는 것 같다. 그러나 어쩌면 예술을 통해 잠시나마 아름다움의 상태를 얻어볼 수 있다고, 매일 글 쓰는 훈련을 하면서 어떤 구원이 갱신될 수 있다고 생각하는 건, 그건 그렇게 너무한 일도 아니지 않을까." 나는 시인 캐럴린 포르셰가 데프레에게 경의를 표하기 위해 쓴 시 「우리 스스로 혹은 아무도 아닌」을 읽는다. 그리고 이 글들이 그날 우리 주제였다. 한시적인 아름다움. 구원의 갱신. 우리가 가진 기교의 끝없는 훈련.

사람은 고통에 대해서 어떻게 이야기하나요? 내가 학생들에게 묻는다. 누가 그런 슬픔을 가지고 있을까요? 그리고 아는 것이 가장 중요한 것인가요? 아니면 알고자 원하는 것이 그보다 더 중요한가요?

"원하는 것." 킴이 조용히 대답했다.

"원하는 것." 내가 동의했다. "알려고 하는 바람이 더 중요해요."

가르치는 이들은 창조하지 않는다고 사람들은 말한다. 되돌려줘버리는 사람들은 그들의 천재성을 기억하지 못할 것이다. 너무 많이 사랑하는 사람들은 어디에도 당도하지 못한다. 무대를 마지못해 다른 사람에게 내어주는 사람들은 무대 밖으로 내쳐지고 만다. 비가 계속 내리고 하늘이 점점 더 어두워지고 우리는 계속 이야기를 나눴던 그날, 내 학생들과 나. 삶과 책, 비밀과 질문, 테런스 데프레와 존 가드너, 캐럴린 피셔, 나치 수용소와 회고록에 대하여. 강의가 끝나고 잘 가라는 인사를 나누고 긴 시간이 지난 후, 기차가 덜컹거리며 나를 집으로 데려다줄 시각에는 날이 더 어두웠고, 훨씬 더 축축했다. 그날 밤 10시, 조녀선이 보낸 이메일이 편지함에 도착했을 때, 나는 내 책상에 돌아와 있었다. 짧은 메모와 첨부 파일.

오늘 아침에 어머니가 나한테 전해준 우리 삼촌에 대한 짧은 글이야. 회고록처럼 보이긴 하는데 특이해. 전기는 정말 아니고, 뭐랄까 듬성듬성 이어지는 일화 시리즈라고 해야 하나. 영어 번역이 전부 영 시원찮아. 번역이 제대로 됐다고 해도 어조가 워낙 이질적이야. 여하튼 이걸 회고록이라고 친다면 네가 흥미로워할지도 모른다고 생각했어. 작가 본인이 전혀 이해하지 못하는 삶으로 들어가는 굉장히 좁은 창문 같아. 그런데 작가가 그 무지함을 거의 인지하지 못해.

늦은 시각이었고 나는 피곤했다. 나는 첨부 파일을 열어 읽어보았다. 처음에는 혼란스러웠다. 조너선이 말한 대로 역시 굉장히 이질적인 세계였고, 나는 그 속으로 힘껏 뛰어들었다. 글의 막바지에 다다랐을 때 다음을 발견했다.

그가 가르쳤던 시간, 그동안 그는 가장 외롭지 않은 선생님이라 불렸다. 학생들의 눈에 그는 선생님 같지 않았다. 우리가 그를 둘러싸고 말을 건넬 때면, 다들 그가 선생님이라는 것을 완전히 잊었다. 우리는 정말이지 진실하고 정직하며 깊은 관계를 쌓아갔다.

"가장 외롭지 않은 선생님." 나는 그 단어들을 다시 읽어보았다. 가장 외롭지 않은. 그것이 회고록을 가르치는 특권, 회고록을 읽는 특권, 그리고 회고록을 종종 쓰는 특권이므로. 그것이 우리가 진실한 이야기를 할 때 달려와주는 사람들이므로. "회고록이라니, 이제 질리지도 않아요?" 때로 이렇게 묻는 사람들이 있다. "다른 걸 가르쳐보고 싶진 않아요? 바꿔보는 거죠."

"아니요." 나는 이야기한다. "아직 질리지 않았어요." 왜

냐하면 끝나지 않았고, 끝나지 않을 거니까. 회고록은 결코
완전히 정복될 수 있는 것이 아니기 때문에. 회고록은 다 알
면서도, 사려 깊게 산 인생에 관한 것이니까. 나는 마지막 밤
하늘의 마지막 별 함대가 나를 위해 빛을 비출 때까지 회고
록의 성실한 학생이자 선생일 것이다.

에필로그

우리가 진실을 쓰고 싶어한다고 가정해보자. 이것을 가르치길 원한다고 가정해보자. 그 정수를 파헤쳐라. 평범한 것은 중단해라. 단어, 그리고 단어들 사이의 공간을 가지고 무언가 경종을 울림과 동시에 진실한 것을 지어라. 우리가 동경하는 사람들에게 파편화된 언어와 재건된 언어가 주는 이루다 헤아릴 수 없는 즐거움을 주고 싶어한다고 해보자.

파란 머리의 청년에게 그의 어머니에 대한 기억을 되살려낼 방법을 알려주는 것. 파키스탄 친구에게 유년 시절 강력했던 폭풍우에 대해 알려주는 것. 시의 행을 늘여 그녀가 이제 돌아가신 지 몇 달 된 아버지가 시 속에서 뒤돌아 그녀를 보고 있음을 알게 하는 것.

그래서, 뭐?

이 책이 출간된 이래로 2년이 지났고, 4쇄를 찍었다. 나는 이 질문을 아직도 던진다. 쉴새없이, 만족을 모르는 채 나는 강의계획서를 수정하고, 작업실에서 새로운 것을 시도하고, 새로운 이론을 시험해보고, 나의 새로운 회고록 혹은 반쯤 회고록인 것을 쓴다. 동트기 전 어두울 때, 나는 몸을 비트는 진실하고도 신선한 이야기들로 인해 잠에서 깬다. 열정을 쏟은 고고학적 탐구인 로즈 차스트의 그래픽 회고록『좀 더 즐거운 이야기를 할 순 없는 건가요?Can't We Talk About Something More Pleasant?』. 조지 호지먼의『베티빌Bettyville』속 눈여겨볼 만한 축복받은 친절. 헬렌 맥도널드가 쓴『메이블 이야기』의 격렬한 야생의 고요. 게리 슈타인가트의『작은 실패Little Failure』의 놀라운 다정함. 애나 바드켄의『아벨과 걷기: 아프리카 사바나의 유목민과 함께한 여정Walking with Abel. Journeys with the Nomads of the African Savannah』에서 나일론 방수포로 덮인 솟아오르는 강과 사막의 모래. 재클린 우드슨이 쓴『꿈꾸는 갈색 피부 소녀Brown Girl Dreaming』의 유년 시절 몽상.

경이로우며 끔찍하고, 창의적이며 공포스럽고, 특이하고, 몸이 덜덜 떨리며, 없어서는 안 될 회고록은 나를 소진시킨다. 몇 달이 지난다. 학생들이 나타난다, 도전한다, 자기 역사에 닿으려 노력하고 두려워 피한다. 기차역에 서 있는 나에게 다가와 토론하고 의견을 나눈다. 그들이 보내온 페이지 여백에 메모를 남긴다. 내가 사랑하는 책들을 그들에게 읽어준다. 의심이 스멀스멀 피어오르고 곧이어 불빛. 우린 거기까지 도달할 수 없을 것 같아요, 그러고는 해낸다.

살아 숨 쉬고, 그러고 나서 이야기로 전달된 모든 스토리에는 회고록을 만드는 것과 관련된 새로운 가르침이 있다. 이 책을 출간한 이래 나는 이 형식의 새로운 하위 범주를 이해하게 되었고 제안하게 되었다. 회고록을 이렇게 거르고, 저렇게 거르면서 숙고하는 것은 그의 가능성을 없애는 일이다. 이것은 이미 살아낸 삶을 쓰는 작가를 연대표와 일화의 명령으로부터 자유롭게 해준다. 이것은 잘 표현된 충돌, 그리고 압도된 사고를 위한 공간을 만들어준다.

내가 기술적 기피자라고 생각하게 된 몇몇 회고록 작가를 예로 들어보겠다. 폴라 폭스(『빌려온 화려함Borrowed Finery』), 크리스 오퍼트(『같은 강이 두 번The Same River Twice』), 패티 스미스(『텅 빈 생각Woolgathering』), 다린 스트라우스(『인생의 반』), 에드워드 허시(『게이브리얼: 시Gabriel. A Poem』) 등 그 외에도 발화되지 않은 많은 비밀의 도발에 통달한 작가들이 있다. 기술적 기피자들은 텅 빈 것을 영예로워한다. 그들은 침묵과 경이로움 앞에 굴복한다. 그들은 독자의 직감을 신뢰하고, 말할 수 없는 것들을 위엄 있게 표현한다. 기억할 수 없을 때 기억나는 척하지 않는다. 비판—요약과 비난—의 가능성이 있을 때는 자제력을 발휘한다. 그들이 쓴 페이지 안에서 시간과 기억이 미끄러지고, 목적은 피할 수 없이 드러난다. 기술적 기피자들과 독자로서 우정을 나눠보라. 그러면 백지와 고의적인 생략이 지닌 전달력을 배울 수 있을 것이다. 당신의 삶 속에서 도발적인 신비로움을 보게 될 것이다.

한편 국경을 넘는 사람들과 동행하면, 시간을 건넜을 때뿐만 아니라 공간을 건넜을 때 무슨 일이 벌어지는지도 알게 될 것이다. 과거라는 이정표. 새로운 기후 속으로. 지형학의 과학을 향해. 마이클 온다치(『가문에 흐르는』), 애나 바드켄(『아벨과 걷기』), 알렉산드라 풀러(『비 오기 전에 떠나기Leaving Before the Rains Come』), 앤서니 샤디드(『돌로 지은 집: 고향, 가족, 잃어버린 중동에 관한 회고록』), 에드위지 당티카(『형제여, 나는 죽어갑니다Brother, I'm Dying』), 라나 레이코 리주토(『히로시마의 아침』) 등 이들에게 시는 떠남과 돌아옴, 고향을 향한 피할 수 없는 혼란스러움, 이곳이 아닌 다른 곳에 있고 싶은 간절한 마음, 공간의 변혁적인 힘 안에 놓여 있다. 국경을 넘는 회고록은 중첩된 이중성으로부터 터져나오는 것이다. 이들이 쓰는 단어는 이국적이며 자기만의 색깔이 있다. 이들은 기억나는 것과 아는 것, 소문으로 떠도는 것과 증명된 것, 이

곳과 저곳이라는 부드러운 병치 속에 존재한다. 국경을 넘는 회고록을 쓰기 위해서 아이다호주 보이시에서 캄보디아로 이주했다가 돌아올 필요는 없다. 그저 장소가 인물에 영향을 주고, 혼란이 우리가 사랑하는 것과 우리 관점을 주조하는 방식을 존중하기만 하면 된다.

(이번 글의) 마지막으로 위험을 감수하고 언어를 형성하며 구조적으로 특색 있는 회고록 창조자들을 소개하려고 한다. 이들은 폭발적으로, 그리고 경이롭게 이 장르를 새롭게 한다. 내가 말하는 작가들은 존 위커셤(『자살 인덱스: 아버지 죽음의 순서 맞추기The Suicide Index. Putting My Father's Death in Order』), 테리 템페스트 윌리엄스(『여자가 새였을 때: 54개의 목소리When Women Were Birds. Fifty-four Variations on Voice』), 앤더 몬슨(『미래의 연인에게 보내는 편지: 도서관에서 발견한 중요하지 않은 사실들, 오탈자, 비밀, 새긴 글자 등 다른 소소한 재미들Letter to a Future Lover. Marginalia, Errata, Secrets, Inscriptions, and Other Ephemera Found in Libraries』), 브라이언 터너(『외국에서의 삶 같은 내 인생My Life as a Foreign Country』), 스테파니 라카바(『물체들의 비범한 이론: 파리의 주변인이 남긴 회고록An Extraordinary Theory of Objets. A Memoir of an Outsider in Paris』), 율라 비스(『열기구 타는 사람The Balloonists』)이며, 이들 외에도 많은 작가가 있다. 이들 회고록 작가는 대담하게 가정하고, 새로운 이미

지를 창조하며, 재구성하는데 이는 거짓말을 하려 함이 아니라(그들은 결코 거짓말하지 않는다) 점점 늘어가는 진실을 알리고, 결코 완전히 알 수는 없음을 인정하기 위함이다. 혁신가들은 발견할 것이 많은 이야기로 만들기 위해 의도적으로 (그리고 눈에 보이게) 허구를 가능성이 있는 진실 옆에 위치시킨다. 이들은 인공적으로 만든 것과 추정되는 생각을 이용한다. 이들은 이를테면 치마의 풀어진 실밥 같은 세부 사항을 걱정하는데, 세부 사항 그 자체로 이야기가 될 때까지 그렇게 한다. 이 혁신가들에 의해 생각에는 시간의 기록이 찍히고, 그것은 매일같이 이뤄지는 나들이와는 다르다. 복잡한 것은 더욱더 복잡해지고, 직설적인 것은 지양한다. 이들 혁신가는 우리가 삶에 관하여 정직해질 수 있게 자유를 준다.

　기술적 기피자들. 국경을 넘는 사람들. 혁신가들. 어쩌면 이들에게서 우리는 우리의 '그래서, 뭐?'를 찾을 수도 있겠다. 이들이 자기 마음과 생각을 열고 우리에게 가르침을 주는 방식 속에서, 그 스스로가 예시가 되어 우리가 우리 삶을 새롭게 생각해보도록 권하고, 우리가 품은 '아마도'로 빈 페이지를 긁적여보길 권하고, 시대의 관습을 깨도록 권하는 것을 보며 '그래서, 뭐?'를 찾을 수 있다. 회고록을 쓰는 것은 우리로 하여금 자기 분석이라는 고통스러움을 받아들이길 요구한다. 우리가 완벽이란 가능성을 추구하지 않도록 설득한다. 왔던 길로 되돌아가더라도 다시 시도하고, 그렇게 얼룩 속에서 뭔가 가치 있는 것을 발견하길 요구한다.

산산조각 내자. 다시 쌓아올리자. 우리의 어머니를 위해 시간을 구하자. 우리 삶을 통해 어떤 예술을 계속해서 만들어내자. 회고록이 가치 있도록 우리가 지켜내자.

부록

: 우리가 읽어야 할 것

가까이에 있는 것 그 너머를 보라, 익숙하지 않은 것과 시간을 보내라, 글의 교향악 같은 구조를 마음에 새겨라, 독창적인 아이디어가 떠오르길 기다려라. 우리는 이것을 스스로에게 (혹은 다른 이들에게) 가르칠 수 있다. 과정을 가르칠 수 있다. 서두르지 마라. 삶은 가르칠 수 있다. 나가라, 모험하라, 돌아오라. 당신은 안전지대에 균열을 낼 수 있다.

그러나 선생의 일이란 대개(내 생각이다) 다른 작가들이 쓴 것, 학생들이 지금 당장, 이 순간, 이 긴 여정의 한가운데서 반드시 읽어야 하는 글을 아는 것이다. 선생의 일이란 아는 바를 나누는 것이다.

프린스턴 서점에서 내털리 쿠시의 『로드 송』을 사서 집에 가져온 이후 나는 끔찍한 회고록 습관을 지니게 되었다.

가능한 한 많이 읽고, 책장에 다 꽂을 수 없을 정도로 많은 책을 사며, 정리되지 않은 책더미 사이로 춤추며 다닌다. 그러고는 읽고 싶은 만큼 다 읽지 못했다고, 반드시 꼭 읽어야 하는 회고록을 다 읽지 못했다고 불평한다(남편은 징징거린다고 표현했을 것이다).

그러므로 내가 이곳에 모아놓은 것이 가장 문학적인 회고록을 카테고리로 묶은 그 목록이라고 제안하는 것은 나에게 엉뚱한 일일 것이다. 나는 최고라는 말로 시작하고 싶지 않다. 회고록이 딱딱하고 손쉽게 선별할 수 있는 카테고리에 갇힐 수 있다고 제안하는 건 똑같이 엉뚱할 뿐만 아니라 도움이 되지도 않는다. 『기도자의 집 2』는 분명 유년 시절에 관한 회고록인 만큼 질병에 관한 회고록이기도 하며, 나아가 고향에서 도망쳐 나왔다가 되돌아간 한 남자의 이야기이기도 하다. 『가문에 흐르는』과 『미국인의 유년 시절An American Childhood』은 특정 장소와 시간에 대한 회고록인 것만큼이나 기억이 어떻게 모여 형성되고 어떻게 회고록이 만들어지는가에 관한 회고록이기도 하다. 『아버지의 날』은 아들을 기념하는 책인가 아니면 고통에 관한 책인가? 당연히 둘 다이다. 『멘토』를 아버지, 어머니, 그리고 자녀에 관한 책들과 함께 분류하는 것은 온당할까?

이어질 내용은 내가 배운 회고록, 개괄적으로 유용하길

바라면서 카테고리별로 분류한 회고록 목록이다. (드물게 회고록처럼 쓰인 에세이 선집도 있다.) 내가 그들의 정치적 식견에 동의하든 동의하지 않든, 그들의 세계관을 전적으로 받아들이든 받아들이지 않든, 받아들일 수 있는 선을 넘었든, 아니면 그곳까지 충분히 나아가지 못했든, 그가 기억하는 삶을 내가 부러워하든 걱정하든─그렇든 그렇지 않든─회고록은 인간이 어떠해야 하는가, 탐구란 무엇인가, 갈망한다는 게 무엇인가에 대한 통찰을 그저 떠먹여주지는 않는다. 뿐만 아니라 잉크 펜의 뚜껑을 열고 회고록이란 장르로 뛰어들고자 하는 모든 이에게 스타일 측면, 주제적 측면, 혹은 구조적 측면의 가능성을 제안해주지도 않는다. 이 책들의 내용 중 어떤 부분은 당신 마음에 불편감을 줄 것이라고 믿어 의심치 않는다. 어떤 것, 혹은 많은 것이 궁금할 것이다. 부사의 개수, 동사의 적절한 다양성, 과도한 자아, 대화의 확장, 가리운 정도, 다른 사람들의 인생에 관한 배려심 없는 생각, 내려진 결론. 도서 목록을 제안하면서 나는 완벽함을 약속하지 않는다. 그것은 고통스럽지만 그만큼 사랑스러운 이 이유에서다. 완벽은 불가능하다.

　당신은 당신만의 사랑하는 회고록을 찾게 될 것이다. 당신이 가장 좋아하는 회고록이 왜 목록에 없는지 의아해할 수도 있다. 친구에게 불평을 늘어놓을 수도 있다. 나의 이 어쩔 수 없는 부당함에 관하여 블로그에 글을 남길 수도 있겠다.

그러나, 당신이 그렇게 하고 있다는 건, 읽고 있다는 뜻이다. 내가 바라는 바는 그것이다.

다시 떠올리는 어린 시절

『로드 송』, 내털리 쿠시

작가가 알래스카 개들의 흉포한 공격을 받은 후 그로부터 회복한 긴 과정을 담은 『로드 송』은 형식의 계시 같은 책이다. 이 글은 침착함과 경의를 담아 과거를 서술한다. 이 책은 언어로 순화된 끔찍한 비극이자, 선함이 언제나 악함과 함께 존재하는 책이다. 내털리 쿠시는 정죄하려고 쓰지 않고 이해하기 위해 쓴다. 그녀는 자신에게로 돌아가는 길을 글로 적고, 그렇게 함과 동시에 독자들의 세계관을 넓히고, 씁쓸함을 흐트러뜨리며, 치유해준다. 『로드 송』의 시작은 모험정신이지 절망이 아니다. 『로드 송』은 '나'가 아닌 '우리'로 시작하며 마치 성가처럼 울려 퍼진다.

『미국인의 유년 시절』, 애니 딜라드

고전적인 회고록 『미국인의 유년 시절』에서 저자는 해가 갈수록 뭔가 점점 더 늘어가는 놀라운 방식으로 살았던 자기 삶을 서술한다. 그녀의 기록은 열 살이 되던 해에 시작된다. 그녀는 모든 것을 기억하는 듯하다. "망상"에 다다르도록 읽었던 책들, 어린 시절에 내렸던 평가들(『네이티브 선』은 좋았고, 『월든』, 상당히 좋음. 『꿈의 해석』은 읽을 만함. 『헨리 애덤스의 교육』은 끔찍함.) 수집한 돌들과 그 돌로 그은 선들("노란색 황철석은 그으면 까만 선이 그려짐. 까만 갈철석으로 선을 그으면 노란색이 나옴"). 심지어 한 번 마주치고 그대로 스쳐 지나간, 그야말로 낯선 사람일 뿐인 이들의 얼굴("리넨 소재의 정장을 입은 50대 여성이 내 의기양양한 눈빛을 마주보았다"). 어린아이였음에도 딜라드는 자기 삶을 기록하기 위해, 그렇게 삶이 그녀에게서 빠져나가지 못하도록, 그녀가 살아온 것이 그녀가 앞으로 될 누군가와 영원히 연결될 수 있도록 가두고 기억하는 것이 중요하다고 생각했다. 이 회고록을 읽는 사람들은 이런 그녀에게서 영향을 받아 자기 삶을 돌아보게 될 것이며, 의미 있는 세세한 일들을 기억하고 다시 빛나게 해야겠다는 도전의식을 다지게 될 것이다.

『거짓말쟁이 클럽: 회고록』, 메리 카

인생이 가능한 한 가장 센 힘을 발휘해 할퀴어댄 삶이 메리 카의 성장과정이었다. 거친 동네에서 살았고, 어머니는 불안했으며, 아버지는 거짓말쟁이 클럽에 있는 남자들 중에서도 이야기를 많이, 그러나 아무 의미 없이 하는 데 월등한 실력을 보여주는 사람이었다. 암으로 죽어가던 할머니는 줄곧 기괴했는데, 가짜 신발을 신은 할머니의 가짜 다리는 그 자신도 성질머리가 고약했던 이 아이를 무섭게 했다. 단, 아무도 보지 않을 때만. 메리 카는 언제 과거시제를 써야 하는지, 언제 현재시제를 써서 독자에게 빠르게 다가들어야 하는지 안다. 또한 협잡꾼, 광기, 사고와 화염, 죽어가는 여자의 팔을 기어 올라가는 설탕개미들이 가득한 이 이야기에서 독자들의 신뢰를 얻을 유일한 방법은 종종 어쩌면 자신의 기억이 윤색되었을 수 있고, 어쩌면 자매의 기억이 좀더 정확한 것일 수 있으며, 더욱이 결정적인 순간에 관한 기억은 텅 비어 있어서 그 부분을 공란으로 남겨두어야만 한다고 말하는 것이라는 점도 잘 알고 있다. 『거짓말쟁이 클럽』에 대해서 많이들 글을 남기는데 그들은 이 책의 코믹함, 사랑에 대해서 쓴다. 나에게 묻는다면, 나는 그것들이 장치에 가깝다고 말하겠다. 이것은 메리 카가 되돌아보고 있는 것—빈곤, 학대, 위험, 모든 면에서의 고통을 독자들도 함께 되돌아보게 하려는 장치에 가깝다. 그리고 행해진 일을 고자질하기 위함이 아니라, 불평하기 위함이 아니라, 작가 본인이 이렇게 힘들게 살았다고 비추기 위함이 아니라—봤니?—, 어머니가 지녔던 그 누구와도 비교할 수 없는 기묘함, 그러나 결코 악하지 않았

던 그 특질 아래에 어떤 종류의 슬픔과 상처와 조각 난 마음
이 놓여 있는지 이해하려는 노력에서 이야기를 쓰고자 한 장
치다. 이 책에 적힌 문장 하나하나가 시이고, 우리가 생각하
는 언어에 관한 저돌적인 변혁이다.

『얼굴의 자서전』, 루시 그릴리

루시 그릴리는 자신의 회고록이 분류되는 것을 원치 않았을
것이다. "아픈 몸"으로 분류되는 것은 더더욱 원치 않았을 것
이다. 그리하여 나는 이 뛰어난 작품을 이 카테고리에 넣었
다. 왜냐하면 다양한 측면에서 이 책의 이야기는 성장, 그리
고 세계의 크기와 질감을 배우는 일에 관한 것이며, 깨닫는
것과 초월하는 것, 그리고 외모에 관한 것이며, 질병이 얼굴
의 모양을 바꾸고(이때 질병이란 그릴리가 아이였을 때 발견된
희귀 암이다), 수십 번의 수술과 셀 수 없이 많은 입원을 중심
으로 삶이 재편될 때 그가 반드시 해야 하는 준비에 관한 것
이기 때문이다. 루시는 암으로 턱의 대부분을 잃었다. 어린
시절, 2년 넘는 기간의 삶이 방사선 치료와 항암으로 소모되
었다. 얼굴의 균형을 복구하기 위해 고안된 수술은 어떤 식
으로든 늘 실패할 것이다. 그리하여 그릴리는 그녀의 아름다
움, 지혜, 용서하는 능력, 작가의 마음을 다질 길을 찾아야 할
것이다. 그리고 그녀는 그 길을 찾아낸다. 이 회고록의 걸작

은 페이지마다 우리 모두에게 울림을 준다.

『시간 멈추기: 회고록』, 프랭크 콘로이

회고록 속 장면들이 가진 힘을 확인하고 싶다면, 1967년에 출간된 책, 프랭크 콘로이의 거칠었던 유년 시절과 불확실했던 청소년기를 담은『시간 멈추기』를 읽는 것으로 충분하다. 과거시제와 현재시제를 세심하게 조정하는 스토리텔링으로 콘로이는 자기 삶을 둘러보고, 주제를 발견하고, 콘로이가 "세 살 혹은 네 살"일 때 가정을 떠난 아버지를 이해할 수 있는 방법, 아니면 최소한 타협해볼 방법을 찾을 수 있는 거리―와 여유―를 제공한다. 뿐만 아니라 이것은 독자를 사로잡는 방법이기도 하다.『시간 멈추기』의 프롤로그와 에필로그의 활용은 비견할 데 없이 빼어나다. 대화가 차지하는 비율은 적절하며, 믿을 만하다.

『말하라, 기억이여: 다시 살펴보는 자서전』, 블라디미르 나보코프

블라디미르 나보코프는『말하라, 기억이여』에서 이렇게 썼다. "개인의 신비는 회고록 작가를 언제나 감질나게 한다. 나를 빚은 도구가 정확히 무엇인지 나는 환경에서도, 유전에서도 발견하지 못한다. 익명의 롤러가 내 인생 위에 어떤 복잡한 투명 무늬를 찍었고, 이 투명 무늬의 독특한 모양새는 예술의 조명이 삶이라는 인쇄 용지를 통해 빛날 때, 그제야 그 모습이 드러난다." 에피소드 형식으로 담긴 삶의 이야기들이 이미지와 패턴, 상징과 컬러, 결코 물러섬이 없는 노스탤지어와 사랑의 힘을 보여주는 나보코프의 글보다 더 풍성한 감각을 지닌 회고록은 없다.

『미국인 치카: 두 개의 세계와 하나의 유년 시절』, 마리 아라나

나는 『미국인 치카』의 시작 부분을 즐겨 낭독한다. 풍성한 소리의 지형, 그 감각적인 기억 속에 머물러본다. 아라나는 성인이 되어 남아메리카 남자와 북아메리카 여자(그녀의 부모님이다)로 정의되는 자신의 유년 시절을 돌아본다. 부모님의 어쩔 수 없는 차이점을 이해하려 노력하고, 둘 사이 어디쯤에 자기 자리를 잡아야 할지 이해해보려 노력한다. 아라나가 들려주는 모든 이야기, 잠시 멈춰 생각에 잠기는 부분은 이해할 수 있다는 희망, 우리 유년 시절의 가정을 감싸준 사람들의 비밀스러운 모든 갈망을 우리는 결코 다 알 수는 없으리라는 깨달음으로 서술된다. "둘은 너무 달랐다. 모든 면에서 반대였다. 부모님이 얼마나 확고하게 자신들의 다리를 짓든, 나는 오로지 그 중간에서 서성일 뿐 결코 어느 쪽으로도 닿지 못하리라는 것을 그땐 알지 못했다."

『더 글라스 캐슬』, 지넷 월스

학기가 시작될 때마다, 나는 내 학생들에게 "가장 좋은 모델"이 되는 회고록을 수업에 가져오라고 청한다. 유년 시절에 관한 지넷 월스의 깊은 숙고는 늘 살아남아 역시나 모습을 드러낸다. 독자들 사이에서의 인기를 따지자면 이 회고록은 우리 세대의 것이다. 다만, 나는 내 학생들과 이 좋은 작품이 프랭크 매코트의 『안젤라의 재』처럼 자서전으로 분류되는 것이 더 좋지 않을지 토론해본다. 두 책은 경계가 모호하다. 지넷 월스의 이야기는 아버지와, 아버지만큼이나 활기차고 다른 이들은 무시해버리며 자유로운 정신을 가진 어머니, 그리고 어쩐지 어려움을 극복하지 못하지만 그럼에도 앞으로 나아가고, 또한 삶을 향해 나아가 차근차근 화려한 커리어를 쌓고, 사랑하는 남편과 파크 애비뉴의 배려심 많은 도어맨을 두게 된 딸(지넷), 이 세 사람의 인물 분석이다. 『더 글라스 캐슬』의 높은 인기는 이 책의 풍성함 때문이다. 지넷 월스는 공포스러운 장면을 끝없이 이야기하지만, 가해자를 정죄하지는 않는다. 이를테면 하릴없이 폭약이나 "핵 원료"를 가지고 실험 장난을 하고, 하릴없이 불 위에서 주위에 장벽을 쌓다가 결국 아버지에게로 달려가는 아이들이 듣는 것은 고함이 아니고, 위협적인 꾸짖음이 아니라 "혼란과 질서 사이의 경계"에 관해 알려주는 사려 깊은 잔소리다.

『펀 홈: 가족 희비극』, 앨리슨 벡델

앨리슨 벡델의 그래픽 회고록은 센트럴 펜실베이니아, '애덤스 패밀리' 같은 분위기의 가정에서 자란 자신의 성장 과정을 담고 있다. 장의사이자 영어교사, 나아가 비밀스럽게 젊은 남성을 좋아하는 아버지, 작은 마을 극장과 수치심으로 고립된 어머니, 고딕풍이면서 동시에 사방이 꽃무늬인(아버지의 작품이다) 그녀의 집을 담은 이 회고록은 여러 층위를 담고 있으며, 대단히 똑똑하다. 감정의 동요로 혼란스러운 가정이다. 아버지는 끔찍하고 불확실한 최후를 맞이한다. 벡델은 그녀가 새롭게 선언한 성 정체성이 아버지의 죽음을 촉발하는 데 기여하지는 않았는지 결코 알지 못할 것이며, 그 외에도 많은 것을 알지 못할 테다. 그렇다고 해도 그녀는 자신의 성장 과정에 대한 따스하고, 여리며, 깊이 알고, 완벽하게 빼어난 글쓰기를 멈추지 않는다. 모든 단어, 신화, 생각 풍선, 인용 횟수가 중요한 이 아름다운 그래픽 회고록은 훌륭하게 짜인 일곱 장 속에 얽히고설켜 있다.

『본 블랙: 소녀 시절의 기억』, 벨 훅스

벨 훅스(실명은 글로리아 진 왓킨스)는 어떻게 시인과 작가가 되는 것을 목표로 삼은 가난한 흑인 소녀 벨 훅스가 되었을까? 어떻게 책과 노인과 성직자와 릴케라는 이름의 작가가 그녀를 구해줄 수 있었을까? 옛일을 돌아볼 때 그녀는 무엇을 보는가? 그녀를 방해하는 것은 무엇인가? 무엇이 그녀를 강하게 했고, 무엇이 그녀를 부드럽게 했으며, 그녀를 거의 좌절시킬 뻔했으나 결국 그러지 못한 것은 무엇인가? 훅스는 이 회고록을 정신 나간 퀼트라고 부르며, 그 말은 맞다. 무척 듣기 좋은 음악 같고, 실험적이며, 인용 부호가 전혀 없고, 여러 문법적 대명사를 유창하게 사용하며, 마음이 작동하는 방식, 반복되는 패턴, 우리가 스스로를 위해 꿰매는 이음매에 흥미를 보인다.

『림보: 회고록LIMBO, A MEMOIR』, A. 마넷 안세이

『림보』는 A. 마넷 안세이가 (나이 열아홉 살에) 별안간 근육 장애 진단을 받아 움직일 때마다 통증이 일고, 연주회 피아니스트가 되겠다는 꿈은 가망 없어져 고통스러워진 때에 "사는 법을 배워가는" 이야기를 담고 있다. 좀처럼 쉬지 못하는 유년 시절과 갈망을 포착한 안세이는 종교적인 양육 과정이 낳은 혼란으로 안내하는데, 이 양육 과정은 그녀가 자신의 진실함을 알고 있었던 열정을 억누르려 한다. 이 회고록에서 시간은 끊임없이 흐른다. 우리가 얻는 지혜는 이것이다. "관점이란 세계를 관찰하고, 이야기를 전달하기에 유리한 지점이다. 이 유리한 지점의 위치가 바뀌면 관점의 위치도 바뀌고,

스토리는 새로운 세계관을 받아들이기 위해 스스로 그 모습을 바꾼다. 하나의 지형을 잃지만, 다른 지형이 생긴다. 이 둘 사이의 거리를 시야라고 한다."

『부처님의 저녁 식사 훔치기: 회고록STEALING BUDDHA'S DINNER. A MEMOIR』, 비크 밍 응우옌

1975년 봄, 미사일이 고요한 마을을 산산조각 내고 거대한 탱크가 도시를 점령한 남베트남에는 재교육 캠프, 고문, 절멸 등의 소문이 급속히 퍼지고 있었다. 자녀들을 미국의 구조 헬기에 태우거나, 비행기에 탈 방법을 강구하거나, 배의 어두컴컴한 화물칸에 들어가 탈출하거나 그저 생존하려는 것뿐인데도 위험을 감수해야 했다. 몇몇 용감한 사람은 도시에 머물며 공포에 찬 공산주의자들로부터 몸을 숨겼다. 이 공포스러운 혼돈 속에서 많은 사람이 죽었다. 이 모든 것의 한복판에 비크 밍 응우옌의 가족이 있었다. 아버지와 어머니, 형제, 그리고 마을 반대편에 살면서 절대 아버지와 결혼하지 않는 여자가 낳은 작은 꼬마 소녀 두 명이었다. 공포가 극에 달했을 때, 응우옌 가족은 운명적이고도 결코 되돌이킬 수 없는 결단을 내렸다. 사이공강에 정박한 북적이는 보트에 올라타 어딘지도 모르는 곳으로 도망가자. 그녀의 가족이 사이공에서 탈출할 당시 작가는 8개월 된 갓난아이였고, 미국에 도착했을 때는 이제 막 아장아장 걸을 무렵이었다. 『부처님의 저녁 식사 훔치기』에서 그녀는 미국 그랜드래피즈에서 시작한 새로운 삶의 질감과 경이를 떠올린다. 세부 사항, 음식에 관한 묘사가 정확하다. 응우옌은 정서를 환기하는 언어의 가능성을 이해하며, 매우 어린 유년 시절로부터 선별한 기억의 구체적인 사항들을 주장하길 두려워하지 않는다. 그리고 그녀 자신이 글 속에서 매력적인 인물이다.

어머니, 아버지, 자녀

『가문에 흐르는』, 마이클 온다치

마이클 온다치의 『가문에 흐르는』을 읽을 때 내가 얼마나 기쁜지 어떻게 설명할 수 있을까? 회고록의 스타일을 빌린 이 책에는 시와 과거의 이야기들이, 기억 속 대화와 새로운 대화들이, 기이한 것과 오래된 것들이, 믿을 수 없을 만큼 놀라운 것과 믿지 못할 것들이 함께 모여 있다. 스리랑카에서 보낸 유년 시절을 재구성한 것으로 이국의 진기한 것들에 대한 이해를 넓혀준다. 풍성하며 세밀하다. 언어가 무르익었다. 이 책은 또한 우리가 우리를 특이하게 양육한 사람들을 비난하듯 판단하는 대신 이들의 색다른 특징과 고통을 경탄의 눈으로 바라보겠다고 선택할 때, 어떻게 아름다움이─순전한 경이가 폭발적으로 터져나오는가를 잘 보여주는 예시다. 회고록이 무엇이 될 수 있는지 알고 싶을 때 『가문에 흐르는』을 읽어라. 회고록이 어떻게 만들어지는지 보고 싶다면 앉아서 이 책을 다시 읽어라. 가장 좋아하는 구절이다. "나의 할머니는 자카란다 나무의 푸른 팔에 안겨 돌아가셨다. 할머니는 천둥을 읽을 줄 아셨다."

『기만의 공작: 아버지에 관한 기억』, 제프리 울프

제프리 울프의 『기만의 공작』만큼 회고록이 우아해질 수 있는 법을 알려주는 글은 없다. 꾸지람과 허세는 화두에 올리지 않으며, 과거를 환기하되 그것을 요약하진 않는 『기만의 공작』은 아버지와 아들, 용서, 모험, 그리고 교훈의 이야기다. 제프리 울프의 아버지는 진실을 말하는 법이 거의 없었다. 그는 망가진 사람이었으며, 다른 것들을 망가뜨렸다. 그는 수치스러운 실망이었고, 품위 없이 죽었다. 그러나 숨이 멎을 듯한 이 책에 적힌 모든 단어는 사랑으로 쓰였다. 반드시 읽어야 할 작품이자 시대가 변해도 늘 시의적절할 작품이다.

『이미 다 끝난 일』, 릭 브래그

릭 브래그가 쓴 남부 이야기를 읽고 나면 당신은 절대 그를 잊을 수 없을 것이다. 그의 어머니도 결코 잊을 수 없을 것이다. 그리고 그것이 브래그의 가장 큰 목적이다. 그의 주된 목적은 지난날을 돌아보며, 상상할 수 있는 모든 안락함을 스스로는 거부하고 이 퓰리처상 수상자를 양육해준 어머니를 기록하는 것이다. 술에 취하고, 괴롭히고, 대개는 한국전쟁으로 인해 정신적으로 괴로워 부재했던 아버지, 최선을 다한 어머니, 영광스럽고 이상한 북동부 앨라배마의 조부모와 마을 사람들까지 이 이야기의 매혹은 끝이 없다. 이 책에는 영예로운 문장들이, 브래그가 겸손하게 사소하다 일컫는 삶과 사랑에 대한 중요한 생각들이 있다.『이미 다 끝난 일』은 사랑받을 자격이 있는 어머니에게 바치는 러브 스토리다.

『평범할 수 있는데 왜 즐거워야 하나요?』, 지넷 윈터슨

『평범할 수 있는데 왜 즐거워야 하나요?』는 우선 지넷 윈터슨을 입양한 어머니, 그 종말론적이고, 다른 사람을 지배하려들고, 극도로 외로우며, 외롭기를 자처하는 윈터슨 부인의 이야기다. 윈터슨 부인은 조그마한 사람들이 살아가는 북잉글랜드의 산업화된 마을에 거주하는 몸집 큰 여성이다. 그녀는 죽음을 꿈꾸고, 성경을 읽고, 극도로 비도덕적이며 비정한 벌을 무엇 하나 두려워하지 않고 내리며, 위선에 통달한 사람이다. 중요한 역할을 하는 사람이다. 은유적 의미에서 커다란 지팡이를 휘두를 뿐만 아니라, 실제로 권총을 소지하고 있다. 덫을 놓고서 돌이킬 수 없는 결과를 고집한다. 지넷의 유년 시절이 이러하다. 그녀는 책에 빠져든다. 정리되지 않으며, 거칠고, 소녀들을 좋아한다. 모든 것이 무너져 깨지고, 사랑은 찾기 힘든 것임을 알게 될 때까지, 그녀는 기적적으로 자신의 길을 간다. 삶의 말년, 예술가로서 크게 성공하고, 크고 작은 좌절도 경험한 후 지넷은 친엄마를 찾으러 떠난다. 지넷은 진짜 사랑이 무엇인지 알고 싶다. 자신은 사랑을 줄 수 없을 뿐 아니라 받을 수도 없는 사람이 아닌지 알고 싶다. 그녀의 여정은 이중적이지 않을 것이다. 그녀가 발견하는 것은 단순하지 않을 것이다. 그녀의 이야기를 어떤 식으로든 요약하려는 시도는 이 책을 진실되게 탐독하는 일에 반하는 것이다. 여러 에피소드로 이루어진 이 회고록은 여자가 되는 것, 작가가 되는 것에 관한 이야기인 것만큼이나 궁극적으로 어떤 가치 판단도 내리지 않는다. 이 글은 그저 (그리고 이것이 핵심이다) 용서한다.

『타우니: 회고록TOWNIE. A MEMOIR』, 안드레 듀버스 3세

『타우니』는 긴 책이다. 단번에 읽을 수 없다. 이 어려운 책은 때때로 아버지인 사람, 재능 많고 다정하지만 자신의 충동과 글쓰기를 우선순위에 놓는 사람 밑에서 자란 유년 시절의 숙

명에 관한 이야기다. 작가의 아버지인 안드레 듀버스 2세는 왜 자기 자녀들이 세계 속에서 배고프고 쫓기고 상처받는지, 왜 자신의 이름을 본떠 지은 아들이 공을 던질 줄 모르는지, 그리고 그 아들이 왜 힘을 기르고, 복싱을 하고, 딱히 대단한 위해를 가하지 못하는 세상을 향해 주먹질을 해대는지 전혀 감을 잡지 못한다는 것을 (그의 아들의 서술 덕분에) 우리는 알게 된다. 듀버스 3세는 사방이 적으로 둘러싸인 듯한 그의 청소년기의 성장 환경을 (자신과 그의 가족을) 방어할 수 있는 유일한 방법은 근육과 주먹이라는 믿음에 천착함으로써 극복한다. 책을 읽으면서 우리는 이 아이가 (그리고 이후 성인이 될 때까지) 치명타를 날리고, 적을 때려눕히고, 경찰차 뒷좌석에 올라타고, 철창 뒤에 잠시 구금되고, 나중에는 그가 때려눕힌 사람 중 한 명이 병원에 실려갔다는 소식을, 희생자의 친구들 중 한 명이 그를 잡으러 온다는 이야기를 듣는 것을 보게 된다. 듀버스는 자신의 유년 시절을 산산조각 낸다. 어떤 긴급함에서 쓰인 『타우니』는 심판이다. 주먹을 지나 언어를 향해 나아가고, 마음의 상처를 지나 사랑으로 나아가고, 깨진 가정을 지나 자신의 온전한 가정으로 나아가는 것을 내부자의 눈으로 서술하는 책이다.

『**불안: 나의 어머니, 아버지, 나**Misgivings. my mother, my father, myself』,
C. K. **윌리엄스**

『불안』은 이름할 수는 없지만 살면서 벌어지는 많은 것 사이
의 공간을 탐구한다. 『불안』에서는 날짜도, 적절한 명사도,
구체적인 위치도 알려진 것이 없다. 철저한 도서 목록도 없
고, 낯선 사람이 다시 나타나는 일도 없으며, 계절이나 사건
의 나열도 없다. 유년 시절의 집을 그린 지도도 없고, 연대순
을 충직하게 지키지도 않는다. 내러티브의 흐름이라고 할 만
한 것조차 없다. 이 책이 지닌 운동성이란 기억과 용서의 운
동성이며, 각 인물이 다른 인물에게 하는 행위, 서로를 치유
하기도 하고 부숴뜨리기도 하는 그 행위의 방식이다. 플롯
은 과거의 부모를 받아들이고 있는 한 남자의 이야기로서 그
가 그들을 사랑했던 방식, 사랑하지 않았던 방식, 부모가 누
구였는지에 따라 자기 자신이 주조된 방식이 담겨 있다. 우
리가 떠올릴 수 있는 거의 모든 문학상을 수상한 최고의 시
인 C. K. 윌리엄스는 그가 살았던 삶으로부터 뒷걸음질치지
않으며, 그가 물려받은 유산의 어두운 측면을 드러내는 데
주저함이 없다. 그러나 그가 냉혹할 정도로 정직하게 자신의
깊은 생각을 드러낸다 해도 그것이 그가 궁극적으로, 그리고
너무나 아름답게 발견한 부모님을 향한 사랑, 부모님의 서로
를 향한 사랑, 그리고 세 사람의 사랑을 무용화하지는 않는

다. 이 책에 쓰인 모든 단어 뒤에 사랑이 있다. 사랑과 윌리엄스의 마지막 믿음이 이 책에 있다.

『멘토: 회고록MENTOR. A MEMOIR』, 톰 그림스

톰 그림스의 권위적이고, 꾸밈없으며, 기분 좋은 정직함을 보여주는 이 회고록은 회고록계의 고전으로 그 중요함이 남다른 『시간 멈추기』의 작가이자 아이오와 작가 워크숍에 참석한 프랭크 콘로이와 본인의 관계를 다루고 있다. 그림스는 낮에는 서빙을 하고 밤에는 글을 쓰면서 문학적인 활동을 하는 삶을 살길 절실히 바라는 학생으로서 프랭크 콘로이의 세계에 발을 들였다. 그림스는 꽤 빠르게 평범한 사람 그 이상의 인물이 되었는데 프랭크 콘로이와 한 테이블에 앉아 이야기를 나누고, 그의 사심 없는 격려를 받을 수 있을 정도가 되었다. 그리고 정말이지 콘로이는 사심 없이 그를 격려해주었다. 그림스에게 계속 쓰라고 설득했으며, 가능성이 있는 것들과 그를 연결해주었고, 그림스에게 좋은 일이 있을 때 축하해주었으며, 나쁜 일이 생기면 마음의 짐을 덜어주었다. 많은 작가—너무나 많은 작가—가 자기 자신, 자기 작품, 자기 명성만 중요하게 생각한다. 콘로이는 확실히 그런 유의 사람이 아니었다. 그림스가 서술하는 그의 초상은 그를 밝게 드러내며 되살린다.

『그렇다면 다시』, 다이앤 키턴

유명인들은 대개 자서전을 쓴다. 다이앤 키턴은 그러지 않았다. 그녀는 자기 어머니가 누구인지, 어머니가 자기 형상을 어떻게 만들었는지, 그리고 현재 자신이 어떤 어머니인지를 이해하고 싶어한다. 그리고 이를 이해하기 위하여 키턴은 명민하게 옳은 질문을 던지고, 위험을 감수하면서도 중요하지 않은 것은 제쳐둔다. 그녀는 조용하고, 잘난 척하지 않으며, 유쾌하고, 우아하다. 독자는 그녀가 진실을 이야기한다고 믿는다. 그녀가 글을 쓴 이유는 우리에게 오락거리를 제공하기 위해서가 아니다. 아무거나 던지고 보는 쉬운 길을 택하지 않는다. 그녀는 그만의 이유로 그녀가 사랑한 사람들을 독자들에게 보여준다. 자신의 갈망, 때로는 우울, 그리고 천천히 사라져가는 어머니에게 그녀가 쓰는 이야기 속 공간을 내어준다. 키턴은 그녀가 우리 중 한 명이기에 쓴다. 키턴은 자기 길을 찾기 위해 쓴다. 한담이나 일화 혹은 가십거리를 쓴 책이 아니다. 이것은 삶이며, 이것은 아름답게 기술되었다. 우리를 놀라게 하는 감동적인 효과를 위해 구조적으로 큰 위험을 감수하는 책이다.

『플로리스트의 딸: 회고록THE FLORIST'S DAUGHTER. A MEMOIR』, 퍼트리샤 햄플

"중산층, 중서부, 한 세기의 중간—뭐든 중간." 이것이 퍼트리샤 햄플의 인생 대부분이었다. 체코 출신 플로리스트와 그의 아일랜드 출신 아내 사이에서 둘째 딸로 태어나 세인트폴에서 자란 햄플의 유년 시절은 우리 대부분의 유년기와 비슷해 탈출을 염원했다가 곧장 집 근처로 돌아와 배회했다. 아버지와 함께 낚시를 갔다. 매끈하게 다듬어진 아이스링크를 뱅글뱅글 돌았다. 어머니가 해주는 이야기를 들었다. 어딘가로 가고 싶었다. 아무 데도 가지 않았다. "아들은 결혼할 때까지 아들이고, 딸은 영원히 딸이다." 이것이 그녀의 어머니가 늘 하던 말이다. 그것이 햄플의 숙명이었다. 『플로리스트의 딸』은 누구에게 해를 끼치기 위한 글이 아니며, 신격화를 하기 위한 글도 아님은 이 회고록이 가진 또 다른 주제다. 햄플은 『플로리스트의 딸』에서 영웅을 찾지 않는다. 그녀는 잔향을 들으며, 음영을 더하고, 자기 기억을 다시 여행하고, 사진을, 그녀가 들었던 이야기를, 또한 그녀가 들었던 거짓말, 그래서 그녀도 품고 있는 그 거짓말을 다시금 여행하고 있다. 햄플은 동정을 구하지 않는다. 그녀는 이해 범위를 시험하고 있다. 『플로리스트의 딸』은 이런 여정을 자기 부모와 떠나야겠다는 생각이 들기 전까지는 나이 든다는 게 무엇인지 이해하기 어렵다는 점을 우리에게 상기시킨다. 이 책은 관점을 제시한다. 앉고 기다리고 아프고 지켜보는 것을 영예롭게 하는 책이다. 그리고 목적의식을 일깨운다.

『내가 확실히 아는 두세 가지』, 도러시 앨리슨

이 회고록을 손에 쥐는 것은, 뭔가 새 같은 것, 사납고, 여린 것을 손에 쥐는 것과 같다. 단어들은 서로 멀찌감치 거리를 두고 있다. 사진은 크림색 종이 위를 여기저기 떠다닌다. 울부짖은 선언들은 별안간 사라진다. 이 책에는 도러시 앨리슨이 남부에서 보낸 자신의 유년 시절에 관하여, 그녀의 상처받은 사람과 상처 주는 사람들, 자신의 선명한 직감, 수치심에 굴복하지 않으며, 이것으로 인해 스스로가 무가치하다는 기분에 빠지지 않겠다는 그녀의 거절에 관하여 확실히 아는 두세 가지가 있다. 두세 가지, 사실 두세 가지보다 훨씬 더 많은 것. 이 책은 이것을 적어내려가는 노력이자, 이것을 옳은 자리에 두려는 노력이며, 큰 소리로 노래하고, 그녀의 유년 시절을 괴롭힌 학대를 지나 글을 쓰기 위한 노력이다. "사랑을 나눌 때 나는 나의 온 생애를 손에 쥔다. 상흔과 자부심, 나쁜 기억과 좋은 기억, 나인 모든 것과 나일지도 모르는 모든 것. 그리고 나는 진실로 나를 사랑하며, 내가 즐거워하는 것은 그것이 어떤 엉망진창인 일일지라도 진실로 할 수 있다." 앨리슨은 쓴다. "나는 용기와 욕망이 만나는 곳을, 자부심과 즐거움이 혈관에, 그리고 곧장 심장까지 욕망을 불어넣는 곳을 안다." 『내가 확실히 아는 두세 가지』는 음이 있는 기도문이자, 봉기이며, 듣기 좋은 깨달음의 모음곡이다.

『아버지의 날: 내 특별한 아들의 생각과 마음속으로 떠나는 여정』, 버즈 비싱어

버즈 비싱어가 쓴 이 책은 아버지 됨에 관한 회고록이면서 동시에 성인 된 아들—쌍둥이 중 동생으로 태어나 뭐라 쉽게 명명하기 어려운 광범위한 다름으로 고통받는 자크와 함께 떠난 여행에 관한 회고록이다. 원하지 않고, 가지지 않는 것에 관한 책이자, 어리둥절함과 짜릿함에 관한 책이며, 잘못된 일을 하는 것과 잘못된 일을 당하는 것에 관한 책이고, 열심히, 그리고 영원히 사랑하는 것에 관한 책이다. 꾸밈없으며 독창적이다. 도무지 해결할 수 없는 인생의 엉망진창들을 진실하게 말하길 두려워하지 않는다. 이 책의 모든 페이지가 정직한 투쟁, 필사적인 분투가 때로 시대를 거듭하여 읽힐—스토리의 재미 때문만이 아니라 지혜를 구하기 위해(그 수가 많고, 겹겹이 축적되고, 그리고 옳은 지혜), 언어 때문만이 아니라(날카롭게 묘사하는 이 책의 언어는 몹시 매혹적이다), 산달을 채우지 못한 아기들과 서번트 증후군을 앓는 아이들의 역사를 알려주는 부가적인 설명을 글 속에 완벽히 구성했기 때문만이 아니라, 어쩌면 좀더 단순하게 살고 싶다는 이유로 이해하려고 열심히 노력하던 것을 멈출 때 무슨 일이 벌어지는지에 관해 알려주는 교훈을 얻기 위해 읽힐—책의 탄생에 기여할 수 있음을 보여준다.

『**평범한 날의 선물: 엄마의 회고록**THE GIFT OF AN ORDINARY DAY. A MOTHER'S MEMOIR』, **카트리나 케니슨**

여기서는 간단히 내가 내 친구 카트리나 케니슨의 책을 위해 썼던 추천사를 적겠다. 이것 말고 어떤 말이 더 필요할까 싶다. "현대의 회고록에서 보기 어려운 진실함과 친밀함으로 카트리나 케니슨은 갈망을 복잡한, 감각적인 요소들로 분해한다. 이 책은 중년의 욕망과 상실에 관한 것이다. 또한 가장 자애로운 사랑에 관해, 아름다움이 존재하는 곳에서 아름다움을 찾아내는 사람들에게 주어지는 선물에 관해 가장 깊이 있게 알고 있는 책이다.

비탄

『**저스트 키즈**』, **패티 스미스**

『저스트 키즈』의 광고 내용에 따르면 이 책은 전설적인 로커 패티 스미스와 예술가 로버트 메이플소프의 우정에 관한 이야기를 담고 있다. 그리고 실제로 그런 책이다. 그러나 그것이 다는 아니어서 이 이야기는 예술가로서 패티 스미스가 성공하는 과정도 담고 있다. 값싼 음식을 살까 아니면 오래된 책을 살까, 예술가가 될까 아니면 작가가 될까, 메이플소프의 연인이 될까 아니면 그의 가장 친한 친구가 될까 사이에서 갈등하며 보낸 숱한 세월. 그녀는 아이디어를 탄생시키는 예술가, 친구들의 대화, 인생의 길을 찾아준 우연, 그녀가 입었던 옷과 그녀가 바로잡을 수 없었던 오해, 세상이 붙잡고 싶어할 그 어떤 사랑의 정의보다 더 큰 사랑에 관해서 이야기한다. 그녀는 우리에게 그 시대 전체를 보여준다. 그녀는 견고하고, 강하며, 정직한 글을 쓰지만 그럼에도 불구하고 그녀의 친구를 배신하지는 않아서 독자들이 베일 뒤에 가려져 있어야 하는 사생활을 상상할 만한 여지는 주지 않는다.

『상상이 낳은 허구의 정확한 모형』, 엘리자베스 매크래큰

계획했고, 진심으로 원했고, 만삭이었고, (적어도 그때까지는) 푸딩이라는 태명으로 부르던 아기가 분만을 얼마 안 남겨두고 침묵하기 시작하며 움직이지 않는다. 아기는 결코 해를 보지 못할 것이다. 하루빨리 3인 가족의 삶을 시작하길 바랐던 부모님을 보지 못할 것이다. 그때까지 그의 어머니 삶을 지지해주었던 프랑스 땅을 보지 못할 것이다. 소설가 엘리자베스 매크래큰은 그녀의 두 번째 아들 거스가 태어나기 전까지는 푸딩을 잃은 이야기는 쓰지 않을 것이다. 『상상이 낳은 허구의 정확한 모형』의 핵심과 구조는 이 두 가지 이야기―거부당한 삶과 주어진 삶―의 결합이다. 이 책의 페이지들은 비탄, 우리가 어떻게 여기에 이름 붙이고, 어떻게 이것과 싸우고, 필요한 사람들, 그러나 알지 못하는 사람들을 우리가 어떤 식으로 보는지, 그리고 다른 사람들이 어떻게 우리에게서 등 돌리고 혹은 돌리지 않는지에 젖어 있을 것이나, 그렇다고 비탄이 이 책을 규정하는 것은 아니다. 매크래큰은 더 깊이 들어간다. 굉장한 재주와 존경할 만한 통제로 그녀는 사랑을 환기한다. 사랑이 어떤 느낌인지 우리에게 이야기한다.

『먼길로 돌아갈까?』, 게일 콜드웰

게일 콜드웰의 섬세한 필치가 돋보이고, 온전히 아름다우며, 눈물 없이는 읽을 수 없는 『먼길로 돌아갈까?』는 콜드웰과 캐럴라인 냅의 깊은 우정에 관한 이야기다. 사랑스러운 반려견들과 나갔던 긴 산책, 노를 젓는 물의 유리 같은 표면, 과거와 불완전함과 서로가 서로에게 맡긴 욕망, 암 진단과 죽음, 캐럴라인의 삶이 최고조에 달했을 때, 그리고 콜드웰의 세계에서 그녀가 여러 이유로 중심에 있었을 때 당도한 죽음의 이야기다. 『먼길로 돌아갈까?』는 완벽하게 기술된 자세한 내용으로 가득한 회고록이다. "나는 곧잘 야생의 동물들이 쉼에 이르고, 지독할 정도로 환했던 물가에 모네의 땅거미가 내리는 이른 저녁에 밖으로 나간다. 그러고는 보트 타는 다른 사람들이 반딧불이처럼 수면을 가로지를 때, 그 금색 불빛 속에서 노를 저어 부두까지 돌아오곤 했다." 콜드웰이 친구의 죽음을 이겨낸 것은 사실이지만,『먼길로 돌아갈까?』는 어떻게 절친한 친구의 죽음을 이겨낼 수 있는지에 대해 쓴 글이 아니다. 그보다는 친절함과 작은 몸짓에 담긴 힘, 친구와 기억의 신의, 우리를 복잡한 타인을 필요로 하는 복잡한 인간으로 만드는 끈기와 연약함에 관한 안내이자 비유다.

『천국의 해변: 회고록HEAVEN'S COAST, A MEMOIR』, 마크 도티

1993년 4월, 마크 도티는 상실의 미래를 바라보고 있었다. 그의 오랜 연인 월리가 에이즈로 죽어가고 있었다. 함께하는 그들의 삶이 끝나가고 있었고, 어쩌면 곧 끝날지도 몰랐다. 그리고 도티는 이 커플에게 남은 몇 날을 사는 동안 미래를 상상해보려고, 좋은 마음으로 받아들여보려고 노력 중이었다. 당신은 어떻게 기념과 애도를 동시에 할 수 있는가? 붙잡을 수 없는 것을 어떻게 붙잡는가? 도티의 회고록은 서정과 철학, 그리고 거친 날것의 균형에 다가가는 아름다운 훈련이다. "미래는 부재, 치아가 뽑힌 자리의 구멍처럼 다가오는 어두운 공간이다. 열심히 노력해보지만 나는 여기서 아무래도 벗어날 수 없다. 미래 속 열린 공간은 관심, 눈물, 상상, 그리움 같은 것으로 채워져야 한다고 고집 부린다."

『인생의 반』, 다린 스트라우스

『인생의 반』은 사고로 인한 죽음에 관한 이야기다. 고등학생이었던 스트라우스가 학교 친구들과 함께 '풋풋putt-putt' 게임을 하러 간 그날 벌어졌던 일을 담고 있다. 그는 열여덟 살이었고, 아버지의 올즈모빌 차량을 직접 운전하고 있었다. 도로 갓길에서는 자전거를 탄 두 사람이 페달을 밟으며 가까이 오고 있었다. 별안간 급격한 방향 전환이 있었고, 부딪침이 있었으며, "발작 같은 앞 유리창"이 있었다. 자전거에 타고 있던 사람, 다린 스트라우스와 같은 학교를 다니던 소녀가 도로에 숨진 채 누워 있었다. 그녀는 스트라우스가 타고 있던 차량까지 고속도로 두 차선을 건너왔다. 그는 브레이크를 밟았고, 결과를 미연에 방지할 수는 없었다. 영원이었다. 그것은 항상이었다. 소녀가 죽었다. 소년은 살았다. 스트라우스는 대학을 다니는 내내, 20대 내내, 30대 초반까지 그 사실을 받아들일 수 없었고, 그들을 친구라 하지 못했다. 그가 온전하게 기억할 수 없는 것은 많다. 간극이 있고, 공백이 있고, 망가진 부분이 있다. 그는 이 모든 것을 최고의 예를 갖춰 적는다. 생각은 작은 부분으로 나뉘고, 사이사이에 긴 숨이 (빈 페이지가) 놓여 있다.

『긴 작별 인사: 회고록THE LONG GOODBYE. A MEMOIR』, 메건 오로크

우리가 시인에게 기대하는 것은 깊은 서정성과 풍부한 언어의 회고록이다. 만일 주제가 비탄이라면 더 그렇다. 다른 사람이 아니라고 한다면, 최소한 나는 그렇다. 그러나 어머니가 쉰다섯에 암으로 돌아가시면서 상실을 겪는 굉장히 개인적이면서도 의도적으로 보편적인 이야기인 『긴 작별 인사』에서 메건 오로크는 거의 삭막하다고 할 법한 언어를 선택했으며, 은유를 통해 기쁨을 주는 일도 드물고, 상실을 통한 자기 여정을 되짚기 위해 곧잘 전문가의 용어를 써서 일을 자세히 기술한다. 오로크는 어머니의 부재에 대비하지 못했다. 누가 그럴 수 있으랴. 그녀는 무언가를 잃었고, 그러고서 열심히, 냉담하게, 분노하며, 끈질기게 바라보기를 멈추지 않는다. 문학작품을 읽는다. 친구들과 이야기를 나눈다. 그저 살아 있음의 전율을 다시 느끼기 위한 목적으로 나쁜 행동을 감행한다. 그러나 우리 모두가 그러하듯 오로크도 자신의 비탄을 홀로 살아내야 한다. 그리고 비탄의 가장 힘든 점은 결국 치료제가 없다는 것이다.

『푸른 밤』, 존 디디온

많은 독자가 『상실』에 대해 가혹한 태도를 취했는데 나는 다른 사람보다 더 그랬다. 때로 과도하게 자의식적으로 냉담하고, 사실을 과하게 보고하며, 감정은 부족하다고 생각했다. 펜실베이니아에서 내가 가르친 학생 대다수는 내 생각에 동의하지 않았다. 나는 설득당하기를 바라며, 그들의 말을 들었다. 다행히 『푸른 밤』은 거부감이 들지 않았다. 책 겉표지는 이 책을 "딸을 먼저 보낸 것을 아름다운 솔직함으로 쓴 작품"이라고 묘사하고 있다. 이 책은 그런 책이다. 그런 면도 있는 책이다. 뿐만 아니라 이 책은 대부분—겉표지에서도 장담한 바 있듯—디디온의 "자녀를 갖는 것, 질병, 그리고 늙어가는 것에 관한 생각이자 두려움이며 의심"이다. 다시 말해, 어두컴컴해져가는 곳에서의 울음. 누군가를 잃은 슬픔 이후, 잔인하게 똑딱똑딱 흘러가는 시계의 얼굴 앞에서 마음은 마음이 하는 일을 한다. 『푸른 밤』의 언어는 벌거벗을 수 있을 만큼 벗겨진 언어다. 움켜쥔 이미지와 발화된 문장, 반복되는 비유(늘 유순하게 반복되는 비유는 아니지만)의 씨 뿌리기이자 그것의 경작이다. 시간을 추적하는 마음이다. 질문이다. 쉽게 읽을 수 있는 책은 아니다. 결코 아니다. 그러나 아름다우며, 때로는 마음을 뒤흔든다.

『다정한 땅: 가족애 이야기THE TENDER LAND. A FAMILY LOVE STORY』, 캐슬린 피너런

『다정한 땅』에서 캐슬린 피너런은 사랑과 상실에 대한 광대하고도 답을 결코 알 수 없을 질문을 던지고 있다. 오래전에 잃은 남동생 션을 책에서 되살려내고 있다. 그는 열다섯 살

에 누구도 이해할 수 없는 이유로 스스로 목숨을 끊었다. 왜
션은 아버지의 심장약을 삼켰을까? 그의 슬픔은 누구 책임
이었을까? 동생을 그의 숙명으로부터 지키기 위해 피너런은
무엇을 해야 했던가? 이것은 분명 개인적인 질문이고, 매우
특정한 상황이며, 누군가의 가족, 누군가의 사랑, 누군가의
상실이다. 그러나 피너런은 자기 이야기를 서술하면서 독자
들이 각자의 내면으로 깊이 들어가게 독려하며, 독자들도 사
랑하는 사람을, 그리고 그들을 전적으로 사랑했는지를 생각
해보라고 청한다. 피너런이 쓴 산문 형식의 유려한 문장들은
그녀의 동생을 위한, 그리고 독자들을 위한 기도문이다.

『파울라: 회고록 PAULA. A MEMOIR』, 이사벨 아옌데

"파울라, 들어봐. 네가 깨어났을 때 너무 많은 것을 잃었다는
기분이 들지 않게, 내가 이야기해줄게." 그렇게, 삶의 가능성
이 무한히 빛날 시기에 코마 상태에 빠진 젊은 여성, 아옌데
의 딸 파울라를 위한 이사벨 아옌데의 깊은 애정이 담긴 러
브레터가—회고록이 시작된다. 물론 아옌데의 이야기는 굽
은 길로 나아가며 아무래도 사실이 아니다. 물론 환상적인
요소들이 있으며, 꿈속에서 보는 듯한 상상의 이미지들이 연
속된다. 이 책은 당연히 그녀의 딸에 관한 이야기라기보다
는 아옌데에 관한 이야기가 더 많다. 그러나 이것은 회고록

이다. 이것은 동시대에 상상력이 가장 뛰어난 스토리텔러의 눈에 비친 비탄의 모양이다. 파울라는 아옌데의 꿈속에서 그녀에게 이야기한다. 파울라는 조용히 사라지고 있다. 세상의 어떤 이야기도 그녀를 구할 수 없으며, 아옌데의 고백도 그녀를 구할 수는 없다. 결국 세상 무엇보다 힘든 일 앞에 가까이 다가가 앉아 그것을 지켜보는 어머니, 그 사랑의 행위만 남을 뿐이다.

『헌신』, 대니 샤피로

대니 샤피로의 우아한 산문의 문장들 속에서 『헌신』이란 탐구의 다른 이름이다. 이 책은 늙어가는 몸과 연속된 불확실성 속에서 위험이 가득한 이 세상을 우린 어떻게 살아가는가를 알아가는―그리고 모른 채로 예상하는―여정이다. 삶의 중년, 중년의 중년에 닿았고, 도시를 떠나 시골에 왔고, 희귀하고 위험한 장애라는 역경을 이겨낸 어린 소년을 길렀고, 소설가로서 그리고 회고록 작가로서 (그리고 시나리오 작가로서) 큰 성공을 거둔 대니 샤피로는 잠에서 깰 때마다 걱정거리와 목록이 한가득이다. 턱이 덜덜 떨린다. 생각이 미끄러진다. 그녀는 삶을 채우는 것들에 꼼짝없이 사로잡혔으며, 그러고서―그러고서 또―그녀는 걱정한다. 샤피로는 매우 종교적인 가정에서 유년 시절을 보냈다. 그녀는 그녀가 믿는 것이 무엇인지 모른다. 아들은 그녀에게 신과 천국과 죄에 대한 간단하고도 답할 수 없는 질문들을 던진다. 뭔가 알고 있어야 하는데, 그렇지 않을까? 확실하게 답할 만한 무언가가 있어야 한다. 하지만 결국 변하지 않는다고 확신할 수 있는 게 무엇이란 말인가? 무엇이 우리에게 힘을 주고, 삶의 우여곡절과 우연으로부터 우리를 지켜주는가? 문장 하나하나, 이것은 아름다운 책이다. 사려 깊고 순전하다. 구조적인 부분을 이야기하자면 인접한 장면들, 해체되어 시간이 되는 시간들, 커다란 태피스트리에 엮이는 작은 실들로 빼어나다. 우리에게는 정말이지 서로가 전부다. 그리고 그것이 샤피로가 내린 결론이다. 샤피로의 책, 이것은 멀리 뻗은 손이며, 열린 문이고, 안식처다.

『상실: 자매 이야기BEREFT. A SISTER'S STORY』, 제인 번스타인

"세차게 뛰는 심장으로 현관에 서 있던 아이." 제인 번스타인은 언제나 예의주시했고, 언제나 귀 기울였고, 그리고 어쩌면 과하게 순종적이었다. 낯선 사람이 언니를 살해했을 때, 제인은 열일곱 살이었고, "당장 일상으로 돌아오라"는 어머니의 충고대로 살고 있다. 20년이 지난 후 제인의 딸이 로라 이모에 대해 물었을 때, 제인은 발견의 여정을 시작하게 된다. 언니에게 무슨 일이 있었던 걸까? 로라의 죽음은 제인의 인생에 어떤 영향을 미쳤을까? 무엇을 알 수 있고, 결코 알 수 없는 것은 무엇일까? 일부는 탐정물이고 일부는 생각인 이 복잡한 회고록은 수십 년을 결코 그 중심을 잃는 법 없이 가로지르고 주제들을 관통하며 이야기를 엮어낸다.

자연

회고록은 우선 사람들에 관한 것이지만 사람은 자연에서 태어나, 삶을 살고, 마침내 그곳으로 돌아간다. 자연을 주제로 글을 쓴 최고의 작가 대부분은 수필가이거나 짧은 형식의 대가다. 우리는 에피소드 형식으로 이들의 이야기를 알게 된다. 이들의 글에서 반드시 연속적인 무언가를 발견하려고 하지는 않는다. 이번 목록을 구성하면서 나는 에세이 선집 중에서도 좀더 적절하게 선반에 꽂아둘 만한 책 몇 권만 선별했다. 그렇게 한 이유는 이런 책들이 긴 형식으로 글을 쓰는 회고록 작가라면 누구와도 연관이 있는 내용과 통찰을 담고 있기 때문이다.

『자연의 지혜』, 애니 딜라드
"밖으로 나간다. 무언가를, 밖으로 나가지 않았다면 완전히 놓쳤을, 잃었을 법한 어떤 사건을 본다. 혹은 무언가가 나를 본다. 뭔가 거대한 힘이 그의 깨끗한 날개로 나를 쓰다듬고, 나는 종처럼 울려 퍼진다." 애니 딜라드만이 쓸 수 있는 문장이다. 그녀의 퓰리처상 수상작 『자연의 지혜』에 적힌 인용할 가치 있는 셀 수 없이 많은 부분 중에서 단 하나만 인용한 것이다. 이 책은 보는 것, 품는 것, 존경하는 것에 관한 책이며, 인식하는 것에 관한 책이기도 하다. 우리가 멈춰 서서 본다면 무슨 일이 일어날까? 왜 우리 모두는 이렇게나 "우리 눈이 영영 압도되는 것"을 두려워할까?

『피난처: 가족과 장소에 관한 이상한 역사REFUGE. AN UNNATURAL HISTORY OF FAMILY AND PLACE』, 테리 템페스트 윌리엄스

나는 9·11 테러 사건이 일어나고 며칠 후, 사건으로 유명을 달리한 모든 이를 애도하고, 이들을 잃은 사람들의 마음을 애통해할 길을 찾고 있을 때 테리 템페스트 윌리엄스의 『피난처』를 발견했다. 머리 위 하늘은 파랬고 조용했다. 근처 나무에 앉은 새들은 고집스레 입을 다물었다. 나는 키 크고 여윈 자작나무를 올려다봤다. 그것은 타워였다. 나는 새롭게 피어오르는 구름을 봤다. 그것은 연기 기둥이었다. 우리는 어떻게 애도하는가? 윌리엄스가 어머니의 죽음, 그리고 어머니가 사랑하는 자연의 갑작스러운 오염을 받아들이는 과정을 담은 책 『피난처』에 답이 있다. 그녀는 이렇게 썼다. "모래 입자가 내 피부 위로 재빠르게 미끄러지고, 귀와 코를 채운다. 유일하게 호흡을 인식한다. 내 폐의 작동이 증폭된다. 바람이 강해진다. 나는 숨을 참는다. 바람이 나를 안마해준다. 까마귀가 가까운 곳에 내려앉는다. 나는 숨을 내쉰다. 까마귀가 날아간다." 언어와 지성의 측면에서 읽어야 할 가치가 큰 『피난처』에서 윌리엄스는 다음과 같이 상기시킨다. "평화는 패턴 속에서 찾아지는 관점이다. 나의 두려움은 나의 고립에서 나타난다. 나의 고요함은 나의 고독에서 나타난다."

『사물의 이름들: 인생, 언어, 그리고 이집트 사막의 시작THE NAMES OF THINGS. LIFE, LANGUAGE, AND BEGINNINGS IN THE EGYPTIAN DESERT』, 수전 브라인드 모로

수전 브라인드 모로의 『사물의 이름들』은 탈출과 발견, 탈진과 항복과 안심의 책으로 회고록 형식의 매우 아름다운 예시다. 모로의 책은 대다수 사람이 가봤을 만한 곳, 그곳 너머 먼데로 독자들을 데려간다. 바로 이집트의 모래사막, 이국적인 동물과 식물이 동행하는 곳이다. 그러고서 어떻게 된 일인지 인류의 경험과 직접적으로 연관된 글을 쓴다. "나는 기억이 담요라고 생각했다." 모로는 여행 중 이렇게 썼다. "나는 내 마음에서 한 가지를 꺼내 마치 이것이 내가 가지고 다니던 아름다운 직물의 일부인 것처럼, 오래전에 일어났던 일들인 것처럼, 내가 사랑했던 사람들의 얼굴인 것처럼, 내가 알고 있었음을 오래전에 잊은 시의 단어들인 것처럼 다룰 수 있었다. 유목민 혹은 글을 읽지 못하는 배움 없는 사람이라면 누구나 이것을 알았을 것이다. 기억 혹은 기억에 남은 단어들이라는 만질 수 없는 보물." 모로의 글을 읽는 독자들이 이 깨달음을 얻기 위해 이집트까지 갈 필요는 없다. 모로가 그들을 위해 대신 발견해냈다. 그리고 독자들을 위해 그것을 언어로 사랑했다.

『돼지의 추억: 크리스토퍼 호그우드의 특별한 삶THE GOOD, GOOD PIG, THE EXTRAORDINARY LIFE OF CHRISTPHER HOGWOOD』, **사이 몽고메리**

사람의 발길이 닿지 않는 세계 각지의 이국적인 곳으로 떠나는 사이 몽고메리의 모험 덕분에 우리는 핑크 돌고래와 금색 초승 반달곰의 소식을 알게 되었다. 몽고메리의 회고록은 그녀의 집 가까이에 머무르며 그녀가 기르는 750파운드 무게의 반려 돼지, 배보다 심장이 더 큰 크리스토퍼에 대한 이야기를 전해준다. 사랑스럽고 풍부한 감성이 드러나는 이 회고록은 털이 있거나 꽥꽥 소리를 내거나, 짖거나, 혹은 코를 고는 생명체들, 우리와 세상을 함께 살아가는 이 생명체들을 향한 사랑으로 가득하다. 이 회고록은 다리가 네 개인 영혼들과 함께 살아가는 것을 관찰한 이야기이기도 하다. "신발 상자에 담긴 크리스토퍼 호그우드가 내 무릎에 안겨 집으로 돌아왔다." 회고록은 이 문장으로 시작한다. 그리고 크리스 토퍼가 자라면서 그를 향한 우리의 애정도 커져만 간다.

『**자연의 얽힘: 정원에서 한 세기를 반추하는 시인**THE WILD BRAID. A POET REFLECTS ON A CENTURY IN THE GARDEN』, **스탠리 쿠니츠와 제닌 렌틴**

스탠리 쿠니츠는 미국에서 가장 큰 사랑과 존경을 받는 시인 으로 굉장히 오래 살았다. 그의 인생이 막바지에 다다를 때 쓴『자연의 얽힘』은 그저 우아하고 감성적이기만 한 것이 아 니다. 이 책은 또한 진실하다. 회고록에서 진실함이 중요하 다는 것은 우리가 지금까지 관찰해온 바다. 책의 중심 이야 기는 1962년 쿠니츠가 다시 사들인 집이다. 여름 별장인 이 가옥에서 시인은 아내 엘리스가 사망할 때까지 함께 살았다. 좀더 구체적으로 이야기하자면 이 책의 주요 소재는 정원인 데 쿠니츠의 말에 따르면 이 정원에는 거의 아무것도 없다. "아무것도 자라지 않는, 잔디조차 자라지 않는 삭막하고 황 량한 구역"이다. 정원을 짓는 일에는 해조와 습지 이끼와 거 름을 파내고, 테라스를 만들고, 꽃을 심고 가꾸는 일이 있으 며, 믿음과 지켜봄 사이에서 박동하는 긴장을 끊임없이 관리하는 일도 있다. 이 책에서 정원과 시, 이 두 가지는 서로 엮여 삶과 기도를 향한 더 큰 앎을 거침없이 형성해간다.

『경이의 사적인 역사A PRIVATE HISTORY OF AWE**』, 스콧 러셀 샌더스**
자기 인생이 시작된 이후의 60년을 정리하면서 스콧 러셀 샌더스는 뭔가 이야기할 만한 사건, 세계에 대한 자신의 이해를 뛰어넘었던 것, 경이라고 사람들이 말하는 "황홀하고, 두려우며, 혼란스러운" 상태의 순간들에 집중하는 훈련을 한다. 샌더스는 독자들이 폭풍우의 힘과 아기의 한숨, 그리고 "대상의 중심에서 빛나는 거룩함"에 기민하게 반응하길 원한다. 테네시 농장에서 자랐던 그는 유년 시절에 자신이 주변에 있는 것은 무엇이든 그것의 이름과 맛 그리고 모양을 알려고 했음을 기억한다. 이런 기억은 지금의 현실─늙고 혼란스러워하는 어머니, 호기심이 강한 자녀, 여전히 충족되지 않는 알고 싶은 욕구─안에 살아 있다.

『야생의 편안함: 자연의 위로WILD COMFORT. THE SOLACE OF NATURE**』,**
캐슬린 딘 무어
"이 책은 축축한 야생의 장소가 주는 편안함과 안심에 관한 것이다." 캐슬린 딘 무어는 『야생의 편안함』 서문에서 이렇게 말한다. 무어의 말에 따르면 그녀는 시작할 때만 해도 행복에 관해 쓰려고 했는데, 곧 사랑했던 사람들이 죽고, 세상은 이전과는 다른 분위기가 되어 자연—자연의 색채와 바람과 끝없는 놀라움—이 더 한결같고 의미 있는 동반자가 되었다고 한다. 더 적절하게 말하자면 이 책은 회고록 스타일의 에세이 선집이다. 자연세계를 이해하는 방법이자, 시작을 위해 자연 속에서 우리 자리를 이해하는 방법이다. 이를테면 이런 문장이 있다. "나는 젖은 풀섶을 멍하니 바라보며 신비롭게 펼쳐지는 이 우주의 일부인 나를 상상한다. 그 개화開花를 상상한다. 나는 이곳에 어울린다. 말 그대로 그렇다. 서로 켜켜이 포개지고 얼싸안는 것들, 주름진 무릎, 지구 위 삶의 주름, 독수리, 주머니쥐, 그리고 자두 위에 맺힌 이슬 사이에서 나는 드러나고 있다."

『시골 생활THE RURAL LIFE』, 벌린 클링켄보그
벌린 클링켄보그의 문장의 모양새, 독자들이 직감적으로 귀 기울여 듣고 신뢰하게 만드는 꾸준하고 탁월하며 잘난 척하지 않는 지성에는 유행이 지난 우아함이 있다. 클링켄보그는 그가 알고 있는 자기 삶을 연대순으로 기록한다. 작은 마을의 가장행렬, 날씨의 변화, 이후에 두 형과 나눈 대화. 이 일화적인 사건들은 그의 주의를, 부수적이라 할 법한 것까지 그의 주의를 요구한다. 노끈과 제비들. 모기와 작은 호박밭. 사람들이 겨

울을 준비하는, 혹은 그와 반대로 봄을 준비하는 방식.

『시골 생활』은 그때까지 벌린 클링켄보그가 7년에 걸쳐서 비슷한 제목으로 출간한 칼럼과 에세이를 수록한 모음집이다. 독자들이 특별히 주의를 기울여 읽어야 하는 부분은 이 책의 마지막 몇 문장인데, 나는 이 문장들이 매우 매력적이며 무척 심오하다고 생각한다. 이 문장들을 통해 우리는 세상을 새로운 시각으로 바라보게 될 것이다.

아픈 몸

『**음악실: 회고록**THE MUSIC ROOM. A MEMOIR』, **윌리엄 파인스**

회고록 작가와 회고록을 가르치는 교사들은 윌리엄 파인스가 유년 시절을 보낸 성城에 대해서 알아야 한다. 그것이 그의 성장에 어떤 영향을 끼쳤는지 알아야 한다. 그리고 그의 형 리처드에 대해 알아야 한다. 리처드는 심각한 뇌전증을 앓는 사람이었다. 리즈 유나이티드 축구 경기를 위해 사는 사람이었고, 왜가리의 비행을 추앙했으며, 돌아오기 전에는 분노를 터뜨렸다. 혼란이었을까, 수치심이었을까? 이 오래된 성에는 다른 형제들도 있었고 다른 비극들도 있었다. 또한 부모님도 있었다. 그들은 리처드가 될 수 있는 무언가를 생각하며 그에게 지극정성을 다했고 그가 받을 수 있는 모든 것을 그에게 주었다. 이 책은 내내 고요하다. 과거와 현재를 관통하는 추락이 있고, 여기 우리가 있었지, 여기 우리가 있지를 가로지르는 표류가 있으며, 시간과 충돌하는 곳에 시간이 있다. 언어로 담을 수 없는, 언어로 보여줄 수 없는, 언어에 끼워넣을 수 없는 이 성에 대한 묘사에는 미끄러지는 부분이 많다. 아픔의 장면들, 더 정확하게 기술되는 장면들도 있다. 리처드가 왜가리를 쫓고, 리처드가 꽁꽁 언 연못 위에서 스케이트를 타고, 리처드가 프라이팬으로 어머니의 손을 데게 하고, 리처드가 노래를 하고, 리처드가 고색창연한 유리를 박살 내고, 리처드는 고자질하고, 리처드가 그 커다란 (다정한) 손을 어머니에게 올려두고, 리처드는 목욕하지 않을 것이며, 리처드가 리즈 유나이티드를 축하하고, 리처드가 시를 외워 낭송하고, 리처드가 아프고, 윌리엄은 그곳에 있고, 윌리엄은 그것을 보고, 윌리엄은 의아해한다. 그때, 구두점처럼(뭔가 견고하고, 뭔가 고정된 것), 뇌전증 과학에 대한 삽화처럼 기술된 역사들, 상처 난 뇌, 뜨거워 연기를 내뿜는 뇌가 밝혀진다.

『잠수종과 나비: 죽음에 깃든 삶에 관한 회고록THE DIVING BELL AND THE BUTTERFLY. A MEMOIR OF LIFE IN DEATH』, 장 도미니크 보비
큰 글씨로 인쇄된 132쪽, 짧은 분량의 책『잠수종과 나비』

는 감각적이며 감정이 풍부하다. 전 『엘르』 편집장이었던 장 도미니크 보비는 강력한 뇌졸중으로 인해 갇혀 있는 사람으로 묘사된다. 한쪽 눈을 깜빡거리는 것으로 의사를 표현한다. 누군가가 알파벳을 불러주면, 원하는 알파벳이 나올 때 하나, 그리고 또 하나 그가 선택한다. 굳어가는 언어. 이야기. 희망. 우리 대부분은 감사하게도 펜을 쥘 수 있는 손, 원하는 대로 키보드를 두드려주는 손가락을 갖고 있다. 그럼에도 우리는 어쩌면 글쓰기를 사랑하는 마음에 빨리 다음 장면으로 넘어가고 싶어할 수도 있고, 아직 준비되지 않은 세부 사항을 적고 싶어할 수도 있고, 그 소리가 익숙하다는 이유로 익숙한 표현에 의존하고픈 마음을 품을 수도 있다. 보비의 책은 철자 하나하나 눈의 깜빡임으로 그 자리를 찾아주는 한 남자가 언어와 진심을 통해 이뤄낼 수 있는 것이 무엇인지 우리에게 상기시켜주는 역할을 한다. 동시에 그의 책은 지혜롭게 부려 쓴 과거시제와 현재시제가 지닌 매력적인 효과를 가르쳐준다. 회복할 수 없는 상실과 기억의 즐거움에 관한 책이다.

『총의 밤: 자기 인생의 가장 어두운 이야기를 조사하는 기자』, 데이비드 카
데이비드 카가 직접 인정했듯이 그는 굉장히 심각한 수준의 약물 남용자였다. 처음에는 위스키와 코카인을 (간신히) 관리하는 것으로 시작했으나 크랙 코카인을 남용하는 "미치광이"가 되면서 그가 사랑하는 여자를 손찌검하고, 쌍둥이 자녀를 기르는 와중에도 치료에 실패하고, 그가 기억하지 못하는—혹은 그가 자신의 과거를 추적하기 전까지는 기억하지 못했던—총을 소지했다. 그가 기적적으로 이뤄낸 『뉴욕타임스』의 꼼꼼한 기자라는 직업처럼, 카는 그가 황폐하게 살았던 시절에 그를 알았던 사람들을 찾아 인터뷰했다. 그는 자신이 생각하는 것들을 경찰 기록, 그리고 옛 친구들이 기억하고 있는 것과 대조해봤다. 그는 자신이 누구였는지, 나아가 자신이 누구인지를 이해하기 위한 시도로, 그리고 과거에 있었던 일과 현재에 일어나고 있는 일들이 어떻게 방황했던 이 똑같은 피부 속에서 함께 생존하는지 이해하기 위한 시도로 분류하고, 조사하고, 분석했다. 매혹적인 글이자, 고통을 감내하고 봉합한 회고록이다. 진실이 무엇인지에 대해, 우리가 불확실하게 기억하는 모든 것으로 무엇을 해야 하는지에 대해 많은 것을 알려주는 책이다.

『기억의 궁전: 회고록』, 미라 바톡

이것은 훌륭하고, 아름다우며, 정신적으로 아픈 어머니에 대한 딸의 이야기다. (이 회고록에서 미라 바톡이 주로 딸로 등장하므로 이렇게 기술한다.) 이것은 무엇보다 생존의 이야기이고, 어머니가 통제되지 않는 감정들을 분출할 때 안전한 곳을 찾아 헤매며 살았던 삶으로 돌아가는 깊은 사랑의, 그리고 결코 정죄하지 않는 이야기다. 어머니와 두 딸은 시작부터 가난하다. 미라의 아버지가 이른 시기에 가족을 버리고 떠났다. 그러나 진짜 궁핍함은 어머니가 일할 능력, 무언가를 제공해줄 능력을 아주 빠르게 잃어버리면서 이 가정에 자리 잡는다. 조용한 날이 있다면, 그것은 어머니가 시설에 수용될 때이고, 공포스러운 날들은 어머니가 딸들을 낯설면서도 익숙한 장소에 내버려두고 가 오도 가도 못 하는 날들, 혹은 저편에서 문을 쾅쾅 두드리며 딸들이 창녀가 아닌지 알아야겠다고 따지는 날들이다. 근처에 할머니가 살고 계시지만 할머니도 나름의 문제를 가지고 있다. 이웃이 있고, 가끔 방문하는 피아노 선생님, 혹은 나서서 도와주지만 잠시 상황을 진정시켜줄 뿐인 친절한 어른이 있다. 어린이와 청소년들을 위한 책을 쓰는 작가인 바톡은 이 회고록을 전설과 환상을 향한 암시로 채워서 감내할 수 없는 고통을 강렬한 공상의 비행으로 경감시킨다. 때로는 단순하게, 때로는 시인의 자세로 이야기를 쓴다. 누구 탓도 하지 않으며, 오히려 늘 이해하려고 노력한다. 나는 이곳에서 그녀의 작품에—그녀의 공감과 옛일을 떠올리는 힘에 헤아릴 수 없는 찬사를 보낸다. 그리고 갑자기 이야기가 전환되는 몇몇 부분이 불필요하게 이야기를 복잡하게 만든다는 느낌이 들 때, 혹은 이것으로 인해 이야기가 회고록보다는 전기에 가까워진다는 느낌이 들 때는 바톡을 향한 존경의 마음으로 책을 덮는다. 작가 바톡에게 전하는 존경뿐만 아니라, 인간 바톡에게 전하는 존경의 마음으로.

『보이는 어둠: 우울증에 관한 회고』, 윌리엄 스타이런

"1985년 10월 말, 파리의 어느 차가운 저녁, 나는 처음으로 내 마음속 어떤 장애로 인한 힘겨움이, 그것은 당시 몇 달 동안 나를 사로잡고 있었는데, 그것이 치명적인 결과를 낳을 수도 있겠다는 것을 인지하게 되었다." 그렇게 윌리엄 스타이런은 그 후로도 몇 년간 그를 사로잡을 상태에 대한 긴장감 넘치고, 괴로운 탐구를 시작한다. 그것은 바로 우울증이다. 그는 이 용어를 별로 좋아하지 않는다. 그는 우울증에 대한 정형화된 이미지에 맞서 싸운다. 한편 그는 이 장애가 그에게 끼치는 영향을 이해하기 위해, 이것이 다른 사람들에게는 어떤 영향을 끼치는지 이해하기 위해, 그리고 잘못된 "치료"가 어떻게 이 절망을 더 깊게 하는지 이해하기 위해 체계적으로 연구한다.

『불안한 마음: 기분과 광기의 회고록AN UNQUIET MIND. A MEMOIR OF MOODS AND MADNESS』, 케이 레드필드 제이미슨

조울병 전문가로 유명한 케이 레드필드 제이미슨이 1995년 회고록을 출간했을 때, 그녀는 그저 다른 이들이 이 파괴적인 장애가 무엇인지, 그리고 어떤 영향을 끼치는지 이해할 수 있도록 조력하기만 한 것이 아니었다. 그녀는 이 장애를 헤쳐나가는 것이, 이 장애를 딛고 생존하는 것이 어떤 것인지 책 속에서 말해주고 있었다. 그녀 자신도 청소년기에 이런 상태로 힘들게 보냈다. 왼쪽에서 오른쪽으로, 우울함에서 격렬함으로, 방향을 바꾸며 자랐다. 거의 통제 불가능했고, 무척 똑똑했다. 이것은 매우 개인적인 이야기가 담긴 책이며, 지극히 통렬한 이야기다. 또한 두려움으로 떨리는 높이, 저 아래 우울한 곳으로 돌진하게 하는 뇌의 화학 작용을 겪고 있는 사람들을 이해하고 지지해주려 노력하는 사람들에게 큰 도움을 주는 책이기도 하다.

『처음 만나는 자유』, 수재나 케이슨

(아마도) 수재나 케이슨에게는 소시오패스, 조현병 환자, 과거 약물 중독이었던 사람, 우울증 환자인 젊은 여성들과 함께 맥린 병원에서 보냈던 2년에 가까운 시간을 글로 재구성하는 게 단순한 일이었을 것이다. 여러모로 그렇게만 했어도

충분했을 것이다. 그러나 길들여지지 않은 시간을 그저 요약하고, 그녀의 트라우마에 대한 설명을 제공하는 자서전을 쓰는 것은 처음부터 케이슨의 목적이 아니었다. 그녀는 많은 지점에서 효과적인 회고록을 쓰고자 했다. 예술을 행하고자 했다. 진료 기록. 동료 환자들의 인상에 대한 기교적인 서술. 냉철한 개인적 평가. 진단 매뉴얼에서 발췌한 정의들. 공백. 재치 있는 장 제목들. 사회적 편견이 주는 공공연한 힘듦. 자기연민이 없는 놀라움. 케이슨은 다음과 같은 문장으로 책을 시작한다. "사람들은 묻는다. 그 병원에는 왜 갔어요? 그들이 정말 알고 싶은 것은 그들도 결국 그곳에 가게 되는 것은 아닌지, 그 가능성이다. 나는 이 진짜 질문에 답할 수 없다. 내가 그들에게 해줄 수 있는 말은 '쉬워요', 이게 전부다."

『터널의 규칙: 내 짧은 광기의 시절』, 네드 지먼
불안, 우울과 조광증, 치료, 약, 맥린 병원, 궁극적으로 치료가 야기한 기억상실로 점철된 이인칭 시점의 역작, 네드 지먼이 되돌아본 수년의 기간은 대단한 통찰과 보기 드문 재치가 가미된 소란스러움 그리고 불손한 유머의 빼어난 문학작품이다. 또한 회고록이 반드시 그래야 하듯 독자와의 대화이기도 하다. 이것은 기자상 수상에 빛나는 기자이자 『배니티

페어』의 기고 작가인 지먼이 쓴 사건의 전말이다. 그리고 방법
이다.

『질병에의 도취INTOXICATED BY MY ILLNESS』, 아나톨 브로이어드

아나톨 브로이어드는 죽어가고 있다. 그리고 특이하게도 그
는 처음에 이 죽어간다는 개념에 도취되었다. 그는 일찍이
우리에게 이야기한다. "별안간 공기 중에 위기라는 풍성한
감각이 일었다. 진짜 위기, 그러나 그것은 또한 언어의 위기,
문학의 위기, 혹은 개성의 위기 같은 생각들의 메아리도 품
고 있었다. 내가 무슨 생각을 하고, 무엇을 느끼고, 무엇을 하
든 상관없이 내 존재가 시에서처럼, 이야기의 배열에서처럼
운율을 취한 것 같았다." 그는 "질병의 문학"을 모색한다. 그
는 자신의 글쓰기를 이용해 그의 질병에 대응한다. 혹은 글
쓰기에 그런 힘이 있다고 믿고 싶어한다. 그러나 이 내러티
브가 나아가면서 분명해지는 것은 브로이어드가 병마를 이
기지 못하리라는 것이다. 그러나 브로이어드가 성취하는
것은 자신이 최후의 순간까지 살아왔다는 감각이다. 한 인
간으로서 브로이어드가 가진 진실성, 자기 모습으로 정직
하게 살겠다는 의지는 당연히 그의 죽음 이후에 질문에 부
쳐졌다. 이 회고록은 여전히 이곳에 언급된 모든 이유를 설
명해준다.

떠남과 돌아옴

『기도자의 집 2: 고향으로 돌아가는 작가의 여정』, 마크 리처드

이곳 인생에서 당신은 모든 단조로움과 이전에 했던 행위들, 다들 겪는 평범한 문제들, 회색으로 변해버린 색채들로 점점 더 슬퍼진다. 그러므로 당신이 마크 리처드가 집필한 이인칭 시점의 이 꽉 찬 회고록 『기도자의 집 2』를 손에 쥘 때, 당신의 얼굴에는 미소가 찬찬히 피어올라 머무를 것이다. 이 회고록처럼 진실한 이야기를 전하기 위해서는 당연히 그의 것과 같은 삶을 살아야만 한다. 가난하고, "특별한 삶". 완전히 힘을 소진한 엉덩이, 장애를 지닌 아이들이 있는 병원의 무기력한 열기에 잃어버린 나날들. 그리고 그 후, 자녀가 하지 않길 바라는, 연루되지 않았으면 하는 일들, 위험해지지 않을까 걱정되는 일들. 그러니까 리처드가 자라면서 했던 모든 일, 믿음과 글쓰기에 닿게 한 모든 일.

『형제여, 나는 죽어갑니다』, 에드위지 당티카

가족의 역사와 국가의 정치에 내용을 할애하는 회고록은 구조적으로 작가를 어렵게 할 수밖에 없다. 이런 주제는 훨씬 더 많은 내용을 요구한다. 진실하지 않은 것은 아무 소용이 없을 것이며, 명백한 합성도, 쉬운 주제도, 이미 알고 있는 진실도 소용없을 것이다. 이런 유의 회고록은 성공하지 못할 가능성이 매우 크다. 독자들은 더 많은 것을 기대하고, 더 많은 것을 원한다. 『형제여, 나는 죽어갑니다』에서 에드위지 당티카는 스스로를 영웅이 아닌, 이 회고록을 쓴 사람으로 자리매김하며(둘 사이에는 커다란 차이가 있다) 빼어난 내러티브를 형성한다.

풍성한 자료 조사, 지식, 감동이 담긴 이 책은 아이티의 벨 에어에서 당티카를 키워준 한 남자—삼촌—의 이야기와 가족이 더 나은 삶을 살 수 있게 브루클린으로 날아가 수고한 한 남자—아버지—의 이야기를 한데 엮는다. 두 형제, 그리고 두 아버지. 이 두 사람이 견디기 불가능해 보이는 역경 속에서 살아남기 위해 고군분투하고, 이들의 딸이 두 사람을 잃지 않기 위해 힘겹게 싸우는 종국에는 비극적인 두 개의 이야기. 2004년 한 해 동안, 이제는 결혼해 마이애미에서 살고 있고 딸아이를 임신한 당티카는 자기 세계가 흐트러지는 것을 보게 된다. 자신의 젊은 날의 핵심이었을 뿐만 아니라 정말이지 강했던 남자에게 청천벽력 같은 격변과 질병이 어떤 일을 초래하는지 그녀는 목격하게 된다. 그녀는 파편들로 전체를 만들 길을 찾을 것이다.

『강아지 세 마리와 사는 삶: 회고록A THREE DOG LIFE. A MEMOIR』, 애비 게일 토머스

스티븐 킹이 이 회고록을 자신이 읽은 책 중 최고라고 일컬은 데에는 그만한 이유가 있다. 이 책은 여유가 있으면서도 깊이 있고, 내밀하면서도 스스로에게 매몰되지 않으며, 참혹하지만 유머러스한 데가 있고(그리고 쾌활한 데가 있다), 상실에 대한 것이면서도 (늘) 우리에게 지금까지 남은 것이 무엇이든, 우리가 지금 어떤 사람이든 상관없이 지금 당장의 삶이 지닌 아름다운 가능성에 대해 이야기하기도 한다. 애비게일 토머스의 남편이 어느 날 밤 강아지와 산책을 나갔다. 그리고 돌아오지 않았다. 차에 치였고 심하게 다쳤다. 그의 뇌는 앞으로 결코 전과 같지 않을 것이다. 그 후로 오랜 세월 그는 요양원에서 살다가 일주일에 한 번 집에 왔고, 애비게일이 할 수 있는 일이란 자기 세계에 있는 아름다움을 찾고, 세 마리의 개를 돌보고, 꿈속에서 무언가를 찾아보려 노력하고, 혹은 그녀가 사랑한 남자가 가끔 보여주는 불길한 예감을 듣는 것, 그것 외에 또 무엇이 있을까. 이 책은 연속되는 내러티브라기보다는 삽화적이다. 품위를 지키며 사는 삶에 관한 책이다. 진실한 사랑에 관한 책이다.

『나의 발명된 나라: 회고록』, 이사벨 아옌데

이사벨 아옌데는 회고록 말미에 이렇게 썼다. "나는 지금 이 문장을 아무런 계획 없이 쓰고 있는 것과 똑같이 이 책을 쓰는 내내 내 손가락들이 타자기 위를 달리게 내버려두었다." 그러므로 맞다. 이 회고록은 자유로이 떠돈다. 그리고 맞다. 이 회고록의 전제는 의심이다. (작가는 자신이 칠레에서 망명한 것과 세계무역센터에서 벌어진 비극 사이에 있는 모종의 존재론적 관련성을 설득력 있게 분석하지는 않으나 넌지시 암시한다.) 그리고 맞다. 이 책은 익숙한 땅을 걷는다. (널리 알려진 대로 특이하고 다채로운 아옌데의 가족, 악명이 자자하도록 고집 세고 열정적인 아옌데의 사생활, 아옌데가 느끼는 향수의 대부분을 차지하고 있는 칠레, 그 칠레에 대한 아옌데의 집착, 우리 인생에서 이야기가 하는 역할에 대한 아옌데의 생각.) 그러나 이런 것들을 이유로 이 책을 읽지 않겠다고 스스로 결정하지 마라. 그러기에는 이 책이 너무나 인간적이고 매력적인 페이지들로 가득하다. 『나의 발명된 나라』는 세부 사항과 통찰을 빼어나게 기술하고 있으며, 그녀의 작품에 영감을 준 유령과 정신에 관해서도 기꺼이 이야기한다. 그녀는 이렇게 쓴다. "나에겐 현실을 변형하고, 기억을 창조하는 경향이 있는데 이것이 나를 방해한다. 이러한 경향이 나를 얼마나 더 먼 곳으로 데리고 갈지 나도 모르겠다. (…) 이 덕분에 나는 목소리를 찾았고, 나 같은 방랑의 저주인 망각을 극복하는 방법을 찾았다."

『드링킹 그 치명적 유혹』, 캐럴라인 냅

『드링킹 그 치명적 유혹』에는 훌륭한 생존자의 허장성세가 없다. 고통에 관한 참혹한 이야기에서 종종 듣게 되는 자기 만족적 자부심이 이 책에는 없다. 제가 이런 사람이었다는 것이 믿어지시나요? 내가 이겨냈다는 것을 상상할 수 있어요? 나쁜 행동이었다는 거 알아요. 내가 머저리였다는 것도 알아요. 하지만 마음속 깊은 곳에선 정말이지 일그러진 방식이긴 하지만 (일그러졌다는 건 인정하겠어요) 이건 온갖 경이로움이 아니었던가요? 술독에 빠져 살고, 그것으로 인해 고통받고, 술에 취하지 않은 맑은 정신으로 있고 싶다는 필요를 깨닫고, 그러나 맨정신인 자기 자신을 받아들이자니 무서웠던 이야기들을 하면서 캐럴라인 냅이 이런 자신의 이야기가 다른 이야기들보다 더 우월하다고 믿고 있다는 느낌은 들지 않는다. 이 책을 읽으면서 느낄 수 있는 것은 오로지 자신의 이야기를 함으로써―미끄러짐, 크나큰 기만, 위험, 알코올이 주는 열기와 일견 그럴듯한 사랑스러움을 이야기함으로써―어쩌면 그녀는 다른 사람들에게 도움이 되고 있을지도 모른다는 것, 그것뿐이다. 다시 말해 이 책은 구마驅魔나 과시로서의 회고록이 아니라는 것이다. 이 회고록은 기억하는 사람이 실제로 그녀가 기억하는 것보다 더 많은 것을 기억하는 척하는 회고록이 아니다. 감동적이고 희망차며 슬픈 책이다. 회고록이 반드시 갖춰야 할 진실성을 지닌 책이다.

『죽은 파일럿의 지도: 알래스카를 비행하는 위험한 게임THE MAP OF MY DEAD PILOTS. THE DANGEROUS GAME OF FLYING IN ALASKA』, **콜린 몬도**
이것은 콜린 몬도가 알래스카 페어뱅크스에서 외딴 지역을 연결해주는 작은 규모의 항공사를 운영했던 4년에 대해 쓴 이야기다. 상승하고 하강하는 비행기에 관한 이야기이자, 실종 비행사에 관한 이야기이며, 아무도 믿지 않는 화물에 대한 이야기다. 날씨, 모든 것을 산산조각 내는 산이라는 벽, 이 역경들에 맞서 이러한 것들이 우뚝 서서 자기 목소리를 내며 역경에 맞서는 의지를 거절할 때까지 맞서는 이야기다. 사라지는 것, 사라짐의 속도에 관한 이야기다. 이것은 너무나 일찍 아버지를 여읜 한 딸에 관한 이야기로, 그녀는 종국에 모종의 구원을 찾아 이야기를 써내려간다. 이것은 회고록이지만, 합창이기도 하다. 이것은 독자들을 책 안으로 데리고 가는(그곳에 머무르게 하는, 완벽히 빠져들게 하는) 팀 오브라이언의 『그들이 가지고 다닌 것들』의 리드미컬한 순서의 우리와 그들이다. 『죽은 파일럿의 지도』는 작가가 영웅이 아니라 잇는 이, 엮는 이, 이곳에 존재하지 않아 자신의 이야기를 더 이상 할 수 없는 사람들을 위한 목소리인 회고록으로, 여느 회고록과는 다른 결을 지닌다. 거리감이 있다는 뜻은 아니다. 학술적으로 느껴지는 부분이 있다는 뜻도 아니다. (물론 대단하게도 모든 내용은 자료 조사를 거쳤다.) 감정이 제거되었다는 뜻도 아니다. 그 시절과 그 시절 속 사람들을 향한 몬도의 열정, 그녀의 내밀한 앎은 충격적이다. 그녀는 강하며, 강해질 수밖에 없었다. 그녀가 스스로 무대의 중앙을 차지하는 경우는 드물다. 그러나 그 중앙에 그녀가 나타날 때는, 개인적인 무언가, 잊지 못할 이야기를 우리에게 들려준다.

『돌로 지은 집: 고향, 가족, 그리고 잃어버린 중동에 관한 회고록』, 앤서니 샤디드

『돌로 지은 집』은 숨이 막힐 듯 아름답다. 책에 담고자 하는 것들이 거대하리만치 큰 이 작품은 그 포부만큼이나 쉽게 흥분하고 감정을 토로하지만 나라의 역사, 상상한 (혹은 상상력으로 보충한) 가족의 역사, 개인적인 갈망, 시, 정치, 그리고 시계꽃을 적절하게 부려 쓴다. 이 책이 담고 있는 내용은 앤서니 샤디드가 옛 마르자윤에 있는 고조할아버지의 건물을 다시 지으며 보낸 몇 개월의 일이다. 최근 부인과 이혼했고 멀리 살고 있는 딸을 둔 샤디드가 고향이라는 개념을 되살리려 노력하는 모습을 볼 수 있다. 레바논 이웃들과 변덕스러운 건축가들의 비꼼과 의심, 반어, 그리고 그들의 이상한 동지애를 볼 수 있다. 이 책은 정원에 대해서는 모르는 게 없는 것처럼 보였던 죽어가는 의사에 관한 기억을 담고 있다. 많은 부분으로 이루어진 『돌로 지은 집』은 그러나 나 같은 외국인들을 책의 조용하고도 이국적인 중심으로 이끈다. 이 책에는 전쟁이 있다. 올리브 절임이 있다. 먼지가 있으나 꽃들이 자란다. 옛날부터 내려오는 전쟁에 대한 혐의 제기와 경고가 있다. 사랑하는 딸로부터 멀리 떨어져 일하는 아버지, 그러나 아직 오지 않은 날들을 믿기로 선택한 아버지가 있다. 너무나 일찍 죽은 사람들을 향한 샤디드만의 슬픔이 있다. 말馬 때문에, 약해진 폐 때문에. 맞다, 말. 맞다, 약해진 폐. 이 페이지들은 거의 견딜 수 없을 만큼 읽기 힘들지만, 그럼에도 무척 아름답고 거룩해서 우리는 읽는다.

『영웅은 없다: 귀향의 회고록』, 크리스 오퍼트

크리스 오퍼트의 회고록은 작가가 모교에서 학생들을 가르치기 위해 자기 고향 켄터키로 돌아간 해를 유쾌함과 감동을 담아 훌륭하게 그려낸 이야기와 홀로코스트 생존자인 그의 장인, 장모님의 이야기를 번갈아 배치한 책으로 특이한 구성을 하고 있다. 이 내러티브를 엮는 것은 고향이 어디인지 알아보고 싶은, 최소한 그것을 정의하고자 하는 오퍼트의 열망이다. 이 회고록이 그토록 매력적인 이유는 화자의 목소리를 다루는 오퍼트의 대가다운 솜씨 때문이다. 반어적이며, 냉소적이지만 마침내 정이 깊은 켄터키의 비음 섞인 억양이 이 책의 모든 페이지에서 살아 숨 쉰다. 간략한 문장. 현장의 소리. 놀랄 만큼 사실적인 이미지가 독자들이 눈을 떼지 못하도록 만든다.

『히로시마의 아침』, 라나 레이코 리주토

라나 레이코 리주토가 장학금을 받아 6개월 동안 일본에 방문해 책 집필을 위한 자료 조사를 완수할 수 있게 되었을 때, 모든 것은 변한다. 그녀는 남편과 아장아장 걷기 시작한 두 아들을 집에 두고 떠나게 될 것이다. 새로운 환경에 들어설 것이며, 최소한 다소간은 원치 않더라도 그녀의 조상의 언어로 헤쳐나가야 할 것이다. 그녀는 전문가로서 연구해야 할 과제를 안고 뉴욕을 떠난다. 그러고는 전례 없는 자유를 손에 쥔 여성으로서 일본에 도착한다. 이런 환경에서는 모든 것이 의문에 부쳐질 수 있으며, 모든 것이 의문에 부쳐진다. 어머니란 무엇인가? 아내란 무엇인가? 무엇을 빚졌으며, 무엇을 빼앗길 것인가? 문제가 생존일 때, 우리는 누구 편에 서는가? 편지, 인터뷰를 받아 적은 글, 여행 기록, 자신과 타인에 대한 책임감에 관한 질문으로 구성된 『히로시마의 아침』은 위험한 영역, 도발적인 영역을 거침없이 다루며, 희생과 이기적임에 대한 용이한 추측을 뒤흔든다. "이것은 시간에 관한 질문이며, 시간은 질문이다. 사람은 시간을 어떻게 쓰는가? 가장 충만하게 살던 삶이 조금씩 그럭저럭 마땅찮은 대로 바뀌기 시작하고, 그러고는 고통으로 바뀌기 시작할 때는 언제인가? 그리고 이 일련의 과정에서 우리가 지금 어디에 있는지 어떻게 알 수 있는 거지?"

『신고 품목 없음: 홀로 여행하는 여자의 회고록』, 메리 모리스

나는 이 책 때문에, 이 책이 소개하는 그곳의 자연, 문화, 욕망 때문에 산미겔 여행을 떠났다. 남쪽으로 여정을 떠나는 지금 메리 모리스는 젊고, 혼자이며, 무언가를 찾고 있다. 무엇을 신뢰할지 선택해야 하며, 낯선 사람들과 낯선 장소들에서 소통할 때 어떤 사람이 되어야 할지 선택해야 한다. 이것은 다른 나라에서 사는 사람의 이야기다. 그리고 기억에 관한 아름다운 글이기도 하다. "여자들은 기억한다. 우리 몸은 기억한다. 우리를 이루는 모든 부분이 지금까지 일어났던 모든 일을 기억한다. 모든 촉감, 모든 감정, 그 모든 것이 우리 피부 안에서 다시 일깨워지기를, 살아나기를 기다리고 있다. 물이 내 안으로 들어왔고, 나는 내 몸이 어디에서 멈췄는지 바다는 어디에서 시작되었는지 알 수 없었다. 내 몸은 떠났지만 모든 기억은 그곳에 있었다."

다종다양한 사고思考

『이스탄불: 도시 그리고 추억』, 오르한 파묵

어떤 회고록은 과거 주인공의 유년 시절 속 인파로 북적거리는 거리로 독자를 이끈다. 어떤 회고록은 무엇이든 흡수하며 갈구하는 작가의 사고, 그 신경계의 길들로 독자를 이끈다. 노벨상 수상 작가 오르한 파묵이 쓴 『이스탄불』은 둘 모두에 해당된다. 제발디언Sebaldian에 속하며, 이스탄불의 역사가 담긴 멋진 흑백사진이 곁들여진 이 책은 도시, 사람, 그리고 튀르키예 단어 '휘쥔hüzün'이라는 말로만 표현할 수 있는 어떤 멜랑콜리한 상태를 탐구한다. 오르한 파묵은 이렇게 쓴다. "이스탄불의 '휘쥔'은 이 도시의 음악과 시가 환기하는 분위기일 뿐만 아니라 우리 모두를 담고 있는 삶을 바라보는 방식이다. 정신 상태일 뿐만 아니라 사고의 상태로, 이것이 삶을 무가치한 것으로 만드는 만큼 궁극적으로는 삶의 가치를 드러내 보인다." 이스탄불이 제멋대로 넓게 뻗어 있듯 『이스탄불』도 그렇다. 이 책의 문장들은 환경과 유년 시절의 방, 소문과 역사, 화가와 작가들을 떠올리며 여러 페이지를 소모한다. 오르한 파묵은 독자들을 데리고 어머니를 사랑하던 유년 시절, 이스탄불을 사랑한 청소년 시절, 최종적으로 미술이 아닌 글을 선택한 청년 시절로 여정을—그의 여정을—떠난다. 파묵은 다정하게, 그리고 눈부시게 고통을 입는다. 그는 폐허와 그 폐허가 암시하는 모든 상실에 사로잡힌다.

『웃으면서 죽음을 이야기하는 방법』, 줄리언 반스

사람들이 죽음에 이르는 모습(이것은 당연히 사람들이 살아가는 모습과 연관된다), 죽어가면서 사람들은 어떤 생각을 하는지를 다룬 이 책은 죽음과 죽어가는 것에 관한 도움 되는 명상록이다. 공포일까? 혹은 받아들임일까? 패배일까? 혹은 영광일까? 어색한 반어일까? 혹은 그보다 더 좋지 않은 것? 이 작품은 부분적으로만 회고록이고, 그와 비등하게 재치와 철학, 그리고 문학적인 자서전이기도 하다. 공개적이지 않은 비판, 임상적이지 않은 탐구—어쩌면 통제된 장광설이란 말이 맞을지도 모르겠다—인 이 장이 없는 책은 이토록 빼어나게 짜이지 않았더라면 (내가 이것을 매우 중요하게 생각한다는 것을 당신도 알 것이다) 아무것도 아니었을 것이다. 줄리언 반스는 당신을 괴롭힌다. 당신을 달랜다. 그는 당신 편이다. 그러다 이내 홀로 최후의 소멸을 마주하고 있는 것처럼 스스로에게 사로잡힌다. 반스, 그런 행운이 있겠어요? 반스의 이 책처럼, 죽음의 설명되지 않음에 관한, 그것을 중심으로 하는, 그것을 관통하는 글을 통해 그 사고를 들여다보는 것은 특별한 기회다. 사실 즐거운 책이며, 진정한 회고록 작가들에게 많은 가르침을 주는 책이다.

『죽음으로부터 한 걸음』, 래리 와이오드

아마도 집필하기 가장 어려운 책은 종래의 경계나 형식을 따르지 않는 책일 것이다. 시간이 쏟아져 뒤로 가고, 앞으로 오고, 쏜살같이 내달리고, 갑작스레 멈추고, 돌아오고 멀어지며 페이지 위를 가로지르게 허락하는 글. 하나의 생각이 다른 생각의 핵심으로 내달아 폐부를 찌르고, 생략이 곧 이야기이고, 진정한 결론과 시작을 정해야 하지만 그것을 어찌해야 하는지 모르는 글. 이런 유의 책들은 독자를 잡아둘 수 없고, 독자적으로 살아남을 수 있을지조차 미지수다. 다만, 더 강력한 힘이 있어 모든 파편이 마침내 환하게 빛나는 자족한 전체가 되도록 진두지휘한다면, 완벽한 짜임새를 갖춘다면 그것은 다르다. 후회와 바람, 자기혐오와 고백. 이 책의 미칠 듯이 대담한 물길에 이 모든 것이 다 있다. 그러나 『죽음으로부터 한 걸음』은 그뿐만이 아니다. 이 책에는 자기와의 화해, 아버지와 아버지 됨을 이해해보려는 시도가 있다. 책의 문장으로 엮어 만든 탄탄한 끈, 책을 읽는 방법에 대한 무람없는 가르침으로 독자들을 단단히 묶는 이 책은 넘어지고, 훼방을 놓고, 매혹하며, 상처를 입힌다. 이 책에서는 조숙함이나 의도적인 조종은 느껴지지 않는다. 그보다는 말로 표현하기 가장 어려운 것을 이야기하는 최선의 방법, 삶에 관해 더 많은 것을 이야기하는 최선의 방법을 찾고자 하는 노력이 느껴진다.

『텅스텐 삼촌: 화학적 소년 시절의 기억UNCLE TUNGSTEN. MEMORIES OF A CHEMICAL BOYHOOD』, 올리버 색스

나는 생각날 때마다 학생들에게 회고록에 반드시 역경의 유년 시절, 공포의 유년 시절, 멋진 모험이나 부족함을 경험했던 유년 시절을 써야 하는 것은 아니라고 곧잘 이야기한다. 올리버 색스가 쓴 조곤조곤하면서도 사랑스러운 『텅스텐 삼촌』이 그 좋은 예다. "내 유년 시절 대부분의 기억은 금속으로 이루어져 있다. 금속은 처음 봤을 때부터 나에게 어떤 힘을 행사하는 것 같았다." 책은 이렇게 시작한다. "환하게 빛나는 특질, 은 같은 느낌, 부드러움과 무게감에 금속은 눈에 띄었고, 이 세계의 다양성을 배경으로 더 뚜렷해 보였다. 만지면 차가울 것 같았고, 두드리면 종처럼 울렸다." 열정—그리고 이것의 출현과 발전과 인생을 형성해가는 데 끼친 영향력—이 이 책의 중심, 즉 한 소년이 목표를 발견하고 그것을 개발해가는 내용의 핵심에 놓여 있다.

『그 모든 낯선 시간』, 로렌 아이슬리

로렌 아이슬리는 직접 이렇게 이야기한다. "진정 내가 무엇인지 아는 바가 없다. 도박꾼, 학자, 아니면 도망자." 겉으로 드러나는 것만 따져보면 그는 고고학자였고, 높은 평가를 받는 작가였고, 내 모교이기도 한 펜실베이니아대학 등의 교수였다. 1975년에 처음 출간되었고 아이슬리가 노년 후반기에 쓴 『그 모든 낯선 시간』은 가혹한 청각장애인 어머니 밑에서 자란 아들로서, 세계 경제 대공황 때 몰래 기차를 타고 다니던 청년으로서, 고고학자로서, 노력하고 있는 작가로서 겪은 다양하고도 험난한 경험들의 수많은 파편을 조화시키려는 아름다운 시도다. 그의 글에는 생명력이 있고 진실한 여러 기억이 담겨 있다. 미래를 내다보는 시야와 두려움이 뒤섞인다. 아이슬리는 자연에서 의미를 찾는 기민한 재능을 보여준다. 시간에 관해 적확한 사람이며, 사람을 묘사하는 데 탁월한 재능을 지녔다. 그는 이런 문장을 쓴다. "다가오는 나이는 나에게 벌어진 콩깍지가 여기저기 흩어져 있는 거대하고 거친 가을의 농촌, 서두르는 구름의 잔해들, 버려진 농기계, 그리고 하늘을 빙빙 도는 까마귀다. 완성하기에는 너무나 거대한, 이 모든 것이 시작된 곳."

재미난 일

삶을 기억해내고 들여다보는 회고록은 내러티브를 위해서만 쓰는 것이 아니고 초월적인 앎을 위해서 쓰는 것이다보니, 유머 작가들은 특성상 믿을 수 없는 이야기, 허무맹랑한 이야기에 끌리고 과장과 모든 종류의 과대 해석에 이끌리는 탓에 그들에게 회고록이 편하게 잘 맞는 장르가 되기는 어렵다. 가끔—자주—재미난 것은 과대평가된 것, 희화화한 것, 확장된 창의력 안에서 산다. 가끔은 이야기의 극단적인 응축이나 과도한 장식에서 웃음이 시작되기도 한다. 길게, 논리정연하게 나열한 것보다 짧게 곧장 핵심으로 나아가는 것이 더 효과적일 때가 많다. 유머가 깃든 핵심적인 펀치 라인이 깨달음보다 더 강력하다는 건 잘 알려진 사실이다.

그렇다면 유머러스한 회고록은 사실상 진짜 회고록이라고 하기는 어렵다. 하지만 누가 웃음을 원치 않겠는가? 학생들은 곧잘 실생활에서 일어난 재미난 이야기들을 어떻게 글로 쓸 수 있냐고 물어본다. 그럴 때마다 나는 다음의 책들을 소개한다.

『지피라는 이름의 소녀: 인디애나 무어랜드 작은 마을에서 보낸 유년A GIRL NAMED ZIPPY. GROWING UP SMALL IN MOORELAND, INDIANA』, 헤이븐 키멀

헤이븐 키멀은 완벽하게 조정된 아이의 목소리를 구현하고, 개성 넘치는 300명의 이웃이 서로 다들 알고 지내는 작은 고향 마을에 대해 이야기하는 『지피라는 이름의 소녀』에서 단 한순간도 그녀가 밟고 있는 유머 페달에서 발을 떼지 않는

다. 이 책을 읽으며 독자는 쉽게 속거나, 너무 놀라서 믿지 못하거나 둘 중 하나를 경험하며 가끔은 둘을 동시에 경험한다. 이 책은 끔찍한 머릿결, 겁을 잔뜩 먹은 어린애 같은 사랑, 가족 간의 논쟁, 뜻밖의 동맹, 이상한 이웃, 그리고 나쁜 카드 게임을 '이게 대체 무슨 일이람?'의 태도로 되돌아보는 이야기다. 공상과학소설을 좋아하는 무미건조한 유머감각의 어머니, 중재자 역할의 아버지, (완벽하지 않을 때만 제외하면) 완벽한 언니, 알고 보니 꽤나 똑똑한 아이였던 키가 엄청 큰 남동생의 이야기다. 그리고 그 모든 이웃이 있다. 키멀은 이 모든 우스꽝스러움 속에 우리를 연루시키지 않고도 웃음을 준다. 그녀는 제멋대로인 것으로 유명한 자신의 머릿결에 대해 이런 문장을 쓴다. "바짝 짧게 자른 머리—그때는 그런 머리를 '픽시'라고 불렀는데, 나는 그 머리가 가장 좋았다. 그리고 뜻하지 않게 가장 끔찍했다. 대부분의 커다란 맹금류들이 내가 그들에게 데이트 신청을 하고 있는 것이라 생각했기 때문이다."

『나를 부르는 숲: 애팔래치아 트레일에서 재발견하는 미국A WALK IN THE WOODS. REDISCOVERING AMERICA ON THE APPALACHIAN TRAIL』, 빌 브라이슨
빌 브라이슨이 이 회고록 스타일의 여행기를 『진실을 다루기』의 '재미난 일' 페이지에 수록하려고 할지는 미지수이지

만, 나는 다음과 같은 이유로 이 책을 이곳에 기록한다. 잠이 오지 않던 어느 날 밤, 나는『나를 부르는 숲』을 들고 소파에 웅크려 앉았다. 책을 읽다가 주체 못할 웃음에 두 번이나 바닥에 떨어졌다. 내가 이 책을 산 이유는 애팔래치아 트레일과 내 고조할아버지 호러스 케파트가 설립에 일조한 그레이트스모키산맥 국립공원이 궁금했기 때문이다. 지질학에 대해 배울 수 있기를, 마지막 남은 천혜의 자연에 대해 배울 수 있기를 바라며 샀다. 물론 브라이슨은 이러한 것을 알려준다. 다만 이뿐만 아니라 이 트레일 모험을 스스로 영광을 취하는 것이 아닌 더 큰 목적을 지닌 것으로 만드는 재치와 역사, 지역적 특색을 겸비하여 알려준다. 더불어 브라이슨은 보조 인물 카츠에 관한 다음의 묘사에서 볼 수 있듯 쉴 틈 없이 웃음을 준다. "그의 자세는 거친 바다 위에 둥둥 떠다니는 정사각형 잔해에 매달린 난파 사고의 희생자를 떠올리게 했다. 그게 아니면, 아마도 끈을 끌어올리려고 기상 관측 기구 꼭대기에 있다가 예기치 않게 하늘로 끌려 올라가버린 사람 같았다. 그게 무엇이든, 위험한 상황에서 소중한 목숨을 붙잡고 있는 사람이었다."

『보스 바지Bossypants』, 티나 페이

나는『보스 바지』를 읽을 때 묘하게 '소녀, 넌 할 수 있어!You

go, girl' 같은 친숙함을 느꼈다. 티나 페이의 명석함, 그녀의 목소리에 깃든 지성, 그녀가 쓴 문장의 유려함, 대필 작가 없이 그녀 혼자서 이 모든 것을 쓴 것이라는 느낌—어쩌면 내가 느끼고 있었던 자부심은 내 성별에 관한 자부심이었을지도 모른다. 『보스 바지』에서 우리는 페이의 성장 과정, 그녀의 유쾌한 친구들, 그리고 그녀의 매력적인 부모님에 관한 좋은 얘기, 나쁜 얘기를 모두 듣는다. 젊은 개그우먼으로, 그리고 '30 Rock'에서 핵폭탄급 에너지 역할을 한 젊은 코미디 작가로 일하는 페이를 보게 된다. 매우 유쾌한 그 모든 것, 너무나 매끄럽게 한목소리로 노래하는 그 모든 것 한복판에서 우리는 유명인인 것 같지 않은 유명인 페이를 만난다. 그녀는 당신 같은, 나 같은 한 인간이다. 그녀는 자신이 얻은 큰 복에 경탄하며, 평론가들 때문에 짜증 내다가, 포토숍에 즐거워한다. 그리고 혹여 당신이 그녀의 자녀 양육 방식에 판단의 잣대를 들이밀지라도 그녀는 당신에게 그렇게 하지 않을 것이다. 독자와 연결됨으로써—결코 닿지 못했을지도 모를 거리감을 훌쩍 뛰어넘어—페이는 자신의 회고록을 우리에게 건넨다.

『나도 말 잘하는 남자가 되고 싶었다』, 데이비드 세다리스

데이비드 세다리스가 쓴 『나도 말 잘하는 남자가 되고 싶었다』를 읽기 시작하고부터 나는 꿈속에서 이 작가를 만나기 시작했다. 사실이다. 꿈속에서 그는 보라색 깃털로 된 먼지떨이를 흔들면서 과거 자신의 우수와 고통에 찬 순간을 이야기하고 있었다. 이를테면 상업 광고의 노래를 부르는 사람이 되고 싶었던 그의 청춘의 야망 같은 것이었다. 며칠 밤이 지나고, 나는 세다리스와 다시 만났다. 이번에는 파리의 카페였다. 그곳에서 그는 성별에 과하게 집착하는 프랑스어를 인내심 없는 강사로부터 배워야 하는 그의 숱한 고충을 이야기했고, 그렇게 나를 아주 즐겁게 해줬다. 잠에서 깰 때 목이 따가웠고, 진이 다 빠졌다. 꿈에서 맛본 웃음의 맛이 아직 내 혀에 남아 있는 것 같았다. 세다리스는 현대의 마크 트웨인, 게리슨 케일러의 악당 버전으로 불린다. J. D. 샐린저, 도러시 파커와 비슷하다고 여겨진다. 그러나 실제로 그는 젊다는 것, 게이라는 것, 집착한다는 것, 부적절하다는 것이 어떤 느낌인지 아주 잘 기억하고 있는 잘난 체하지 않는 중년의 독창적인 남성으로, 그의 예민한 유약함이 지금까지도 그가 쓰는 글의 발판이다. 때로 외설적이고, 유쾌하게 터무니없고, 끊임없이 약점과 흠을 찾는 세다리스는 어쩐 일인지 종국에는 단 한 번도 글의 주제를 존중하는 데 실패하지 않는다. 그의 날카로운 혀는 예리할 뿐 잔인하지 않으며, 그의 유머는 찌르기는 해도 후벼 파지는 않는다.

『나는 왜 이 모양이지: 실화WHY I'M LIKE THIS. TRUE STORIES』, 신시아 캐플런

21편의 짧은 이야기로 이루어진 『나는 왜 이 모양이지』는 신시아 캐플런이 "축축한 호수 캠프"에서 보낸 마지막 해의 코믹한 패러디로 시작해 잔인할 정도로 목표를 달성하지 못하는 트러플 돼지들의 삶에 관한 빼어난 글로 끝난다. 그리고 두 이야기 사이에서 우리는 부끄러운 줄 모르고 "작은 장치들에 빠져 사는" 캐플런의 아버지, 언젠가 패션을 공부하겠다는 작가의 바람이 결코 이뤄지지 않길 소망하는 캐플런의 어머니, 패배자 남자친구들만 만나던 캐플런의 인생을 구해준 그녀의 남편, 약을 달고 살며 본인에게로 모든 관심이 집중되어 있고 불안감을 조장할 정도로 어수선한 그녀의 상담사, 커다란 눈으로 세상에 태어난 그녀의 아들, 그리고 가장 감동적인 캐플런의 조부모를 만나게 된다. 이야기마다 캐플런은 삶의 파편들, 떼어낸 에피소드들, 재미뿐만 아니라 감동까지 성취해내는 결정적인 문장들, 그 문장 위로 떠오르는 세심하게 다듬은 세트피스들을 선보인다. 정직함과 자비로움, 새롭고 신선한 지식, 꼼꼼한 표현이 담긴 캐플런의 글은 타인을 희생시키지 않고 스스로를 희생한다. 한 번도 반에서 인기가 있었던 적이 없고, 곧잘 외로웠고, 자주 부적절한 남자와 잠자리를 가졌고, 나방을 무서워하고, 사실 거의 모든 것을 무서워하는 캐플런은 갈등을 겪는 자신의 어두운 측면을, 처절하고, 지나치게 비관적이며, 걱정스러운 데다 걱정이 많은 스스로를 아주 잘 인지하고 있다. 인간적인 시선과 재치라는 캐플런만의 특징과 무미건조한 목소리에 대범한 정직성을 갖춘 그녀의 책을 읽은 독자들은 지금까지 발굴된 자신들의 역사와 자아를 그 안에서 발견하게 될 것이다.

도움이 되는 책

『상황과 이야기』, 비비언 고닉

비비언 고닉의 『상황과 이야기』는 글쓰기를 앞두고 있는 학생들(과 교사들)에게 드넓은 이해를 제공해주는 책이다. 고닉은 회고록 작가라면 반드시 페르소나를 개발하고, 말하는 상황(들)이 어떤지 확인해야 하며, 그리고 이야기를 반드시 그 상황 속에 위치시켜야 함을 잊지 말아야 한다고 쓴다—상황이 중요한 이유, 그 모든 것의 '왜'. 나는 강의에서 자주 고닉을 소개한다. 그녀를 소개하면, 나는 학생들이 자신이 쓴 글을 보면서 '그래요, 맞아요. 저는 제 상황을 명쾌하게 (아마도?) 서술했어요. 그래도 아직 내 이야기가 무엇인지 아무 생각이 없는데요'라고 말하는 것을 보게 된다. 고닉이 지닌 생각의 총체 너머에는 많은 고전적인 회고록에 관한 그녀의 심도 있고 매혹적인 연구가 있다.

『나는 당신에게 이야기를 들려줄 수 있어요』, 퍼트리샤 햄플

나는 절대 같은 것을 두 번 가르치지 않는다. 그러나 그것이 새로운 작품을 고집하느라 고전을 등한시한다는 뜻은 아니다. 내가 모든 회고록 수업에 늘 가지고 다니는 에세이가 하나 있는데 그것이 바로 퍼트리샤 햄플의 『나는 당신에게 이야기를 들려줄 수 있어요』에 수록되어 있는 「기억과 상상」이다. 이 글 없이는 회고록을 가르치지 마라. 최소한 나는 그렇게 한다. 다음에 인용하는 내용이 없다면 더 깊이 있는 곳으로 나아갈 수 없다.

> 우리는 교환의 도구, 즉 아주 오래된 이 걱정들을 다시 소환하여 처음부터 끝까지, 강렬하게 우리 것으로 만들어주는 언어를 찾는다. 이 묵직한 문제들을 이야기하기 위해 우리는 본능적으로 우리 권한의 사적인 연계의 저장소로 간다. 우리가 가지고 있는 세부 사항들, 깨져 이해하기 어려운 이미지, 상징의 언어에서 우리는 발견한다. 여기, 기억은 충동적으로 나타나고 상상을 껴안는다. 이것이 창조를 위한 수단이다. 이것은 거짓말이 아니요, 진실의 정확한 위치를 찾아내려는 태생

적 욕구가 항상 있기에 어쩔 수 없이 꼭 필요한 행위다.

햄플은 "어렴풋하게만 기억나는 햇빛에 재채기하는 수녀, 그 순간을 이해하고 싶어하고, 제대로 알고 싶어하는 자아인 생각하는 자아가 발견해주길 소망하며 기다리는 내러티브 자아(창조의 장본인)"가 있다고 믿는다.

『소실점: 회고록이 아닌 VANISHING POINT. NOT A MEMOIR』, 앤더 몬슨

앤더 몬슨의 『소실점』은 흥미로운 글이다. 인용할 만하며, 창의적이고, 신랄하며, 특별한 관심을 기울일 만하다. '나'가 지배적이면서 동시에 '나'를 지양하는 글이다. 비록 이 책의 모든 문장이 단 하나의 글자 '나'로 시작하거나 혹은 모든 문장에 이 글자가 들어 있다는 것을 누구보다 몬슨이 가장 잘 알고 있겠지만 이 글은 그럼에도 회고록이라 하기엔 어려운 글이다. 몬슨은 후회와 차마 다 내딛지 못한 걸음으로 가득하며, 실제 몬슨의 자아를 드러낼 수도 있고 드러내지 않을 수도 있는 자기 고백으로 가득하다. 그중에서도 다음과 같은 질문으로 가득하다. 진짜 자아가 드러날 수 있나? 누군가가 우리를 알수 있나? '나'라는 것이 과연 믿을 만한 이야기인가? 몬슨은 진실과 도전에 관해서, 우리가 글을 쓸 때 사용하는 기술이 우리가 쓰는 글에 영향을 줄지 주지 않을지에 관해서, 생각나는 대로 페이지 위에 기술한다. 그는 유아론과 "조립의 기능assembloirs"에 관해 (매우 훌륭한) 생각을 하며 동시에 우리 또한 생각하게 한다. 유쾌하게, 끊임없이, 스스로에게 해를 끼치면서, 스스로를 추켜세우면서, 몬슨은 많은 것을 위태롭게 한다.

『회고록 속 시간의 기술: 그렇다면, 다시』, 스벤 버커츠

스벤 버커츠의 『회고록 속 시간의 기술』은 조용한 지성과 더불어 회고록을 쓰면서 그가 마주한 어려움에 관한 이야기로 시작한다. 그가 언제든 이용할 수 있는 기억들은 무슨 의미였을까? 의도치 않게 떠오른 기억들은 어떻게 그의 인생의 명백한 "사건들"로부터 인생에 관한 의미를 어렵사리 이해하는 길로 그를 이끌었을까? 애니 딜라드, 프랭크 콘로이, 존 비어드, 폴 오스터, 버지니아 울프, 그리고 다른 많은 작가의 회고록은 어떤 가르침을 주나? 버커츠는 가장 뛰어난 평론가로 손꼽히는 사람이다. 고전 회고록에 대한 그의 사유는 내 생각에 누구와도 견주어지지 않는다. 그리고 시간에 관한 그의 집착은 유익하다. 마지막으로 회고록과 자서전의 실제적이고도 중요한 차이를 여전히 확신하기 어려워하는 사람들을 위해 버커츠가 내가 지금까지 본 것 중 가장 명확한 설명을 해준다. 좀 길지만 중요하기 때문에 이곳에 인용하겠다. 버커츠는 이렇게 말하며 이야기를 시작한다. 자서전은

"한 인간의 고유한 삶의 선"이다. 회고록은

> 그와 다르게 열린 결말도 아니고 잠정적이지도 않다. 단어
> 의 어원이 증명하듯 회고록은 인생의 선이 아니라 기억된
> 삶을 보여준다. 회고록은 표면적으로 떼어져 나온 것처럼
> 보이는 사건에 관한 설명을 약속하는 것이 아니며, 기억에
> 의해 이야기 형식으로 재구성된 삶을 보여주기로 약속한다.
> 회고록 작가들은 일반적으로 그의 인생에 관한 순차적인
> 설명을 추구하기보다는, 그 삶에 내적 형태를 부여해준 이
> 야기 혹은 이야기들을 추구한다.

『만들어진 자아: 다른 사람을 흉내내는 수필THE MADE-UP SELF.
IMPERSONATION IN THE PERSONAL ESSAY』, 칼 H. 클라우스

이 얇은 페이퍼백의 네 장에 정해진 제목들—"의식의 환
기" "성격의 환기" "페르소나와 문화" "페르소나와 개인적 경
험"— 은 일견 읽기 부담스러울 수 있지만, 그 사이사이에 좋은
내용이 매우 많다. 자아의 시학, 정신 활동을 하고 있는 사고
를 추적하는 것의 가능성/불가능성, 압도적인 매력, 그리고 아
이오와대학 논픽션 창작 프로그램의 설립 감독인 칼 클라우스
가 "내면의 문학. 생각의 이야기. 행동하는 사고의 드라마"라
고 부르는 것의 약속 등에 관한 통찰이 담겨 있다. 몽테뉴에 대

한 몽테뉴의 만족스러운 사색, 논픽션 대가들의 글에서 발췌한 간결하고도 함축적인 인용문, 우리로 하여금 수필을 쓰는 것(과 읽는 것)은 지뢰밭이자 그 유혹을 꺾을 수 없는 사업이라는 결론을 (반복적으로) 내리도록 종용하는 어려운 문제를 이 책을 통해 얻는다. 수필과 회고록은 사촌지간이며, 혹은 사촌지간일 수 있다. 풀 만한 가치가 있는 퍼즐들이 이 책에 있다.

『회고록: 역사MEMOIR. A HISTORY』, 벤 야고다

벤 야고다의 『회고록: 역사』를 읽어야 할 첫 번째 이유. 개인적인 이야기를 쓰는 이유, 그리고 그 이야기를 씀으로써 받는 마땅한 벌에 관해 배울 것이다(내가 개인적인 이야기라는 용어를 쓰는 이유는 야고다가 책의 상당 분량을 자서전―위 버커츠에 관한 글에서도 볼 수 있듯 회고록과는 다소 다른 글에 할애하고 있기 때문이다). 두 번째 이유. 현재 이 불안한 사업을 곧장 겨누고 있는 수많은 공격에 당신을 단단히 대비시켜줄 것이다. 야고다는 어거스틴, 루소, 율리시스 S. 그랜트, 마크 트웨인, 헬렌 켈러, 캐스린 해리슨, 그리고 제임스 프레이 등 다양한 캐릭터를 다루며 여러 세대를 빠르게 오간다. 기억된 진실이 완전무결할 수 있다는 가능성은 틀린 것임을 밝히는 최신 과학 연구 조사도 이 책에 실려 있다. 야고다는 회고록이 저지른 수많은 범죄를 수집하며 즐거워한다. 그러나 마침내 그는 회고록의 선풍적인 인기가 "더 많은 창작을 불러일으키는 추가적인 이익"을 준다고 고백한다.

『유혹하는 글쓰기: 글쓰기 기술의 회고록ON WRITING. A MEMOIR OF THE CRAFT』, 스티븐 킹

몇 년 전 내 아들이 6학년일 때, 나는 아들의 좁은 침대에 누워서, 아들은 바닥에 앉아 침대에 기대어서 스티븐 킹의 『유혹하는 글쓰기』를 소리 내어 읽었다. 아마도 우리가 무언가 외계의 이야기, 액션이 가득한 이야기를 읽고 있었으리라 생각할 것이다. 매일 우리가 스티븐 킹의 책을 다시 집어들었던 것처럼, 이 책이 바로 그런 책이니까, 늘 우리가 목말라하는 유의 이야기이니까. 『유혹하는 글쓰기』는 킹이 글쓰기에 관해 쓴 개인적인 이야기다. 이 책에서 그는 마음 넓게도 무엇을 쓸지, 어디서 쓸지(내레이션, 서술, 대화), 초고 쓰기와 수정하기 등 작가가 글을 잘 쓰기 위해서 알아야 할 모든 것에 대한 가르침을 전해준다. 어떤 장르의 이야기를 쓰든, 모든 작가는 이 책을 읽음으로써 많은 것을 배울 수 있을 것이다. 그런 맥락에서 회고록 작가들도 마찬가지다.

『쓰기의 감각: 삶의 감각을 깨우는 글쓰기 수업』, 앤 라모트

마지막이지만, 당연히 앤 라모트의 『쓰기의 감각』을 빼놓을 수 없다. 영민하고, 유쾌하고, 솔직하며, 전적인 공감을 보여주고, 자기 고백적인 이 책은 킹의 책처럼 장르에 관계없이 모든 작가를 위해 집필된 책이다. 즉, 회고록 작가들을 위한 것도 이 책에 많다. 간단한 과제, 완벽주의, 도덕성, 브로콜리, 질투. 이 모든 것이 다 이 책에 있다. 단, 그저 알기 위해서가 아니라 알고 적용하기 위해 있다.

그 외 인용한 글들

『베를린의 여인』, 작가 미상

『브레인 온 파이어』, 수재나 카할란

『자유를 찾은 혀』, 엘리아스 카네티

『뉴욕 일기: 1609~2009』, 테리사 카펜터 편집

『돌이킬 수 없는』, 리아 헤이거 코언

「세상으로의 글쓰기」「사고와 그 장면: 존 가드너의 죽음에 관한 반추」, 테런스 데프레

「노트를 적는 일에 관하여」, 존 디디온

『충격적인 천재의 마음 아픈 작품』, 데이브 에거스

『친구로서』, 포러스트 갠더

『먹고 기도하고 사랑하라』, 엘리자베스 길버트

『로맨틱이 싫은 아이』, 프리실라 길먼

「나의 기술」, 나탈리아 긴즈버그

『그녀의 이름을 말해요』, 프란시스코 골드먼

「사과 소스」, 테드 쿠서

『이런 일은 단 한 번도 일어난 적이 없는 것처럼』, 제니 로슨

『커밍 홈 어게인』, 이창래

『지평선 세계』, 데브라 마쿼트

『더 텐더 바』, J. R. 모링어

『케이크워크』, 케이트 모세

『테헤란에서 롤리타를 읽다』, 아자르 나피시

『소년과 강아지는 자고 있습니다』, 나스디지

『부재와 존재』, 파블로 네루다

『미망인 이야기』, 조이스 캐롤 오츠

『당신은 특별한가요?』, 누알라 오페일런

『리딩 프라미스』, 앨리스 오즈마

「부검 보고서」, 리아 퍼퍼라

『젊은 시인에게 보내는 편지』, 라이너 마리아 릴케

『제국의 딸들』, 제인 새터필드

「달걀 껍질」, 제럴드 스턴

「위반」, 샐리 티스데일

『한 작가의 시작』, 유도라 웰티

『자기만의 방』, 버지니아 울프

작가의 말

학생들을 먼저 이야기하고 싶다. 모든 학생. 몇 년 전 처음에는 우리 집에, 그다음에는 정원에 찾아와 이야기를 향한 즐거운 믿음을 보여준 가장 어린 학생들. 메릴랜드와 캘리포니아, 그리고 위스콘신, 물리적으로 거리가 먼 학생들. 오전에 잠깐 혹은 오후에 잠깐 만났던 학생들, 나를 자신들의 명단에 올려두고 머물렀던 학생들. 학생들이 교사에게 방법을 가르쳐준다. 그리고 나는 수업에서 형언할 수 없는 큰 축복을 받았다. 나는 언제고 사랑에 빠졌다. 내가 받은 질문들, 학생들이 쓴 기억들, 학생 한 명 한 명이 보여준 충만한 즐거움에 숫자로 환원할 수 없는 감사를 보낸다. 이 책에 자신들의 아름다움이 실리도록 너그럽게 허락해준 안드레아 아마눌라, 레아 애플, 레이첼 아용, 대처 브랜치 엘리먼, 킴벌리 아이슬러, 케이티 골드래스, 세라 컬크스타인, 엘리자베스 나이트, 내빌 메타, 에린 니그로, 조너선 패커, 조지프 폴린, 베릴 샌더스, 개브리엘 사이드너, 그리고 스테파니 C. 트롯에게 그대들의 글을 실을 수 있었음이 나에게는 영광이었음을 전한다.

펜실베이니아대학에 내 자리를 만들어준 그레고리 자니키언, 앨 필레이스, 밍고 레이놀즈에게 감사한다. 함께 대화를 나누는 그레고리에게 특별한 감사를 전한다.

없어서는 안 될 나의 펜실베이니아대학 동료, 재능 많은 캐런 라일에게 감사를 전한다. 가르치는 여정에서 여러 방식으로 함께해준 본보기가 될 작가이자 선생이자 변치 않는 친구인 앨리슨 헤이지, 아이비 굿맨, 리사 자이드너, 라나 레이코 리주토, 그리고 엘리자베스 모시어에게도 감사하다. 웃고 싶을 때, 혹은 울고 싶을 때 내가 전화하는 켈리 시몬스에게 고맙다. 함께 이야기를 나누는 콜린 몬도와 카트리나 케니슨에게도 고맙다.

멀리사 사르노에게 감사의 말을 전한다. 그녀는 회고록 아닌 회고록에 관해 페이스북에 종종 올리는 나의 장광설 중 하나에 경탄할 만한 답변을 줬고, 그와 함께 에런 소킨 감독의 초기 영화의 유튜브 클립을 보내줬다. 그래서 이 책의 제목이 탄생했다.

『시카고트리뷴』의 엘리자베스 테일러,『펜실베이니아가제트』의 존 프렌더개스트,『볼티모어선』에 있었던 마이클 파크넘,『리더빌』에 있었던 카렌 템플러, 그리고『필라델피아인콰이어러』『워싱턴 포스트』『북』『필라델피아』『살롱』『뉴욕타임스』『셀프어웨어니스』『퍼블리싱퍼스펙티브』『퍼블리셔스위클리』 등 여러 곳의 편집자들, 지난 수년 동안 나에게 책에 관해, 책을 쓰는 삶에 관해 글을 쓸 지면을 내어준 사람들에게 감사 인사를 전한다.『나와 타인을 쓰다』에서 참조하고 있는 책 중 일부는 이 편집자들이 리뷰를 위해 나에게 보낸 책들이었고, 때로는 나 자신에게 많이 빚졌다. 당신들의 출판으로 처음 등장한 선물이었다.

블로거들에게 고맙다. 상상도 하기 어려운 관용으로 나의 글쓰기 꿈을 지지해주었고, 내게 매일 아침 일어날 이유를, 생각할 이유를, 계속 블로그에 글을 쓸 이유를 주었다. 『나와 타인을 쓰다』에 등장하는 이야기의 일부는 먼저 다른 형식으로 내 블로그에 올라왔던 것들이었다. 나는 그 대화로 많은 깨달음을 얻었고 희망을 얻었다.

이 책에서 대부분 인용한 위대한 회고록 작가들에게 감사를 전한다. 이들은 우리에게 영감을 줬고, 괴로움을 줬고, 우리를 달래주었으며, 이 세상을 좀더 똑똑하고, 친절하고, 재미난 곳으로 만들어주었다. 이들 중 몇몇은 나의 오랜 친구다. 이 우정은 너무나 중요하다.

멋진 고담 북스에서 나를 따뜻하게 맞아준 윌리엄 신커에게 감사하다. 이 책을 보자마자 받아들여준 나의 고담 편집자 로렌 마리노에게 고맙다. 그녀의 유쾌한 유머와 도움을 준 작은 손길, 그리고 글을 쓰는 동안 친구처럼 지내줬던 것에 감사하다. 다른 편집자였다면 이 책을 내고 싶지 않았을 것 같다. 모든 크고 작은 일을 해준 수전 반스, 힘을 불어넣어준 그녀의 이메일들에 감사하다. 교열 최고 담당자 메리 베스 콘스턴트에게 감사하다. 지대한 관심을 갖고 이 책을 매우 면밀하게 읽어줬으며, 타이핑을 빠르게 치는 나를 구해줬고, 의견을 제시해줬고, 나를 웃게 해준 사람이다. 이 책에 깃든 당신의 공헌은 값을 매길 수 없을 만큼 귀중하다. 이 책의 표지를 위해 유행을 타지 않으면서도 독창적이고 (내가 생각하기에는) 강렬한 이미지를 만들어준 미미 바크에게 감사하다. 나는 이 예쁘게 어울리는 책이 내 책장에 놓일 일이 너무나 자랑스럽다. 이 책의 모든 페이지를 멋지게 만들어준 스프링 호텔링에게 감사하며, 제작 과정에 지대한 주의를 기울여준 라비나 리, 에리카 퍼거슨, 도라 막에게 감사하다. 이 책에서 가장 중요한 것이 무엇인지 단번에 이해해주고, 너그럽게도 다른 사람들 또한 그럴 수 있게 해준 고담 홍보 담당자 베스 파커에게 감사하다. 열정을 다해 이 책을 세상에 선보여준 리사 존슨과 제시카 전에게 감사하다. 나의 첫 펭귄 가족—탐라 툴러, 마이클 그린, 제시카 쇼펠, 질 산토폴로에게도 내 글을 믿어주고, 나를 믿어준 것에 감사하다. 내 글쓰기 인생의 토대를 다져준 분들이다.

토요일에 이 책을 받고 바로 다음 날인 일요일에 내게 전화해준 에이미 레너트에게 고맙고 또 고맙다. 그러고 나서 그녀는 이내 고담이 이 책을 위한 완벽한 집이라고 말해줬다. 작가들이 결코 잊지 못하는 통화들이 있다. 이 책에 대한 그녀의 끝없는 성원에 고맙고, 이 학생들이 내게 얼마나 큰 의미인지 알아줘서 고맙고, 내가 왜 진실을 공개적으로 다뤄야 했는지, 왜 이런 고백을 쓰고, 이런 경고를 해야 했는지 이해해줘서 고맙다. 지나간 모든 세월에 대해 로빈 러셀에게도 감사를 전한다.

마지막으로, 내 아버지가 나 이전에 펜실베이니아대학의 학생이었기 때문에 나도 그곳의 학생이었다. 내 배움의 생은 그렇다면 아버지와 함께 시작된 것이다. 내 남편 빌, 내 아들 제러미, 이 두 남자가 내 세상을 공고히 지켜주지 않았다면 나는 이 삶을 살 수 없었을 것이다. 셀 수 없이 많은 시간, 지나간 그 숱한 시간, 나는 삶과 가르침에 대해서 나의 눈부시게 아름다운 아들에게 자문을 구했다. 아들은 언제나 나에게 해줘야 할 말을 알고 있었다. 내가 나를 의심할 때, 내가 후회

374

할 때, 내가 쓴 페이지들을 되돌리고 싶어질 때, 내가 하고 있는 과정이 제대로 유지되지 않을 거라고 생각할 때, 우리 글이 다른 사람을 도와줄 수 있다면 우리는 이 글을 이용해야 한다는 신념을 순수한 마음으로, 절대적으로 굳건히 믿는 제러미는, 내가 아는 누구보다 똑똑한 제러미는, 변함없이 나를 지지해줬다. 나는 우선 어머니였기 때문에 선생님일 수 있다. 이러한 삶을 살 수 있어 행운이다.

나와 타인을 쓰다

초판인쇄 2024년 9월 27일
초판발행 2024년 10월 4일

지은이 베스 케파트
옮긴이 이지예
펴낸이 강성민
편집장 이은혜
마케팅 정민호 박치우 한민아 이민경 박진희 황승현
브랜딩 함유지 함근아 박민재 김희숙 이송이 박다솔 조다현 정승민 배진성
제작 강신은 김동욱 이순호

펴낸곳 (주)글항아리 | 출판등록 2009년 1월 19일 제406-2009-000002호

주소 경기도 파주시 심학산로10 3층
전자우편 bookpot@hanmail.net
전화번호 031-955-2689(마케팅) 031-941-5161(편집부)

ISBN 979-11-6909-303-3 03800

잘못된 책은 구입하신 서점에서 교환해드립니다.
기타 교환 문의 031-955-2661, 3580

www.geulhangari.com